科幻中国
KEHUAN ZHONGGUO
KEHUAN ZHONGGUO

KEHUAN ZHONGGUO

天才的
非正常生活

徐彦利——著

中国科学技术出版社
·北　京·

图书在版编目（CIP）数据

天才的非正常生活 / 徐彦利著 . -- 北京 : 中国科学技术出版社 , 2023.4
（科幻中国系列）
ISBN 978-7-5046-9901-5

Ⅰ . ①天… Ⅱ . ①徐… Ⅲ . ①幻想小说—中国—当代
Ⅳ . ① I247.5

中国国家版本馆 CIP 数据核字（2023）第 030573 号

策划编辑 王卫英
责任编辑 王卫英
封面设计 书香文雅
正文设计 书香文雅
责任校对 张晓莉
责任印制 徐 飞

出　　版 中国科学技术出版社
发　　行 中国科学技术出版社有限公司发行部
地　　址 北京市海淀区中关村南大街 16 号
邮　　编 100081
发行电话 010-62173865
传　　真 010-62173081
网　　址 http://www.cspbooks.com.cn

开　　本 720mm × 1000mm　1/16
字　　数 171 千字
印　　张 12
版　　次 2023 年 4 月第 1 版
印　　次 2023 年 4 月第 1 次印刷
印　　刷 天津泰宇印务有限公司
书　　号 ISBN 978-7-5046-9901-5 / I · 77
定　　价 39.80 元

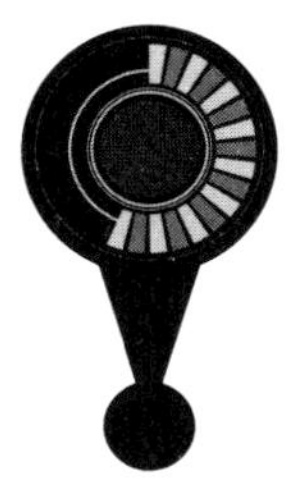

总 序

“科幻”是科学与幻想的结晶，“中国”是养育我们的这片土地，这套“科幻中国”系列丛书便是在书写我们当代中国的土地上所特有的科幻文学。历史上，许多大国呈现出繁荣景象时都伴有科幻兴盛的现象，中国快速的现代化进程，激发了大众对未来的想象力和好奇心，给科幻文学提供了肥沃土壤，当下我国科学技术繁荣发展、蒸蒸日上，我国的科幻文学也呈现出独有的大国气魄。“科幻中国”系列丛书顺应历史潮流，立足当下，展望未来，鸣响了中国科幻文学在新时代的强音。

随着科幻土壤的拓展，许多科幻作家也开始由中短篇创作转向了更艰难、更宏大、更精彩的科幻长篇的创作，这套由中国科普作家协会科幻创作研究基地主编、中国科学技术出版社出版的“科幻中国”系列丛书，集合了当今中国科幻文坛上的优秀科幻作家，为广大读者带来了足具中国特色的长篇科幻作品。这个系列的故事，题材、内容、视角迥异，但都建立在更高阶、更深隧的现实主义基础上，它们运用了多个科幻的传统题材，在新时代中，为解决新的冲突矛盾而探索不同的方向，寻找新的美好道路，体现了我国科幻创作者们的深刻思考。随着时代与科技的发展，我们迎来了科幻文学的“新浪潮”，科幻文学创作有了不同以往的特色，从当下丰富的科学素材中挖掘故事资源，把它们变成很震撼、很有魅力的故事，这是一件充满想象力和创造力的事情。这些创作者为这些科幻文学题材中的经典话题，以或者惊险、或者悬疑、或者深思的种种方式，再次赋予了全新的表达，用他们各自不同语感、节律的语言，加上新鲜的想象力的折叠，做出了万花筒式的变化。他们把当今社会的种种问题，借用科幻的想象，细致地放大，又用科幻的表达手法进行叙述，形成了更加丰富多彩的科幻文学世界，给了我们多重意外的惊喜。

中国科幻文学有很多潜在力量，不管是历史还是现在，都有很多人在一起努力。我们看到科幻越来越受到大众的关注，从一个比较边缘的、小众的东西，走到大众媒体注意力的中心，越来越多的科幻文学、影像在世界上传播，中国的科幻，正像一匹骏马，向科幻的黄金时代驰骋。科学与人文比翼齐飞的探索与成长，使得科幻之花开始扎根于热爱科学的科幻迷心中，让科幻文学的花园百花齐放。如今的成就也得益于那些孜孜不倦、多年默默耕耘于科幻文学中的科幻作家们的执着坚守。这套“科幻中国”系列丛书是当下中国科幻文学的一个缩影，希望更多的科幻迷和读者能够通过这套书，看到中国科幻作家在全民族甚至全人类所关心的问题上做出的探索。本书系的作品外壳虽各有不同，但是它们内核与精神气质是一脉相承的，它们代表着当下中国科幻的状貌。科幻文学是面向未来的文学，从中能够看到，我们的国家民族正自强不息勇毅前行，我们正走向更加美好的明天，探索一个奇伟壮丽的科幻世界。

“科幻中国”系列丛书，正是立足于中国这片土地，讲述独一无二的中国科幻故事。愿中国科幻，健康发展，科幻中国，繁荣昌盛。

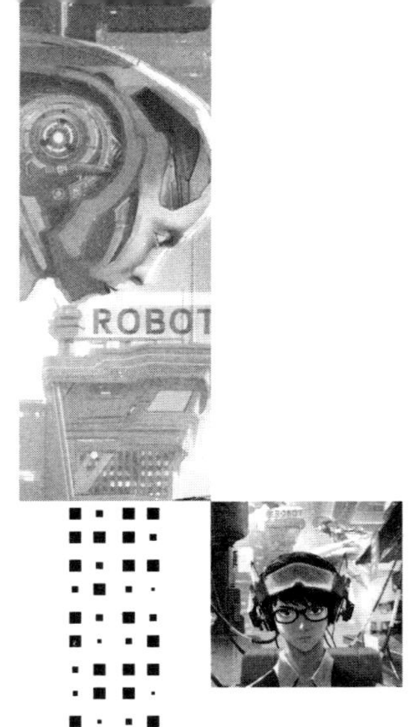

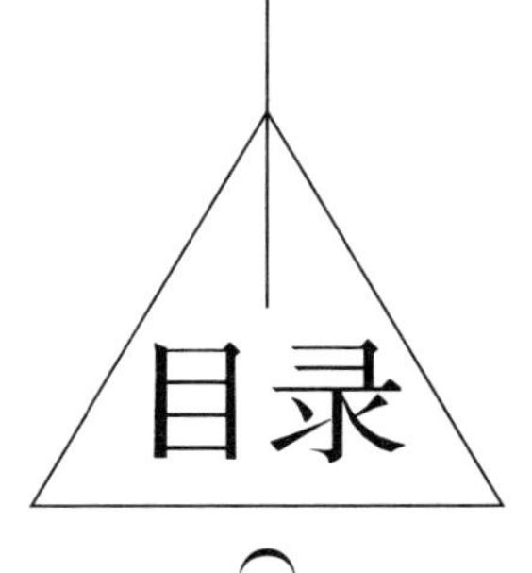

目录

CATALOGUE

第一章

天才的梦想

多年以后，当佟宇坐在夕阳西下早已凋敝的街心公园，回忆过去那些如梦如幻的时光，才赫然发现，曾经抓紧、努力、奋斗的每一天只不过是为了迎接衰老的今日。

隔着岁月的烟尘，那个叫佟宇的幼儿、少年、青年，在夕阳里一步步向他走来，他们带着某种不可改变的执着与自信。“我懂得了这个世界”，“我能改变这个世界”，“我要创造一个世界”，他们这样说着，目不斜视地大踏步走向前方。彼时的他们并不知晓将来的某一天他们会在这里聚首、重叠，渐渐合体为一个历尽沧桑的中年人，在慵懒的夕阳里无力地坐着，那个中年人所能做的只有绵绵不绝的回想。

那些人，那些事，那些他创造过的无机生命，会从时空的缝隙中用力挤出来，从遥远的四面八方聚拢过来，一点点渗入他的脑海中，再现它们曾有的鲜活。

屋门一直反锁着，佟宇已经把自己关在房间里整整半天了，正如他从5岁起就养成的这个习惯，许久都不发出一点儿声响。他的母亲站在门口听了听，只好把养胃汤又端回厨房。儿子埋头做科研的时候，就算天塌了下来也不能使他分心。

从小，佟宇就显得处处和别人不一样。他沉默寡言，很少主动和别人交流，但是看到某种精巧的器械或者一本数学书却能使他瞬间兴奋，像一条活泼的鱼跳进清澈的河水，全身心欢快地游弋起来。他可以静静地研究一个魔方，耐心地转来转去，待魔方复原后他还要观察很久，仿佛一定要观察出某种破绽才肯罢休。

6岁的时候他到外祖母家去做客，舅舅的博古架上摆着一架不停摇摆的“永动机”。这是一个由木制圆盘和上面固定着的8只向外伸出的钟摆组成的装置，只要给圆盘一点儿外力，这些钟摆便一个个从上到下开始晃动，圆盘也便一刻不停地转动着。

“舅舅，它真的能永远转下去吗？”佟宇好奇地问。

“当然了，永动机的原理就是这样的，只要给它一个初始的能量，机器就可以永远做功，要知道物理学是一门很奥妙的学问，非常有趣。”作为一个工厂工人，舅舅并不懂得多少物理知识，只是听卖家这么说过，“现炒现卖”地兜售给外甥，没想到佟宇却当了真。当晚，他执意要住在外祖母家，亲眼验证一下永动机是不是真的可以永动。母亲只好依了他，但是事实证明根本不需要那么长时间，没过一会儿，那架小机器便“偃旗息鼓”，停止了转动，恢复到不久前的静止状态。

“咦？怎么会停呢？不是永动机吗？”佟宇托着腮久久地凝视着这架小小的机器，反复琢磨着它的原理。

舅舅答不出，他只会人云亦云地重复那句永动机的概念，除此之外便瞠目结舌，再也说不出一个字。

“妈妈，我想认字，认了字就可以读书了。”6岁的佟宇对母亲说。那时候，他刚上小学，在这之前妈妈会抽时间教他几个字，比如自己的姓名，门口对联里几个常用的字，背几首唐诗宋词，讲几个成语故事之类的。但是这些已远远不能满足他的需要，他要认更多的字，那些字会比舅舅讲得更明白、更透彻。于是他每天都缠着妈妈，妈妈只好一有空就教他识字——笔画怎么写，读音和含义又是什么。没想到他居然一学就会，学过的生字过几天考他时，他依然记忆深刻，写得分毫不差，就连字的含义也讲得头头是道，而这期间他根本没有任何复习的过程。

“妈妈，你教的字太简单了，我要跟着字典学！”佟宇很不满意妈妈敷衍了事的态度，自作主张地改变了学习方式。他把家里的字典拿出来，翻开第一页，只让妈妈领着读两遍，讲解一下意思，然后就躲到一边去练习。舅舅家7岁的表哥还在转陀螺、看动画片、骑儿童车时，他已经以每天几十个字的速度学习了半本字典。

妈妈觉得很惊讶，像佟宇这么爱学习的孩子她还是第一次见到，怕别人觉得蹊跷怪异，甚至不敢跟亲戚朋友提起。一个学龄前儿童完全没有沉迷于孩子们喜欢的简单游戏，而是有板有眼地学起了字典，像那些刻苦的高中生一样，这是要干什么呢？他哪来的动力？

直到有一天，佟宇忽然对妈妈说，“妈妈，可不可以带我去买些书？买那种讲道理的书。”讲道理的书？这句话出自几岁孩子的嘴里，显得有些诡异。惊愕之余妈妈又找不出拒绝的理由，是的，虽然年纪很小，但他的确已经具备了阅读的能力，这么多天突击般地识字，使他已经能够熟练地读报，并正确理解文中的意思了。作为家长，怎么能拒绝孩子的正当要求呢？

他们来到全市最大的书城，妈妈把他带到绘本和童书的专柜，那里的书最适合低龄儿童了。没想到佟宇只看了几眼便走开了，然后开始自己逛起来，最后当他抱着一摞书要求妈妈结账时，妈妈委实吓了一跳。《机械原理》《机械设计》《力学原理》《物理学入门》《机械设计手册》，这都是些什么书呀？又不是机械系大学生，更不是什么工程师，看的哪门子机械、物理专业的书？

“买这些书干什么？你看不懂的，这要等你长大，长得很大很大的时候，比如20岁时才能读懂。”妈妈小声对他说着，下意识地用手盖住书名，不希望引起别人的注意，6岁的孩子买这种书会被人当成怪物吧！

“不，一定要买，看了这些书就能知道永动机为什么不动了，我努力识字就是为了看懂它们。”佟宇扬起小小的脸，坚定地说，似乎谁也无法改变他的决定。

“好吧！”妈妈屈服了，抱着那堆“天书”回了家。这时她才意识到儿子的计划性如此明确。舅舅的永动机激起了他破解“永动机为什么会停止转动”的疑问，为了弄清这个疑问他开始认字，以期读懂那些书。这俨然如逻辑分明的推理，由A推导出B，再由B推导出C，这样目标明确、计划严谨、方向清晰的设计，不要说一个孩子，就是成人也未必能做到，而且整个实施过程有条不紊，自律严格，这头脑、这方法，令人愕然。

“我儿子比同龄人聪明多了！”妈妈在心底里惊呼着。一方面她很兴奋，因为望子成龙几乎是每个家长的愿望。但另一方面，她又不由得有些忧虑。如果像邻居的孩子那样，正常上学，成绩中等，不出色也不落后或许才是一种喜闻乐见的幸福，过于早慧是一件好事吗？会不会承受与年龄不符的压力？正如世人皆知的伤仲永的典故啊！

但不管怎样，聪明总比愚笨好吧！妈妈这样安慰着自己。喜欢看书就让他看，反正也不是坏事。妈妈没有阻拦，但也没有特别鼓励，而是任孩子自由发展，她能做的，只是为他提供良好的生活环境与尽可能充足的衣食而已。至于未来，就听凭上天的安排吧！

一楼住着一位幼儿园老师，极有耐心、极其文雅的样子，说话慢条斯理、和风细雨，对于孩子的早期教育更是头头是道，妈妈非常希望佟宇能够多和这个阿姨在一起，常常特意带他去楼下玩儿，制造偶遇机会。但佟宇似乎早就看出妈妈的用心，他不喜欢这位阿姨，反而对6楼50多岁的严教授有一种天然的亲切感。严教授为人清高古板，很少和邻居们打招呼，总是板着脸，一副谁都欠他钱不还的样子，他教的课也是和他一样古板的大学物理，令人望而生畏。但是佟宇偏偏跟他合得来，虽然佟宇性格内向，却偏偏一见到严教授便开朗了很多，两个人在屋里嘀嘀咕咕说很久，以至妈妈只好让他在那儿，自己回家做家务去了。

“你儿子不是普通人，也许就是未来的爱因斯坦或者牛顿，要好好教育他，千万别白瞎了这么好的苗子。我给他测过智商，未必十分严谨，但他已经达到了157，属于天才之列。”严教授一本正经地对佟宇妈妈说，他的措辞似乎有些夸张，但那严肃的神情又让人感觉不是在开玩笑。妈妈尴尬地笑笑，儿子就算有点小聪明，也总不至于达到那种程度吧！丈夫早早去世，她和儿子一直挤在逼仄的老旧单元楼里，数着手里微薄的工资精打细算地过日子，这样的环境怎么可能培养出牛顿、爱因斯坦呢?

但是佟宇买书的欲望却像核弹爆炸后升起的蘑菇云一样，不可遏制地爆发了。带他逛街时，他从不多看一眼孩子们大都喜欢的玩具专柜，而是拉着妈妈到书店，认认真真地选书、买书——轻车熟路又极有耐心。这些书往往是物理、化学、数学、计算机方面的，普通成年人看着如同天书，毫无趣味，不知道他一个几岁的孩子怎么会感兴趣。但妈妈无法阻止他的执拗，他倒很像一个任性的孩子，喜欢的书说什么也要买到，否则就一直把脸沉得像6月的阴天，令人压抑难耐。

妈妈只好做出让步，家里的花销除给佟宇交学费、必要的生活费开支、水电煤气物业费支出之外差不多全部用来买书，而其他的花销已经压低到了极限。但很快，佟宇的卧室便放不下这些书了，书又侵占了妈妈的卧室与客厅。有客人来时，她很怕对方看到这些书问来问去，有时会谎称是丈夫生前喜欢的，所以没有丢弃。佟宇完全不在乎，只要让他和这些书在一起，便能长久地、安安静静地坐着，一页页仔细研究。那份沉静与他的年龄很不相符，给人某种滑稽和不真实的感觉，仿佛有某种巨大的力量支撑他做出超越常规的事。但偶尔他又会觉得理所当然，当他避开世间的纷扰，专心致志埋头在那些书中时，妈妈觉得他有了一股强大的力量，他能够一直走进这个世界的深处，透过表象一点点地参透事物隐秘的本质。

某一天佟宇忽然闹着去外祖母家，说有话要跟舅舅讲。正值盛夏，舅舅坐在院里和人下棋，胖胖的身体如同一座小山，汗水沿着额头、脖颈四下流淌下来，手里的蒲扇挥舞得风雨不透，罩住全身，但炎热依然热烈地包围着他，使他无处躲藏。

刚一进院，佟宇便径直走到舅舅跟前。

“舅舅，告诉你一件事：永动机是骗人的，世界上不可能有永动机，因为它违反了能量守恒定律和热力学定律，施力后物体的转动不过是短暂的惯性造成的，就算阻力再小也不可能永动，世界上不会有违背规律的发明创造。”

舅舅听得云山雾罩，不明就里，根本不知道外甥在说什么，那个无趣的小东西早不知被扔到了哪个角落，没想到外甥竟然还记得，而且好像用心研究了一番。话里话外言之凿凿，让人无法驳斥，完全是一副成年人的口吻。

舅舅无话可说，感觉外甥像个“妖孽”，小小的嘴巴不是应该缠着大人要零食吃的吗？怎么说出一串串陌生的词汇，他是怎么知道的？舅舅下意识地停了扇子，任汗水像蚯蚓似的从头上、脖子上一路蜿蜒地爬下来。

在学校，佟宇从不像其他孩子一样叽叽喳喳，在课堂上他也不注意听讲，不是看自己的书，就是把目光投向窗外，有时干脆一声不吱地走出教室。老师惊愕得下巴都快掉下来了，这孩子怎么这么胆大？这个年龄的孩子大多不怕家长，但没有不怕老师的，为什么他敢自由出入教室，简直无法无天？当老师这么多年还没遇到过这么调皮的孩子。

“佟宇，你违反了课堂纪律，明天把家长叫来！”老师气得胸脯起伏，一种被蔑视的侮辱感从胸口冲到了脑门，令人抓狂。

“为什么叫家长？”和桌子差不多高的孩子毫不在意，振振有词地反问道。

“因为你上课不认真听讲，不是个好学生。”老师气得找不着北，被批评后还能如此镇静的学生还是第一次见到。

“可是我已经学会了啊！在这里呆呆地坐着不是浪费时间吗？浪费时间是可耻的。”小小的孩子皱着眉说，似乎对老师的无理取闹已经没什么耐心了。

“你学会了？那好，我出道题给你，看你会不会做。”老师故意刁难似的在黑板上出了一道超出教学进度的题，不仅有加减法，还有没学过的乘除，这些庞大的数字以一种复杂的方式排列在一起，板着面孔等待给这目无尊长的孩子以最沉痛的打击。

佟宇不慌不忙地走过去，将几个数字拆开，重新组合，将复杂变得简单，将繁乱变得清晰，几乎没怎么考虑便得出了最后的结果。

“老师，我算得对吗？”他问道，没有骄傲，也没有开心，仿佛那本来就是他应该会的。

老师倒吸一口凉气，这孩子是个怪物吧，明明还没讲过乘除法，他怎么学会的呢？而且那种稳重与自信恍若一个成年人，让人不由得心生敬畏。

从那以后，佟宇没有再受到过任何老师的批评。尽管他依然我行我素，不好好听课，不做作业，也不按照老师的吩咐做任何一件有助于学习的事，但是各科老师似乎已达成了某种默契，不再对他指手画脚。佟宇似乎也感受到这种宽容，每次考试都用满分回报老师，每次，每科，无一例外。很快，他在学校便得到一个绰号——佟大神。

他不喜欢跟同学们玩，课间的时候别的男生在操场上追追打打，讲笑话，看漫画，玩脑筋急转弯，他却一个人安静地坐在教室里，发呆，或迅速写下点什么。有一天，老师轻轻走到他身旁，看到纸上是一个奇怪的立体图案，一个难以想象的多面体正以旋转的姿态凌空站立，看上去十分复杂，但每根线条、每个剖面却都清晰异常，面与面之间还会重叠或交叉，有的面凹进去，有的面则凸出来，这么复杂的立体图形，而且还处于运动之中，他是怎么想象出来的？还能如此准确清晰地将其呈现在纸上。

“怎么不去跟同学们玩呢？”老师拍了拍他的肩膀问。

“他们玩得太幼稚，浪费时间。”他头也不抬，在那个复杂的多面体旁边又画了一个透明的、带缺口的球，球似乎从远处滚来，带着风声，缺口处隐隐可以透视到远处的风景。

别人的世界如此坦诚地、赤裸裸地展示在众人面前，不需要丝毫掩饰，因为他们的世界是相同的。而佟宇的世界却是隐蔽的，其他人无法靠近，以至他从不敢向别人提起。每天晚上躺在床上，只要他愿意，闭上眼睛便能看到奇幻的景象。一扇阳光照得雪亮的窗户，有无数五颜六色的蜜蜂飞过，它们幻化成红色、绿色、蓝色、紫色等无数个小小的点，越过雪亮的窗户一直向前，遮天蔽日，横贯长空。

他看见自己一个人站在干涸的大海上空，海底没有一滴水，是一个无限深广的倒扣的穹窿，满是幽暗的底色上布满了隐隐约约的星星。而上方的天空同样星光璀璨，大颗大颗的星星不停地眨着眼睛，似乎在引诱他走近。他就那样无依无凭地站在空旷的海上，没有路或者阶梯，但却可以向上走，向下走，向左走，向左走，向无数个360度的任意方向前行，就那样虚无缥缈地走，没有声音，没有重量，没有脚踏实地的感觉。无数个方向中他在困惑：我要到哪儿去？哪个方向才是对的？错了的话可以重新返回这里吗？他不敢踏出一步，唯恐选错方向，但又害怕脚下的虚空突然使他跌入万劫不复的深渊，他就这样小心翼翼地坚持着，在恐惧与战栗中欣赏那无边无际、浩瀚绚丽的星空，又在欣赏中感受着无边无际的恐惧与战栗，同时体验着紧张与放松两种截然不同的感受，如丝如缕，无比真切。

距离他家不远处有一个偌大的水塘，有人在塘里养鱼，四周则是一片荒野，那是农村的闲置土地，农民都进城打工去了，许多地荒了下来，长满了大片的茅草、蒿草。他便长久地站在荒野上，思绪漫卷飞扬。世界上为什么会有我这样的一个人？我是来做什么的？肩负着什么使命？我会怎样离开这个世界？当我离开后这个世界会不会有所改变？活着的人会怎样评价我？我死之后会不会去往另外一个世界？那个世界有语言、声音、重量、色彩吗？我会最终在哪个世界停下来，能不能再次坠入轮回之中？他无边无际地遐想着，感觉自己陡然间钻入一个神秘的隧道，而这个隧道曲径通幽，连接着许许多多、大大小小不同的隧道，有深有浅，有明有暗，有宽有窄，他从这里钻进去，又从那里钻出来，反反复复，无休无止。

这种自带3D影像的冥想会一直持续下去，但最终又找不到任何答案。直到暮色四合，荒野上渐渐浮起淡淡的暮霭，他才恋恋不舍地离开。这个几岁的孩子，无师自通地走向了哲学的深处，思索着精神与肉体、生存与毁灭。

而在外人看来，这种思索几乎无法想象。

新来的数学老师刚上课时常常顾忌他的存在，因为他总会毫不客气地指出老师在运算、推导之中的漏洞，没有使用更为简便的方法或是试题出得有问题等。他似乎是一个真理在握的神，用严格的标尺衡量着世人，没有人可以和他分庭抗礼、一争高下，连老师也不能。在每次关于学习的争辩中，老师总是败下阵来，“佟宇同学，你是对的，我考虑得不够周到。”老师像斗败的公鸡，一副垂头丧气的样子。最终，他们得出一个结论，永远不要和佟宇争论任何学习上的问题，他就像是一本行走的教科书，而且几乎从来不会出现失误。

他不断地被推荐参加各种比赛，小学时期的数学、语文、英语，中学时加上了物理、化学、生物，每次比赛都能完美表现，客观题与标准答案一模一样，主观题则显示了高超的逻辑推导能力，尤其对于各种复杂的立体构图的想象达到了随心所欲的地步。他喜欢埃舍尔的版画，喜欢达尔文的笔记，喜欢钻到那些难以破解的定理中，如同鱼儿畅游在大海里，自由、惬意而舒适。

一次参加比赛时，妈妈唠里唠叨不断嘱咐着，带好各种应用的东西，考试的注意事项，吃饭时要注意什么。佟宇有些不耐烦了，“您不用说了，爸爸昨晚都说过了。”妈妈一惊，爸爸？爸爸不是去世很多年了吗？在佟宇还不到两岁的时候，爸爸就去世了。孩子怎么会突然这么说，难道他精神出了问题？她有些惊讶并担忧地看着儿子，佟宇这才意识到说错了话，“噢，我昨晚梦到他了。”

然而事实并非如此，如同他能够随时看到蜜蜂飞过明亮的窗户及站在空旷的大海上一样，爸爸的形象同样招之即来。只要他一想到爸爸，那个严肃又不乏温和的中年男人便会出现在眼前，陪他聊天，说学校里的事，听他讲心里话，求解某些困惑。爸爸无所不知，几乎可以回答他的一切提问，而且睿智、开朗、考虑周到，从爸爸那里，总能得到最好的建议与答案。

但佟宇知道，爸爸的形象是自己幻化出来的，在别人眼里与精神病无异。于是，他小心地隐藏着这个秘密。只在夜深人静之时，他会将“爸爸”请出来，谈一会儿心，之后迅速地把他藏起来，放在无人知道的角落。“爸爸”是冥冥中的一种力量，让他感到安全与踏实。

他已经无数次获得各种奖项：市级的、省级的、国家级的。家里的奖杯、奖牌、奖状太多了，以至无处存放。妈妈把每一个奖都当成宝贝，那些奖杯和奖牌开始的时候还能放在书橱中，经常擦拭，后来不得不放在笨重的柜子里，看不到那些亮闪闪的金字了。“以后有钱了，一定要买套大房子，专门留出一间房摆放这些，每一个都是令人骄傲的荣誉啊！”妈妈无数次规划着。佟宇每次参加比赛的奖金和学校的奖学金她都好好存着，现在已是不小的一笔钱款。

高考之后，他的分数又是毫无悬念地遥遥领先，高到可以自由选择全国排名最靠前的两所名校。这两所名校无疑是高智商的最好证实。但他却选择了国外一所知名大学，同学聚会时有人因此而嘲讽他：“佟大神，平时看你沉默寡言的，以为你淡泊名利，不在乎别人的眼光，没想到也会去国外镀金，和我们这些凡人没什么两样嘛！”说话的是班里的万年第二，无论他怎么努力，都永远处于佟宇的“压制”之下，从未得过一次第一，颇有“既生瑜何生亮”的感慨。

“我并不喜欢国外，也不喜欢每天早上一睁眼就要说外语。”佟宇认真地回答。

“哟，那就怪了，不喜欢也没人逼着你去呀，难道是冲着外国金发碧眼的女孩子去的？看你老实巴交、一副书呆子的样子，想不到还有这样的心思。”万年老二继续他的讽刺攻势，似乎只有这样，他多年郁积的不平才会减轻一些。

“因为国外机器人的制造水平和智能化水平更高啊，既然学习为什么不到更先进的地方去呢？”佟宇不解地看着同学们。他并不擅长人际交往，更无法体会万年老二细密的心思，只抱着一个单纯的目的，那就是制造出智能化程度更高的机器人，这是他十几年来一直追求的目标。

对方不说话了，忽然觉得自己有些无聊。佟宇这种人，根本听不出讽刺。这样一来所有针对他的讽刺便不攻自破，像那些射到钢铁上的箭，来势汹汹，见血方休，对方却不迎不拒，置若罔闻，只好任凭它们一支支掉下来，弄得射箭之人灰头土脸。

佟宇在国外待了整整11年。这11年中，他很少主动问候妈妈，每天都是在实验室里埋头度过。当然，他把“爸爸”装在行李箱中一起带到了国外，无论白天还是夜晚，无论是在实验室不灭的灯光下还是在寝室杂乱的空间里，他都可以随时随地跟“爸爸”沟通交流，并从他那里获得最大的安慰与最好的建议。11年能使一个少年成长为心智健全的青年，也能使他们的老旧小区列入改造项目变成簇新的楼盘，还能使妈妈的白发一根根前仆后继地钻出来，直到再也无法掩饰。

终于，佟宇回来了，回到这片他从未想过要离开的土地。

“你们知道吗？佟宇回来了，他竟然没有留到国外，你说傻不傻？”同学们疯传着他的消息。

“他现在今非昔比，成了知名的青年科学家了，擅长于人工智能研究，被科学界非常看好。只是不知道他为什么放弃那么好的条件回来，国外不是更有利于他的发展吗？”人们用各种心理揣测着，最终觉得这书呆子到底有些傻里傻气，以他的学识和知名度，拿哪个国家的永久居留权都不在话下。听说还有研究机构花大价钱留他，他为什么要千里迢迢地回来呢？有好事者辗转找到他的联系方式，打通电话后便忙不迭地提出这个问题。

“我并不喜欢国外，也不喜欢每天早上一睁眼就要说外语。”佟宇认真地回答，语气、腔调一如11年前高中毕业那时。那年他18岁，现在他已29岁，跨过这么长的时间、这么大的空间，一个人的思想竟然一点都没有变，连说过的话都一字不差。好事者默默地放下电话。这个人太怪了，至于哪里怪说不出来，反正和别人不一样，不知是一种偏执还是一种坚守。

2085年的太阳并没有什么不同，多愁善感的文人们已着手开始煽动新一轮的世纪末情绪，和上个世纪末如此雷同，它让人颓废绝望，对未来的恐惧大过希望。但佟宇却没有时间考虑这些，他已经开始了NS7985机器人的开发。

此时，智能机器人历史早已翻开了新的一页，科学家将机器人的自主性与适应性提高到了前所未有的地步。越来越多的机器人进入人们的生产与生活之中。它们可以自主执行任务，懂得在关键时刻如何做出正确判断并做出最优化的选择，紧急情况下也能根据环境的变化，调整自身的参数，迅速制定出可靠的策略。

然而佟宇想要研制的却与此不同。他想研究的是“个性机器人”，可以像生活中的真人一样，有着独特的长相、各自的特点。譬如有的喜欢追求完美，有的小心谨慎，有的自我意识很强或者勤奋好学，有的具备幽默感等。和那些从流水线上下来的、千篇一律的机器人有着本质的差别，他要把机器人变成极具识别度的“这一个”：它们是活泼的、真实的、可感的，能和人类像朋友一样相处，它们可以有自己的不足，但同时又因这些不足更能激发人类的认同。

将真实的人的性格挪移给机器人，让它们在完成各项任务时将这些性格淋漓尽致地展现出来，成为带有某种性格的不朽生命，各有特色，各不相同，不是更有趣、更适合未来人类的需要吗？其次，人们将这些个性机器人放置于生活之中，让它们介入人们的日常起居中，如送孩子上下学，陪伴老人聊天、按摩、做菜，在人类困惑时利用它们的计算机大脑提出更合理的建议，如同宠物之于人类，彼此相亲相爱的生活，给人们更多的情感慰藉，使人们体验到更多的幸福，而不仅把个性机器人作为一种省时、省力的工具，或者仅仅作为科技前沿的尝试……让它们参与人类生活难道不是更有意义吗？

佟宇虽然已能轻车熟路地制造出最前卫的新型机器人，但却不愿止步于此，而是希望将性格的因素完满地注入这些无意识但似乎又有生命的个体之中，让它们变得鲜活生动，更像有缺点的人类，而不是无可挑剔、冷冰冰的机器。他在实验室里度过漫长的一天又一天，在无边的枯燥与寂寞中反复尝试着塑造那些灵动、有趣的智能机器，它们如同女娲亲自用手捏出的人，而不是用绳子蘸着泥水批量甩出的产物。

有性格的机器人或许能给人们带来最强烈的幸福感。比如一个寻找异性伴侣的男性青年，多数情况下不会奢望找到一个完美的异性，却会希望找一个适合自己的女性，比如可爱型、淑女型、霸气型、娇俏型，这些不同的特点可以满足其对特定异性的渴望。而佟宇要做的就是按照人们的需要做出这种个性化的机器人，使它们完全可以顶替真人在生活中扮演各种各样的角色：成为别人的母亲、父亲、儿子、女儿，等等。

如果个性机器人能给最普通的人带来情感安慰与幸福，那便是至高无上的成功。佟宇跃跃欲试，被自己的设想鼓舞着，他想，那我就去找一个最平凡的受试者，按照人们的情感需求打造一个个性机器人，通过数据观察到底机器人能使人多幸福。在这期间，不让受试者知道陪伴他的是个机器人，以检测产品是否可以以假乱真，骗过人类的感知，达到登峰造极的境界。

想到普通人，他的脑子里马上浮现出一个形象，那是妈妈在棉纺厂时的旧同事，也是初中同学连超越的父亲。他叫连倚，瘦瘦的，总是戴着一副老式眼镜，性格木讷、压抑，从没见过他爽朗地大笑，更很少与人交往，属于放到人群中永远不会引人注目的那种，总之多少阳光都无法把他照亮。妈妈说他曾经遭受过情感上的打击，没能和自己喜欢的人结婚，而是选择了父母喜欢的女人。连倚在工作中情商也比较低，不会察言观色，与领导的关系十分紧张，多次出现在被裁员的名单中，只是阴差阳错地留了下来。

个性机器人是否可以把这样一个普通得不能再普通的人，从情绪的泥淖中拖拽出来，给他精彩无比的生活和令人心动的幸福呢？如果行得通，则预示着个性机器人将会成为挽救人类情感荒漠的福音。而且连超越本人也是计算机领域的行家，这两方面结合在一起，将共同使这个计划圆满完成。

这个想法让佟宇变得十分兴奋，他夜以继日地工作着，包括进入连倚网上的个人相册、日记本、社交圈、私密通信，查看他曾经的过往、照片、心路历程，并在心目中逐渐勾勒出连倚的情感需求，心里慢慢浮现出一个可以抚慰连倚内心的机器人的形象。

第一个个性机器人在他的实验室逐渐成形了，从头部的中央计算机，到线路和机械，被一点点组装。外层皮肤则使用了最新生物材料，这种材料通过机器人体内的温度调节系统可以保持和人类体温同样的水平，且手感与人体无异，即使按摩和反复揉搓也无法察觉它的非生物性。除了割破后不会流血之外，与由肌肉、脂肪、皮肤组成的人类肉身几乎毫无区别。

之后便是对计算机进行复杂的设置，建立环境辨别与判断系统，输入各种情况下的优先指令和机器人的个性特征，以及在此特征之下产生的语言应对，如同某个明星的“人设”一样，复杂、细致，面面俱到。整个制造过程佟宇废寝忘食，不分昼夜，有时忽然想到什么即使半夜也会爬起来工作，有时则直接趴在操作台上睡觉，还有几次脸都忘了洗，如同疯魔一样全神贯注。每次都是妈妈几次催喊、逼着吃饭，他才从实验室走出来。

这种昏天黑地的时间大概持续了几个月。妈妈简直要崩溃了，29岁的儿子似乎变成了自闭症患者，不出门，不说话，不交际，没有私生活，完全被机器人占据了身心，像被它们附体一样，让人担心害怕。

直到有一天，儿子头发油腻、脸色苍白地从实验室走出来，靠在门框上，闭着眼睛对她说：“妈妈，终于弄完了，我想洗个澡，好好睡一觉，不要吵醒我。”然后他跌跌撞撞地回到卧室，足足睡了一天一夜。

第二章

抑郁症患者

连倚的失眠症越来越严重，无论几点上床都一样睡不着。漫长的夜一分一秒从他睁着或闭着的眼前不慌不忙地走过，那种不快不慢、一成不变的节奏让人抓狂。别人酣睡的夜晚对他而言却是慢镜头下痛入骨髓的酷刑，无情地折磨着他全身大大小小的神经。

妻子去世已经半年。单位领导并没有因为他突遭丧偶之变而对他有所优待，反而对他各种挑剔。尤其新主任到任后便开始给他穿各种型号、各种款式的“小鞋”，从旁讽刺挖苦，把最棘手、最不讨好的工作交给他，在上级面前打他的小报告，大会小会不点名批评他等，这些都是家常便饭。他到底怎么得罪了领导呢？不知道。也许是别人在逢迎拍马的时候自己选择了沉默？或者是从未把新领导的各种外行话当作圣旨，而是坚持了自己的想法？还是没有具体原因，只是领导单纯地看自己不顺眼？天知道到底为什么。但“小鞋”穿在脚上实在太难受了，整个身体每时每刻都能感觉到那种勒进肉里的疼痛。

他无数次地想到结束自己的生命。活着到底是为了什么？活着有什么意义？如果从12楼的办公室纵身跳下去，是不是就能一了百了？着地的时候会有多痛？那一刻会不会后悔？儿子连超越已经29岁，却还没有结婚，他是同龄人中的佼佼者，硕士毕业后被招聘到计算机研发中心上班，成为单位的研发主力和“别人家的孩子”，如果自己走了，他怎么生活？

连倚许是呆滞的目光和对什么都提不起兴趣的样子引起了儿子的警惕，儿子死说活说拉着连倚去医院看看，而且还给他挂了精神科的专家号。尽管连倚心里烦躁，但他不愿意拂了超越的好意。看就看吧，自己没病，只是高兴不起来而已，哪个丧妻的中年人能高兴呢？心电图、脑涨落图及各种提问，乱七八糟的什么都有，如果不是顾忌儿子在门外殷切地期待，他简直想拔脚就跑。各种烦琐的检查完毕后，医生将儿子叫了进来，悄悄地告诉他连倚得了中度抑郁症。这个病不能着急，要慢慢调节情绪，让连倚开心，同时用药物辅助就能得到控制，如果不及时治疗，有向重度发展的可能，并有自残、自杀的倾向。

中度抑郁症？超越吓了一跳，怪不得父亲总是一副无精打采的样子，每天24小时脸上像6月的黄梅天一样从没晴过，原来他正在经历一场看不见的殊死搏斗。抑郁症这种病可大可小，小了可能是提不起精神，大了便是生死之间，而且彻底治愈十分困难，一定要找个解决的办法才行。父亲小时候家境困难，下面还有两个弟弟，从中学起就一边上学一边打工，大学4年谈了个特别喜欢的女友，又因两家的家庭条件悬殊遭到所有人的反对。对方是在蜜罐里泡大的娇小姐，根本不知道人间疾苦，而自己的父亲则连一双皮鞋都买不起。女孩儿爱他的才华，他爱女孩儿的单纯善良、善解人意，然而双方父母在拆散他们时却表现出出奇的一致——软硬兼施地用尽各种手段，最终逼得两个人分手。似乎他们在一起一定会惹得天崩地裂，双双走向人生的地狱。

既然娶不了自己喜欢的女孩儿就娶父母喜欢的吧！连倚像个局外人一样将自己的婚姻完全交给父母，他已经没有什么爱与不爱了，只剩下压得他喘不过气来的责任与义务。他娶了老老实实、本本分分的妻子，是棉纺厂的女工，她生下超越后就开始不断地生病，心脏病、糖尿病、高血压、带状疱疹……各种各样的疑难杂症都聚齐了，在这可怜的女人身上几乎集合了各种能想到或想不到的病痛。老天为什么要惩罚她呢？她有什么错？虽然两个人并不相爱，但无疑都是善良的人。家里所有的钱都用来给她寻找偏方、吃药、治病，苦苦熬到儿子上班了，也把儿子挣来的工资贴补妈妈的医疗费，加班加点搞科研的奖金同样全部献给了医院，妈妈流着眼泪看着两个男人为她做出的牺牲，偷偷停掉了各种常规用药，病情陡然加重，最终撒手人寰。剩下父子二人环顾空空荡荡的家，除了那些数不尽的痛苦回忆，别的什么也没留下。

现在只剩下父亲一个人了，他几乎从未为自己的生活考虑过。省钱、攒钱、尽心尽力照顾儿子。永远穿着破洞的背心和袜子，上街时甚至舍不得吃一顿快餐，去哪儿都是公交地铁，从不约出租车，如果被抑郁症战胜的话，他的一生将与贫穷、困顿、不顺、窝囊这些词画上等号。不行！这样不行！任何一个含辛茹苦的人都应得到生活的回报。超越下决心无论如何也要治好父亲的病，让中年的他感到真正的幸福。

就在此时，如天降洪福，他接到了老同学佟宇的电话。他们多年不联系，但超越也听得出佟宇的急切，他的语气又急又快，像一个想尽快背完课文的小学生。讲完后超越没弄明白佟宇说了什么，于是又从第一句开始追问，反复几遍之后终于弄清对方的意思。这个奇特的提议蓦然间让超越全身一颤，计划虽然大胆且有些荒唐，但或许可以一试，即使出现差错也没什么大不了的，说不定这是一根把父亲从抑郁症苦海中拉回来的稻草，现在，除了用力抓紧这个办法没有别的选择。

晚饭过后，连倚照例坐在一楼巴掌大的小院里乘凉。他的家位于这个城市最旧的小区里，户型狭窄，破破烂烂，这里住的基本上全是在棉纺厂上班的职工，因为工厂是三班倒，小区随时都有人进进出出，哪怕是后半夜。他无神地看着院墙上灰蒙蒙的天空，那天空一年四季都没有晴朗过，雾霾无情地阻挡在人的视线与蓝天之间，成为永远的遮光板。

“爸，出去走走吧！我陪着您。”超越拿着一把扇子走过来，笑嘻嘻的。

“不，不出去了，一会儿就该睡觉了。”连倚哪儿也不想去，虽然他也并不想睡觉，甚至害怕提到睡觉两个字，但出去又有什么意思呢？到处灰蒙蒙的，看着就让人心烦。

“走吧走吧，长安公园每天都有人遛嗓子，唱得可好听了。有几个是河北梆子剧院的票友，水平挺高的，您不是最喜欢听河北梆子吗？”超越一定要拉着他出去，显示出从未有过的热情。

连倚拗不过，只得跟在儿子身后出了小区。

夏日的傍晚阵阵凉风习来，像是对热了一天的人们的恩赐。在这清爽的凉风中，公园里唱戏的票友们正有板有眼地放声高歌，真不知道他们哪来那么多高兴的事。

超越拉着父亲坐在紫藤萝下的长椅上，兴致勃勃地看一群老头老太唱了一段又一段。连倚却毫无兴致，这些人唱得太业余了，还好意思当着这么多人露怯，自己要是这个水平，绝不会在这么多人面前丢人现眼。他把头扭过去看那边跳绳的两个小姑娘，长长的头发在空中飞舞着，异口同声认认真真地数着跳了多少。

忽然，一阵空谷黄莺般动听的唱腔传来，势如裂帛又风流婉转，是河北梆子《辕门斩子》中穆桂英的一段，如此好听的嗓音一下子引起了他的注意。冥冥中，他似乎全身颤了一下，但为什么颤抖却不知道。

站起身看围成一圈的人群里，站在正中间的表演者已经换成了一个女人。比刚刚那些老头老太年轻多了，最多也就20岁，20岁的女孩子喜欢唱戏并且唱得好的并不多见。她身材纤细苗条，乌黑的长发随意挽了个丸子头梳上去，四周有些细碎的头发垂下来，平添了一种朦胧随性之美。一身碎花连衣裙，不算十分时髦，但却分外优雅。再往上脸上看时，连倚像被蜜蜂蜇了一样，长长的一根大刺瞬间扎进肉里，疼得人掉下泪来。

女孩儿面容姣好，五官搭配在一起让人有一种说不出的舒适，散发着某种不食人间烟火的气质，美得发光。这张脸他曾凝视了将近4年，脉脉含情地、满腹心事地、缠绵悱恻地、五内俱焚地各种凝视。可凡，这是你吗？这真的是你吗？连倚拼命盯着眼前的女孩儿。对方却浑然不觉，依旧投入地唱着，四周爆发出热烈的掌声。这是今晚所有人中唱得最好的一个，也是最年轻漂亮的一个。连倚想上去搭话，问问对方到底是谁，又觉得以自己的年纪过于荒唐了些，犹豫之间女孩儿鞠躬退了下去，再也找不到了。

晚上躺在床上连倚反复回忆着，那张脸肯定是可凡，大学4年他们朝夕相对，怎么可能弄错？但是她只比自己小一岁，应该也是50来岁的中年人，怎么会依然那么漂亮那么年轻呢？难道是她的女儿？这么说她也住在附近？阴差阳错，在他们分手30多年后，甚至以为今生永别了，却没想到突然又离得这么近。他心潮澎湃，此起彼伏，大学4年浪漫的时光如电影一样一幕幕浮现在眼前。这么多年来第一晚，他没有想到单位变态的领导，没有想到工作中的烦心事，却与遥不可及的青春对接，倏然回到那青葱曼妙的时光，那美好得无与伦比的初恋，它消弭了连倚心中无数的焦虑与暴躁，使他平静下来慢慢进入了梦乡。

从此以后，连倚天天晚饭后都到长安公园去，早早坐在亭子下等那些戏曲爱好者们开场，眼睛不住地搜寻，希望看到那个念念不忘的身影。但是几天下来却一无所获，他懊恼不已，恨自己当时为什么不冲上去一把拉住她。许多人生的错过都在一念之间，等到懊恼时已是遥不可及。

他忘不了人生中最快乐的日子是可凡给的。她会瞒着家里，每个月分一半的生活费给他，给他买衣服、袜子、腰带、笔记本，反正一个大学生日常需要的一切她都会毫不犹豫地买给他，就像养了一个儿子。她从不嫌他穷，看电影时也是她买票和零食。为了照顾他脆弱的自尊心，还特意让他假期到亲戚家的公司去打工，只干了半个多月就给开了两个月的工资，当他拿到工资给她过生日时，她高兴得几乎要飞起来。

这个世界上，还有谁像可凡这样爱他，对他好呢？没有了，包括父母，甚至连最后的分手也是为了彼此着想。恋人可以选择，但父母却不可以，她要成全他做一个百分百的孝子，而他也要她能过上幸福生活。离开是为了祝福，转身是因为相爱。毕业时，她哭着走了，每一滴眼泪都像一把刀子狠狠戳在连倚的心上，戳得千疮百孔，血流如注。那一刻他感到被人掐着脖子一样的窒息，病了整整两个多月才慢慢好起来，从此他们天各一方，彼此杳无音信。

她过得怎么样？结婚了吗？嫁给了怎样的人？她一定很幸福吧！幸亏没有和自己结婚，否则那些艰辛和苦难岂不全要落在她的身上？他宁愿再苦10倍也不要她一起背负。现在，只要能远远地看看她，了解一下她的生活，哪怕要他付出任何代价都在所不惜。情感的波澜汹涌而来，拍打着连倚沉寂许久的内心，昼夜无止，使他片刻不得安宁。他肌肉紧张，若有所待，四处搜寻却又一无所获，日复一日这样重复着。

这本《爱情攻略》到底说得对不对呢？第一步先给男人一个美好而深刻的印象，然后坚决彻底地消失，千万不要以为趁热打铁马上进入下一步约会才是最好的方式，事实证明那是摧毁女性神秘感的利器。一定要把握好节奏，让男人在初遇的惊艳后立刻进入迫切的期待，接下来便是不断升级的希望、盼望、渴望，最好能让他发疯。第二步才是制造第二次偶遇的机会，在不经意间蓦然重逢，只有这样才能使那根绑住风筝的线越拽越紧。爱情真是这么深奥的一门学问吗？这本书的作者不知是谁，貌似胸有成竹、经验老到的样子。佟宇自己没有谈过恋爱，姑且就按它设定的套路来吧！人与人之间的相处真令人厌倦，远不如人与自然或人的独处更加从容、舒适。

周末下了班，连倚特意拐到并不顺路的一家肉店，超越最爱吃那家的五花肉，今天回家好好给他红烧一顿。儿子太让人省心了，不讲吃不讲穿，除了工作就是想着家里，连找对象的时间都没有，自己也该好好关心关心他。

他特意挑了一块三层肥瘦相间的新鲜五花肉，这样的肉用冰糖和酱油红烧最好吃了。正要付钱时，身旁响起一个脆甜的声音。

“师傅，给我两个猪蹄，要大个儿的。”

连倚下意识地扭头一看，不禁整个人都僵住了。他找了很多天的那个女人，仙女下凡般站在身旁，笑着跟肉店老板打着招呼。她换了一身亚麻质地的宽松舒适家居服，休闲又飘逸。连倚的手不受控制地抖了起来，手里的五花肉“咣”的一声掉在案板上。

女人闻声转过头来，那一刻，她也一下子愣住了，迟疑地说：“怎么……是你？”

连倚不知道说什么好，觉得浑身的血都涌到了头上，像喝醉了一样晕乎乎的，直到女人说：“你有时间吗？我们去旁边的咖啡馆坐坐。”

肉店的斜对面就是一家咖啡馆，店里冷冷清清，两个服务员一前一后招呼着他们。直到一壶咖啡端到面前，连倚的心还狂跳不止。心里涌起千言万语，却像塞车一样堵得水泄不通，一句也说不出来。

女人幽怨地看了他一眼。“这些年你还好吗？30年了，你竟然从来没找过我。”她的脸上划过一丝忧伤与失望，仿佛一直默默期待着什么。

是可凡，绝不是她的女儿，只有她才会说出这样的话！

连倚张了张嘴说不出一个字。没找过吗？自从离校时两人抱头痛哭把她送到车站后，他何曾有一天忘记过她？甚至自己的新婚之夜，儿子出生的那天，父母过世的时候，他没有一刻不在心里呼唤着那个名字。但是他又能给她什么呢？看不到未来的贫困，让一个官宦家娇滴滴的女儿系上脏兮兮的围裙，在四五十平方米的小房子里做菜，破了的拖鞋也舍不得扔掉，依然凑合着穿，自己难道要给她这样的生活吗？

“你老多了。”她看着他的脸，伤感之中带着依稀的心疼，那眼神和大学时代一模一样。

“你，结婚了吧！”憋了很久，连倚才憋出这样一句话，说完马上觉得自己太幼稚了。50多岁的女人，怎么可能不结婚？难道要人家一直等自己吗？

“没有，4年时间已经把所有的爱都耗尽了，我还能爱上谁呢？”可凡苦笑了一下，长长叹了口气，光洁的脸上看不出一丝岁月的痕迹，连一丝皱纹都没有，她是怎么做到的？女人的保养难道真的这么神奇，能把30年的沧桑全部掩藏起来？

“说说我吧！分手后我也通过各种渠道打听过你，知道你过得不太好，但不敢打扰你。父母催着结婚，我一拖再拖，最后催得实在紧了，就去国外上了几年学，回来到一家翻译公司工作，现在来这边一家棉纺厂翻译产品说明和营销计划，并做一些外事接待工作，没想到竟然遇到了你……”

这是一场倾心的长谈，这样的谈话在他的梦里已经排练了无数次，现在终于等到了正式演出。多年遭受的痛苦、郁结，多年的思念与不甘，那些从不能和别人说的心里话一股脑倒了出来，像一只倒扣的水桶，一滴都没剩。可凡还是那么善解人意，静静地倾听着，时不时给他续满咖啡。足足有两个多小时，连倚几乎没有停过嘴，一直在说，不停地说，好像这辈子攒下的话都在这一刻倾泻而出了。从热泪盈眶到涕泪横流，他以为自己早就失去了年轻人的冲动，变成一个沉默寡言、喜怒不形于色的中年人，没想到面对她时，竟然不知不觉又回到了那个风华正茂的年纪，与远逝的青春瞬间接轨，变得如此至情至性。

这还是那个不苟言笑、枯燥无趣的中年人连倚吗？他的中度抑郁症似乎不存在了，像个名副其实的话痨一样喋喋不休，仿佛要把几十年的苦水倾覆殆尽。一个女人对于男人而言意味着什么，真的是神一般的力量，可以把他们的灵魂安放到平静安适的憩园吗？人把情感寄托在机器人身上，能多大程度地改变他们的身体和心灵？佟宇思考着，故事的开端看起来不错，起码看到了连倚情绪的释放，自己还从未目睹过恋爱的情景，这场人与机器的恋爱看上去有些言情剧的意味，但愿它的结局也能够尽如人意。“机器人能使人多幸福”，这个问题一定能找到答案的。

生活什么时候出现转折根本无法预料，这基本要看老天的脸色。一直被生活关在黑屋子里的连倚突然看到窗外射进来的一束强光，明亮、温馨，充满希望，他顺着这光走过去，直到长出翅膀飞出窗外，凌空而起地冲向更高、更亮、更远的天空。

超越发现父亲突然间变了很多。原先总是不由自主地叹气，眉头锁成一个疙瘩，对什么都漠不关心。现在心情似乎轻松了很多，偶尔还会笑一下，而且竟然主动添置了两身新衣服，每天都要刮胡子、照镜子，还特意去发型工作室把白发染得漆黑，这些都是极为罕见的现象，它们标志着父亲重新找到了生活的希望和乐趣。超越跟踪了两次，不错，就在棉纺厂旁边的商务酒店里，他看到父亲和一个女人一块走进招待所大门，二人有说有笑，手里还拎着满满一大袋东西，就是超市那种环保袋子，估计是吃的和日常用品，俨然像亲密的家人。

“终于找到治疗父亲抑郁症的方法了，以后也许不用再吃药了。”超越兴奋地想着，不过隐隐地又有些失落。哎！父亲的笑脸与和蔼何曾对母亲有过，那样小心翼翼、辛辛苦苦，看父亲脸色行事的母亲，到死都没能得到父亲的真爱，一辈子过得如此不值，而自己现在却和别人联手把父亲推向另一个女人的怀抱，不，不是，它不算是一个女人，甚至不能算作一个人。

传奇永远只存在于虚幻的故事中，生活里又有谁曾与美艳的女人擦肩而过呢？四大美女、褒姒、妲己、虞姬、飞燕、陈圆圆、李师师等貌似俯拾皆是的美女遍布于历史长河之中，但无论闭月羞花的容貌还是英雄美人的结合都是人为夸大的结果，天知道艳遇这种事有多少是天作之合，又有多少是处心积虑。父亲太过简单的头脑使他不会把问题复杂化，只会凭着自己的直觉判断，他已经相信与初恋的再次相遇是莫大的幸运，不断感谢上苍了。

无论怎样，父亲幸福就好。父亲是一座山，支撑着这个风雨飘摇的小家，不让它倒下去。他无数次风里雨里接送自己上下学，大学毕业后面试时路费凑不够，父亲放下自尊，到一个看不起他的远房姑姑那里借钱，为了多给自己攒点生活费父亲主动申请到车间加班，下了夜班他连骑车的力气都没有了。和母亲没什么感情，回到家两人相对无言，一言不发地度过一个又一个白天和黑夜。想到这些超越就会心里一紧，这个家欠父亲的太多了，现在需要慢慢补偿给他。但愿这个试验性的智能机器人可以带着爸爸走出抑郁症的沼泽，让他重享生活的幸福。

目前看来“可凡”表现上佳，没有引起怀疑。不仅能够按照预先设定的故事情节、人物性格进行交谈，将语言的抑扬顿挫把握得十分自然，还能配之以相应的表情，对可凡这一人物的外在、内在阐释得十分恰当。尤其眼含热泪的场面，能做到让泪水在眼眶里打转而不掉下来的地步，看得让人心碎。但那泪水无非是提前放在眼睛后面特制凹槽里的纯净水而已，一旦需要，就能源源不断地淌出来。

父亲则是全情投入，他年轻时无处安放的巨大热情已被全部调动出来，超越看到他自然而然地把手搭在可凡腰部，细心地为她开门，紧握她的手不愿分开，完全是一个陷入情网的小伙子才会有的举动。就这样保持下去吧！直到他完全康复，总比吃医生开的药物更加有效吧！

连倚陷入了前所未有的幸福之中，这种突然降临的幸福犹如夏日正午直射的阳光一般照得人睁不开眼睛，一切恍若梦中。可凡依然像30多年前那么乖巧懂事，会特别在乎他的情绪，会给他捶背按摩，会撒娇，会拉着他的手像小女孩儿一样蹦蹦跳跳。国外的驻容术实在太厉害了，他从不曾见过国内任何一种化妆品或整容技术可以达到如此高超的地步。无论从哪个角度看，身材、声音、性格、举动，都是30多年前的那个魂牵梦萦的初恋情人，而绝不是和自己年龄相仿的中年人。命运不仅把可凡还给了他，还让她保持了青春的样子和青春的心情，这样的恩赐，是不是太过奢侈了？

爱情能把一个人变得自己都不认识。连倚开始爱打扮了，他穿上了簇新整洁的细蓝道白领衬衣，袖口系得紧紧的，细腿的牛仔裤使他看上去又高又瘦，胡子刮得干干净净，梳理得整整齐齐的头发透着一股清爽的香味，脚上的运动鞋也是亮黄色的新款。和可凡两个人手拉手在林荫道上散步时，宛如两个纯情浪漫的大学生。好看、帅气、自由、开心，啊！这样的日子，让他受宠若惊又有些手足无措，自己难道真的可以这么幸福吗？

多年未见，可凡和他之间竟无半点隔阂，只是她似乎不愿提及往昔的一切，像一根卡在喉咙里的刺，令人不堪回首。她只愿向往新的生活，憧憬他们共同的未来，而连倚的改变几乎被身边所有人发现了。

“老连，昨天我看见你和一个年轻女孩儿手拉手逛街，那女孩长得可真带劲儿，是刚谈的对象吗？”老邻居李姐直言不讳地问。

“呵呵，是啊，刚处了一个。”连倚笑着回答，不愿将始末缘由告诉她。

“好啊，真让人羡慕，看样子女孩儿还不大，20来岁？不知道家长愿不愿意，估计有难度吧！”李姐说着，心中却鄙夷地想道：老婆刚死没多久就又勾搭了一个，半大老头子还祸害人家小姑娘，真是缺了八辈子的德，真不知道那女孩子看上他哪儿了，难道看上他脑门上的抬头纹长得深吗？又穷又难看，可怜超越的妈，什么福也没享上就蹬腿走了，现在可好，儿子大了能挣钱了，没有负担了，男人转脸就找了个年轻漂亮的，男人啊，没有一个好东西……

连倚并不知道李姐在想什么，也完全没有兴趣关心这些。他想的是要怎样加快和可凡的进度。30多年都荒废了，现在要惜时如金，见见她的父母，定婚期，把家重新装修一下，买些新家具。可凡是头婚，不能太凑合，否则对不起人家。礼金、婚纱、司仪、喜宴这些一项都不能少，安排好这一切不仅很费精力，更重要的是钱必须到位。如果样样办得体面的话，借钱是必须的，不行先跟同事们周转一下，等收了礼金之后再一一还上，估计差不了太多。对了，结婚的事还要跟超越商量商量，毕竟儿子大了，他同意了才是皆大欢喜，但愿他不会反对，否则会很麻烦。这些细节每天都会在他的脑子里过一遍，几乎占用了他曾经用来烦恼的所有时间。

带可凡参加同学聚会是连倚期盼已久的。这些年，自己过得窝囊，而同学们却风生水起，多少人买了豪车、别墅，多少人成为单位的领导或业务骨干，只有自己还在棉纺厂的办公室当一个小小的副主任。这也是看他年龄大了，还当普通科员实在说不过去才被提拔起来的，一干就是8年，到现在也是个副主任，管一些零七碎八的小事，估计到退休也就这样了，不会再有升迁的机会。而上学时那些成绩不如自己的人反倒平步青云，蓦然之间大家好像都发了财、升了职，只有自己原地踏步，多少年没个动静，所以他几乎不参加任何形式的同学聚会。

这个月26号刘若愚的二儿子结婚，这次一定要带可凡参加，让可凡在老同学面前公开露一次面。刘若愚是大学时班里的旁听生，学习不怎么样，但却喜欢四处结交朋友，全班30来个人没有他不熟悉不联络的，甚至连倚这样刻意隐藏起来的也被他上门找过好几次，动不动就请人吃饭，豪爽的性格、出手的阔绰让人无法拒绝。刘若愚比同班同学都大几岁，大儿子早就结婚了，二儿子据说娶了个俄罗斯女孩儿，还是什么农场主的千金。不出意外的话全班同学大部分都会到。好吧，这就跟可凡说，两个人一块儿出席，他总算能扬眉吐气一次。

中午，他照例到招待所和可凡一起吃饭，这样的生活已持续了近一个月。招待所有简单的厨房和炊具，而可凡又做得一手好菜，和她一起把菜端到餐桌上，相视而笑，你谦我让地吃饭简直是人生至快之事。连倚轻快地穿过草坪和一排排木槿树，向招待所走去，却远远看到可凡站在招待所门口和一个满脸络腮胡子的外国人说话，于是他放慢脚步，绕到门口石榴树后面仔细听着。

只听两个人正用外语叽里咕噜地说着什么，虽然听不懂，但却感觉可凡说得流畅自然，十分地道，就像她说普通话一样毫无阻碍。连倚知道她是英语翻译，在美国生活了多年，无论听说读写译样样得心应手。哎，相比之下，自己就逊色多了。大学所学的知识基本全部还给了老师，英语连普通的日常会话都说不了几句，至于当时可凡最看重的自己写诗的才华，也早已江郎才尽。他从大学毕业至今没写过一首诗，连“诗”这个字都不敢再提，唯恐亵渎了它，年轻时的棱角和诗情画意早被生活彻底泯灭了。然而自己的女人却如此厉害，他感到由衷的自豪，这个女人，这个在同龄人中最优秀的女人，竟然把所有的爱都给了如此平凡甚至平庸的自己，真是受之有愧啊！

可凡系上围裙在厨房里忙碌着，围裙上是可爱的雏菊图案，干净清爽，唯美梦幻，仿佛它并不是一件防油污的道具，而是一件时装，和老婆曾经的旧抹布一样的围裙有天壤之别。她弯腰看液化气燃烧得怎么样，腰胯的曲线美得无法形容。连倚在旁边完全看呆了，天下还有这么美的女人，她生来就是为了诱惑男人的。他蓦然升起一股冲动，不顾一切地一把拉住可凡，把她从厨房拖到卧室，扔到床上，重重地关上了门。

“火，火还烧着呢！”她边笑边挣扎着。

“管不了那么多了，就让它烧吧！”

他鱼一样跃到她的身上，任凭最原始的冲动牢牢掌控了自己。失去理智，不再思考，不管不顾，疯狂地索取着他想要的东西，那是30多年前就无数次想过但最终没有付诸实施的。可凡在身下轻声的呻吟，更激发起他征服的欲望。30多年的婚姻经历，他从未在去世的妻子身上有过如此美妙奇幻的感觉，就像走进一片从未见过的森林，里面奇花异草，树木葱茏，各种香气四溢的果实挂满枝头，任人采撷。简直是人间仙境，天赐的伊甸园。原来人间还有如此至高无上的享受。他不可遏制地战栗着，像条随波逐流的小船在海浪上一路颠簸。

监视器上突然出现的场面让人血脉偾张，无法直视。佟宇赶紧冲到客厅，倒了杯水一口气喝下去，却依然脸红心跳，喘不过气来。这样私密的场面，一下子跳进视野，实在有些措手不及。这算合理范畴的监控还是带有猥亵性质的偷窥？是出于对整个试验的关切还是不良企图的借口？如果受试者知道会有怎样的反应？他们的身体、隐私就这样被赤裸裸地呈现在屏幕上，纤毫毕现，甚至可以将某个部位特别放大，这属于违法行为吧！以后的立法应考虑到这样的情境，否则人便成了笼中的动物，一切都暴露在他人的注视下。然而如果不这样做的话可凡的性爱功能则永远是一个未知数。它表现得实在太完美了，这说明其身体的仿真性达到了以假乱真的地步。监视是合理的，因为毕竟初衷是好的，相信受试者会原谅吧！

“早知道大学的时候就这样了，白白错过30多年。”连倚靠在床上，一边把气喘匀一边感慨。那些单纯稚嫩的日子，谈恋爱竟然真的只是谈恋爱，不敢越雷池一步，不像现在的年轻人，总会提前享受所有的一切。可凡枕在他的手臂上，并没有他那么激动，显得十分平静，轻盈地跳下床去。

“我去做饭了，等会儿端过来。”

她明明是第一次，但反应却如此平淡，完事之后二话不说就奔向厨房，让人纳闷。但转而又想，大概是怕锅烧坏了，而且即使长得再年轻，毕竟也是中年女人了，年龄会改变她对许多事情的反应。想当年她看见一条虫子都能吓得哇哇乱叫，现在拿着刀现宰活鱼已经得心应手。唉，时间对人的重塑功能实在太强大了。

星期六中午的海越大酒店宾客盈门，3场婚宴同时进行。人们像走马灯一样进进出出，大门口站的6个盛装的新郎和新娘反倒像迎宾服务生，他们穿得大同小异，满脸堆笑地迎接着客人。“我结婚的时候，绝不在酒店举行，说什么也要新颖一些。”连倚暗暗想着。第一次婚礼凑凑合合地过去了，简直不像一个婚礼，第二次一定要尽善尽美尽如人意，可凡穿上婚纱肯定要比这些新娘漂亮百倍。

打听了一下才知道刘若愚家的婚礼在二楼，连倚拉着可凡上楼之际，几次有人回头看她。她穿了一套当下流行的藕色纱质仙女裙，苗条的身材配上长长的裙摆，收腰设计更显得细腰不盈一握，紧致的脸蛋配上漂亮的锁骨，头发是刚刚做过的小幅弯曲的仙女型，左右各梳了一条细细的发辫别上去，在脑后交叉，头上戴了一个小小的不惹人注意的王冠型发卡，如同波提切利笔下的维纳斯，整个人显得超凡脱俗，宛若不食人间烟火的仙子。看上去只有18岁的模样，青春靓丽，看得令人心动。虽然连倚也精心修饰了一番，但和可凡站在一起，到底像两代人，绝不是很般配的情侣。唉，以后我也要搞个她这样的整容术，那样郎才女貌该多好啊！等挣够了钱吧！一定去国外做！他痛下决心地想着。

几十桌宾客热热闹闹地聊着，似乎每个人都很兴奋。连倚找到了自己的桌签，桌旁已疏疏落落坐了几位早到的同学，有的还是从外地赶过来的，大多都是毕业以来第一次见到。

“老连，幸会幸会，多少年你都不露面，没想到这次见到真容了，真是荣幸之至啊！”曾经的学习委员李宇航打趣地说。

“是啊，还是老刘面子大，上次见老连还是30多年前的毕业聚餐呢！”旁边坐着并没有站起来的章行知有些酸酸地说，大学时他和连倚一个宿舍，十几年前来S市时也曾主动找连倚聚聚，却被对方不软不硬地拒绝了，说出差了没在S市，一个办公室小科员出哪门子差，不过是找个借口不见罢了，章行知为此十几年来一直耿耿于怀，觉得对方不把自己放在眼里。

两个女同学上一眼下一眼地打量着可凡，窃窃私语了几句，犹豫了一下问道：

“哎，连倚，听说你生了个儿子，怎么变成女儿了？不过你女儿真漂亮啊，够上明星级别了，还在上大学？一定有很多男孩儿追吧！”

连倚脸一红，有些局促地解释：“不是女儿，是女朋友，我们很快就结婚了，到时候请大家喝喜酒。”

“什么？女朋友？！”一桌人惊讶得下巴都要掉下来了，统一一副目瞪口呆的表情。看看老连再看看身边微笑恬静的可凡，搞不清一向严肃古板的老同学为什么要开这样的玩笑。

“其实你们差不多都知道，我大学时的初恋，外语学院的裴可凡，就是她，和咱们同届，大三时咱们班的元旦晚会她还去了呢！”连倚解释道，不想让大家胡乱猜疑，以为自己人到中年却找了个年轻漂亮的小情人。

“哇，你这么说我有印象，裴可凡，当时也是外院的院花呢！不过，她怎么会这么年轻，甚至比原先还要年轻，整容了吗？”

“老连，真是艳福不浅啊！这方面你在咱班绝对第一，谁老婆也比不上你老婆。”

人们叽叽喳喳开始议论，后来赶到的十几位同学也加入了惊讶和议论的行列。这场婚宴俨然变成了连倚的新闻发布会。大家的注意力完全集中在可凡身上，眼睛一直围着她转。连倚不禁有些得意，但又担心可凡会不会怪自己，招来这么多异样的目光。

然而可凡的修养实在太好了，她微笑着跟大家打招呼，无论别人怎么指指点点都心平气和，没有一点不悦。直到司仪宣布婚礼开始，请大家安静，新郎新娘已分别站在了红毯的两端，人们才逐渐安静下来。几位女同学依然按捺不住内心的兴奋，根本不看台上，压低声音继续全心全意地谈论着可凡。惊讶于貌不惊人、混得一般般的连倚竟能找到这样如花似玉的女孩子，她看上去乖巧听话，家庭背景应该很不错，身材相貌当个模特也富余，怎么就看上老连这块老腊肉了呢？真是猪油蒙了心，她到底图什么？

接下来是千篇一律的换戒指、展示结婚证、谈恋爱经过、父母寄语、领导发言之类的，大屏幕上不断变换着各种美不胜收的婚纱照，这些经过化妆和美颜、滤镜、拉长腿、瘦脸、瘦腰等各种PS修图处理的照片已经完全看不出新郎和新娘的本来样貌，完全是在展示毫不相干的两个陌生人。没有人对这琐碎无聊的过程感兴趣。无数中国人以这种统一的模式度过了他们一生中最难忘的一天，而宾客们则什么也不会记得。

喜宴开始了，千篇一律的四喜丸子、福寿砂锅，这些菜名承担着各种喜庆的寓意，这些菜都是提前做好，只等席面一开便流水线般回炉热一热就端上来，毫无新意，味道更不值得期待。人们开始吃饭、喝酒，可凡慢慢地吃着，举止稳重大方，显示出大家闺秀的气质。她看到连倚夹起一只虾，又懒得剥，只是放在盘子里并不动它，就主动用湿巾擦了手，给他剥好，把完整的虾仁放在他盘子里，并盛了一碗热汤端给他。

“哇，看人家，这么漂亮还这么贤惠，老连真是几世修来的福啊！听说他的前妻只是个棉纺厂的普通工人。这个却像大明星一样，真是人生处处有惊喜啊！”同学们还在交头接耳，除了惊讶他们似乎想不到其他的了。

“这女孩儿看上去也不傻啊！是不是老连这两年发财了？只是咱们不知道而已。”人们对两个人的关系始终保持着昂扬的兴趣，婚宴结束宾客们先后离开时，还有人在谈论着此事。

第三章

危险关系

这场让机器人进入受试者社交圈子的安排比较令人满意，看得出受试者本人也很满意。机器人要起到情感抚慰作用，不单单要与受试者相处，还要置身于服务对象各种复杂的人际交往中，接触其所有的社会关系，这的确是一个棘手的问题。打招呼，寒暄，和不喜欢甚至心怀恶意的人周旋、敷衍、斗智斗勇，要表现得有涵养、有礼貌、有素质、情趣高雅，机器人怎么才能圆满完成呢？如果不是专门的软件设计出的N种交际场合，总结出各种得体的言谈举止，可凡不会有如此上佳的表现。这说明，科技想要达到出神入化的效果必须与其他学科和领域交叉互渗，否则绝不可能完美地融入日常生活。可怕的人际交往，它比科技难题更让人恐惧，和这么多人一起吃饭想想都让人不寒而栗。

招待所门口就有地铁站，于是连倚拉着可凡去坐地铁。虽是周六但车厢里的人并不多，上车后还有一个空座。可凡把连倚按到座位上，自己则扶着栏杆随着车厢左右摇晃。连倚站起来要她坐，可凡却连连摆手。

对面一位带着孙子的老奶奶指着可凡说：“看这个姐姐多孝顺，把座位让给爸爸，你长大了也要像她一样啊！”

可凡笑笑没有说话，连倚心里却很不是滋味。今天婚宴上同学们的反应，刚开始他是发自内心的高兴，谁不希望大家夸赞自己未来的老婆呢？但后来女同学们说两个人像父女之类的，他心情一下子糟糕起来。可凡的美丽、大方、优雅愈加衬托了他的平庸无奇，这样的他真能把她牢牢地束缚在身边吗？他要怎么过她那挑剔的父母这一关？30多年前可凡的父母坚决反对，30多年后就会同意吗？要知道他自己除了增长了年龄和多了一个儿子，并没有什么起色。

现在随便一个路人都认定他们二人是父女关系，这种尴尬实在难以接受。而且男人呵护女人天经地义，可凡又剥虾又让座的，为什么要处处照顾自己？难道觉得自己老了？真拿自己当成了老父亲？以后这样尴尬的事还会不断发生吧？连倚怔怔地坐着，思绪却飞扬到九万里高空，无法折回。

超越这些天有些烦躁，他很清楚父亲现在的情况，已经完全沉浸在爱河中不能自拔了。那曾经像毒蛇一样狠狠困扰连倚的忧郁症像个被打败的逃兵，一溜烟儿地跑远了，仿佛那场旷日持久的战争从来不曾存在过。他看那女机器人时，双眼充满爱意，像一个可以让人沉溺其中的湖，他从未用那样的眼神看过其他人。但不管怎样，父亲的病不治自愈，并且已经开始准备进入新的生活，看到他前所未有的快乐，超越觉得自己所做的一切都是值得的。

父亲已经详细告诉他再婚计划，但是超越有些犯难。这场戏能否一直演下去，万一哪天机器人出了故障该怎么办？父亲一旦发现这不过是场精心的骗局会不会受到致命的打击？为了帮他摆脱抑郁而接受了佟宇的提议，而父亲的病会不会在失去可凡后卷土重来，甚至病情更加严重？那样的话该如何是好？父亲倾尽后半生的感情来爱的可凡，一旦消失，他要怎样面对生活？对一个即将步入老年的人是否太过残忍？伪造一个可凡出车祸或患上急症之类的非正常死亡并非难事，但父亲的后半生大概要天天活在痛苦和思念之中。他和佟宇最初并未顾虑这么多，只想尽快解决父亲的抑郁问题，现在才发现后续的烦琐还真不少，像双脚陷入泥潭之中，想要干净而彻底地拔出来绝无可能。

超越被这些问题搞得头昏脑涨，每天都在殚精竭虑地想对策。无论如何，也要尽量延长父亲快乐的时光，眼下急需解决的是父亲要见可凡的父母商定婚期，必须有人来扮演这对父母，可上哪儿去找合适的人选呢？佟宇在科研方面是天才，但在人际关系这方面却无异于一张白纸，看来只能自己仔细规划一下。

连倚比儿子还要紧张，他已经约好了和可凡的父母在“十一”期间见面，晚上躺在床上都有一种喘不过气来的感觉。那是怎样的父母啊！一个省级干部，一个厅级干部，百分之百的高干家庭。30多年的时间能扭转他们对自己的看法吗？他看过大学时可凡的全家照，不苟言笑的两个人，穿着得体，不怒自威，让人油然而生一种敬畏。身后则是超大的客厅、真皮沙发、一米多高的绿植和气派入时的家具。

他们会不会痛骂自己一顿，或找人揍自己呢？一个棉纺厂上班的职工有什么资格要娶他们的女儿，就凭现在依然穷困潦倒的状态？还是凭耽误人家女儿30多年，让她一直单身的现实？这该是怎样的一次见面啊！保不准就会成为他人生中最大的劫难，面对他们时要用什么心态？讨好？信誓旦旦？不卑不亢？如果自己有女儿，愿不愿意让她嫁给像自己这样一无是处的人呢？

他翻来覆去睡不着，要带什么礼物，怎么说话，怎么向两位老人表达自己的诚意，怎样让他们放心地把可凡交给自己……想得头都大了，也没有一个万全之策。唉！船到桥头自然直吧！他们也早已退休，成了普通的老头、老太太，不会忍心看着自己的女儿一辈子孤独终老吧！

生活中所有的事，无论你有多盼望或是多恐惧，都会踩着坚定的步伐一步步逼近，丝毫不在意你的意愿。“十一”的秋风很快吹遍了这个城市，天变得更高更蓝，云变得更白更淡了。当连倚拎着两箱特产赶到亚太酒店时，手心、额头、脖子因为紧张已满是汗渍，显得狼狈不堪。这样的形象岂不是又要减分了吗？但已经没有时间再去洗脸换衣服，再要迟到的话更没法交代了。

可凡已等在那里，轻松地环顾四周，她倒是一点也不着急。

“还没来吗？要不要我去接？”连倚后脖子的汗还在连绵不绝地渗出来，见面时不会整件衬衣都湿透吧！那该多难看。

“不用接，他们已经来了。他们看时间还早就到旁边的超市买东西去了，一会儿就来。”可凡亲昵地看着他，用纸巾替他擦了擦额头上的汗。

还没等他坐下，一对老夫妇并排着走了进来。

“哟，还以为你会迟到呢，没想到这么准时。”老太太眯着眼睛客气地笑着。她看上去很富态，穿着一身简单的薄款针织裙，和蔼可亲的样子。旁边的老先生满头银发，身材适中，干净利落，一看就是个老干部。两人似乎都与原先照片中的人大不一样，那种威严感已经荡然无存，毕竟30多年过去了，人总是会变的。

“坐吧，坐吧，别客气。”两位老人出奇地和颜悦色，竟无半点难为他的意思。

“叔叔阿姨，我早应该去拜访你们，工作太忙没抽出空来，你们这次来看可凡，一定好好多住几天，让我陪二老四处转转。这儿有几个不错的景点，大佛寺、赵州桥都非常近……”他诚惶诚恐地表示着自己的诚意，把所有的恭敬都拿了出来。

“不用客气。听说你们准备登记了，我们也挺高兴的。女儿找了你也算有了个好归宿，我们可以放心了。希望以后你们和睦相处，彼此照顾，共同把工作干好，把生活经营好。”老太太边笑边说，始终慈眉善目心情愉悦的样子。

连倚受宠若惊，他提前想到了各种场面，唯独没想到竟然这么轻松愉快，好像两个老人毫不介意曾经的过往，不介意他的经济状况与丧偶的经历，就这么毫无芥蒂地答应了。他不会是在做梦吧！

接下来是愉快的午餐，两位老人对未来女婿没什么考察的兴趣，却对S市的特产、风味小吃之类的津津乐道。这种轻松愉悦一直持续到挥手告别，二老要去四中路看一位多年不见的老同学，整个见面过程没有一句挑剔的话。难道他们得了失忆症？还是经历过巨大的人生劫难后想开了一切，就这么放心把女儿交给自己？如果30多年前他们就这么开明的话，何至于白白浪费掉两人的大好青春，那时结婚的话孩子都有超越这么大了。

预想中的困难、尴尬并没有出现，但不知为什么连倚内心却并没有感到特别的喜悦。如同你在毫无胜算的情况下，惴惴不安走进考场去考高等数学，但试卷发下来却发现是幼儿园10以内的加减法，简单是简单，每一道题都有百分之百的胜算，但交完卷后却没有丝毫的成就感，反而让人觉得蹊跷怪异，将信将疑。

“真奇怪，你父母也没提什么条件，他们不怕你跟着我受苦吗？想当年他们‘掐半拉眼珠子’也看不上我，怎么现在这么平易近人，一点儿也不挑剔了？”他不解地问可凡。

“我工作做得好呗，我跟他们说了，如果结婚只能和你结，他们不同意的话，这辈子我就孤独一生了。”可凡做了个鬼脸，像个调皮的少女。她俏皮可爱的性格像个印章一样牢牢贴在身上，在无数个细节中反复呈现着。

连倚笑了笑，孩子是父母的克星，再倔强的父母也犟不过孩子，这次，应该是万事大吉了。时间还早，两个人并不急着回招待所，决定到商场逛逛，准备一些结婚用品。

连倚不习惯熙熙攘攘的购物中心，总觉得人声鼎沸闹得人心慌。他从来都是需要什么才去买什么，绝不会闲逛。即使买东西也是到安静的店里去买，这种人头攒动如同打仗似的地方，看着都让人心烦。但可凡很喜欢，紧紧挽着他的胳膊有说有笑，径直拉着他到3楼的男士专柜。这里的西装全是大品牌，虽然价格贵得有点离谱，但品质却是无可挑剔的。

“给他挑一件合适的，穿上要帅才行。”可凡把连倚交给了店员，坐在椅子上饶有兴趣地看他试穿衣服。

连倚身材比较瘦，没有一般中年人的大肚腩，小号的款式穿上去非常精神，衬得人一下子提升了好几个档次。

“多少钱？”他压低声音问店员，尽量不让可凡听到。

“现在正好店庆，八五折后这款是25000元。”

“什么？这么贵？！”连倚张开的嘴几乎收不回去了。25000一身衣服，不如干脆去抢，这样的品牌西服根本不是为像自己这样的穷人设计的，几年的置装费加在一起也没这么多，干脆去买高仿的更合适些。

“老板，你们有钱人总是心疼这两个小钱，其实还不是两顿饭的事？”店员标准的南方口音，狡黠地冲着他笑笑。

老板？不知为什么连倚很讨厌这个词，表面上是一种尊称，其实完全是以经济地位来衡量人的身份，难道从商、有钱就值得尊重吗？而且他怎么看出来自己是有钱人呢？

“你说错了，我是真正的穷人，不是什么老板。”连倚边脱下衣服边没好气地说。

“老板，您要是穷人怎么有钱养这么漂亮的小姐？一个月的生活费也得给人家好几万吧！不然怎么能跟你？”店员眨眨眼睛，一副自作聪明洞透一切的样子。

一股怒火从连倚的胸膛升腾而出。眼前这个油滑的店员，竟然觉得自己用钱包养了年轻漂亮的情人，这简直是对他莫大的侮辱。他一把拉起可凡，二话不说就往外走。

“这件挺好的呀，干脆买了吧！”可凡不知怎么回事，也不知道他哪儿来的怒气，只好三步并作两步地跟了出来。

“有钱包养女人，没钱买西装，真是个守财奴！”店员在身后恨恨地瞥了一眼，小声嘟囔着，使劲抖了抖刚刚试穿过的衣服。

“十一”连倚与可凡父母的见面实在让人一言难尽。两个临时雇来的话剧团的退休老演员，完全没有敬业精神，一直在敷衍了事，既没有厘清人物之间的关系，也没有摆正自己的位置，根本不像挑剔的岳父、岳母审视未来女婿的场面，简直表现相差千里。看来超越太大意了，不该图便宜，找这种演技完全不在线的人。基于连倚的抑郁症，超越说了句不要过于难为男方，他们就变得这么好说话，把婚姻大事当成过家家一样几句话就打发了。天下哪有这么不负责任的父母？连倚一定会怀疑吧？但愿这件事不会影响他一直以来的好心情。他还在长远地规划人生，准备和可凡结婚，共度晚年。这次的见面太蹩脚了，像新手魔术师随时要把藏在身上的小道具掉出来一样，看得人胆战心惊。

从目前的试验效果来看，个性化机器人的确能够有机地进入某个角色，带给特定的人特定的情感慰藉，在这方面远比普通机器人要强大得多。现在要测试的是它们在与人相处的过程中会不会出现某些意想不到的问题，而这些问题又应怎样有效地予以回避。

佟宇每天通过机器人身上的监视器观察连倚的行为动作，包括感知到的对方的血压、心跳、情绪波动等数据，与其之前的数据进行横向对比分析。从数据及连倚的反应来看，他的幸福指数在遇到个性化机器人后产生了大幅度提升，同时顽固的抑郁症症状竟然逐渐消失，这说明将个性化机器人用于情感生活极具可能性。

然而现在出现了一个非常棘手的问题，佟宇的资助者——他在国外攻读博士学位时结识的神秘大亨约翰尼斯（Johannes）先生出事了。那时，偶然的一个机会，Johannes先生看到了佟宇的才华与潜力，答应没有任何前提条件地每年向他提供一笔丰厚的资助。他一直认为在佟宇手里，这些钱产生的社会效益会比任何投资都要大，希望自己的钱能变成推动这个世界前进的力量。但前些天Johannes先生去X国出差时被莫名其妙地怀疑进行了间谍活动，和同去的5个人一起被关押起来，诉讼过程漫长无望，会不会被判刑还未可知，这就意味着资金链可能会暂时性或永久性地断掉。这项“机器人能使人多幸福”的研究课题随时面临延宕甚至失败的风险，而现在课题正进行到关键时期，一旦资金链断开，马上要进行的昂贵的机器人保养、检查维修等都无法顺利进行，但愿Johannes先生可以迅速摆脱牢狱之灾，使这项试验得以顺利完成。

佟宇急得犹如热锅上的蚂蚁，他从来只知道一门心思地研究，不知道还要考虑钱的问题。这些年Johannes先生稳定的资助可以使他随心所欲地购买资料、机器人配件、最新的计算机技术、向世界一流专家付高昂的咨询费等。可凡的造价相当之高，它的精密程度已经达到领先世界的水平，而它的智能性、敏感度、安装的各种软件以及与真人无异的反应等都需要高昂的费用来支撑。可以说，它是用钱堆起来的。如果没有钱，这架高智能机器将面临困顿的境地，计算机无法如期升级，磨损的配件无法得到更换。现在，如果要将试验继续进行下去的话，没有钱是万万不能的。

超越得知情况后也有些恐慌，这是有关父亲后半生幸福的大事，万一出现麻烦对父亲的打击不可想象。他也只好暗暗期盼这位Johannes先生可以早点平安回国。与此同时，超越又向佟宇要了些可凡的资料，夜以继日地熟悉它的各种原理，包括程序出现错误时的紧急处理方法。

“超越，周日我和你阿姨想去奇志大厦游泳，游泳馆是在23楼对吗？”连倚边在厨房忙着边大声问。

游泳？超越的心怦地跳了一下。佟宇说过可凡是不怕水的，它的整体设计已充分做好了防水、防燃、防磁等多项措施。但是几周前的定期维修并没有进行，因为资金没有到位，有几个应该常规更换的高价配件也没有寄来。佟宇本来计划以可凡出国为借口让它暂停工作，另想别的办法，但超越却不忍心看到父亲没有可凡时的落寞。再坚持几天应该没有问题吧！资金会来的，配件也会来的，尽量让父亲享受他美好的恋爱时光吧！他求佟宇先不要打扰父亲，这次游泳他会在暗中跟随，以防可凡在水中出现什么紧急情况，佟宇只好答应了。

“爸，游泳馆是在23楼，我帮您提前网上预约吧！晚了就订不到了。”

奇志大厦最大的特色是楼层高和娱乐项目多，可以说这里是S市的享乐天堂。80多层的大楼在本市并不多见，而且大厦的每一层都有鲜明的特点，全是令人眼花缭乱的娱乐项目。专门的小吃步行街、钓鱼馆、跳伞俱乐部、野营宿地、花海、真人射击、儿童乐园、农庄、仿古酒肆……总之不出大楼就可以体验到各种各样的沉浸式玩法。

连倚还是第一次来这种高消费场所，要不是可凡告诉他，他真不知道有这么好玩的去处。谈恋爱真费钱啊，动辄几百元一张的游泳票，还需要提前预约。票一上线瞬间就被抢光了。好像大家的收入都非常高，根本不在乎这点小钱似的。其实S市的人均收入在全国的省会城市中是垫底的，但在消费上不知为什么又奇高，难道全市只有他一个穷人吗？

23楼是专门的游泳场地，这里有各种型号的泳池：国际比赛级别的专用赛道，成人的深水区和漂流区，儿童的嬉戏区，半专业人士的跳水区。东侧还有一大片号称“原始森林”的绿植区，游完泳之后可以悠闲地在这里小憩一下或者散散步。高大的棕榈树、蒲葵、龙血树和四处点缀着的色彩缤纷的花圃，让人有一种超然世外的感觉。

连倚想不到可凡游泳游得这么好，上大学的时候她总抱怨说一年级的游泳选修课白上了，什么也没学会，下了水就像秤砣一样，除了沉底别无选择，自己是班上最笨的那个，换气、踩水所有的要领都背下来了，可一到实践就完蛋，连个狗刨都不会。

然而现在的她却像鱼一样在水中任意畅游，仰泳、蝶泳、蛙泳随意切换，面对深水区一人来高的造浪毫不畏惧，游得花样百出，真像古人说的“浪里白条”，仿佛她天生就是在水里长大的。时间啊真是神奇，能把一个人改变成完全相反的样子。

连倚出神地看着水里的可凡，她是那么耀眼，色彩艳丽的泳衣下苗条而性感的身材，白皙娇嫩的肌肤，充分显示出青春女孩特有的美感与魅力，周围的人都在看她，那是发自内心深处不由自主地对美的向往。旁边两个20来岁的男孩儿互相嬉笑着对可凡指指点点，“看，那个妞身材好正点！要不要过去认识认识？”

正看得出神，一个稚嫩的声音冲连倚喊道，“爷爷，帮我把游泳圈扔过来吧！”一只蓝色游泳圈随着水流慢慢漂到他身边，不远处有个七八岁的女孩朝他挥着手。这喊声使他的心情十分糟糕。爷爷？自己真有这么老吗？明明超越还是个孩子，自己最多算是中年人，怎么就成爷爷了呢？他忍着心头的不悦，把游泳圈捞起来甩了过去。

可凡到了这儿仿佛回到了故乡，玩得不亦乐乎，连倚反而成了怯生生的门外汉，一是游泳水平一般，二是对这种热闹场所本来就没多大兴趣，如果让他选择宁可找个幽静的茶馆喝茶聊天。在漂流区游了一圈后怎么也找不到可凡的影子，她去哪儿了？连倚上了岸，走到原始森林区半躺在摇椅上休息。

躺了一会儿，又百无聊赖地坐起来四处张望，绿叶掩映处几对情侣正在喁喁私语，各种亲密热聊，让人不忍直视。几米外的长椅上两个背影看着有点眼熟，男的身材壮硕，女的纤细窈窕，是谁呢？他有一搭无一搭地想着。忽然精神一振，再也坐不住了，在树丛中迂回曲折地绕来绕去，终于隔着一棵大大的龙血树绕到了两个人的正前方，头探在树梢的缝隙间暗暗窥视。

超越和可凡聊得正酣，不知道两人在说什么，但看得出似乎有许多话要说，超越的手比比画画的，十分投入，可凡则认真地聆听，还不住地点头，像一个课堂上乖乖听讲的小女生。

连倚心里咯噔一下，全身的血仿佛瞬间凝固了。超越怎么会在这里？是偶然碰到的还是特意找来的？为什么有意回避自己，私下里却和可凡聊得这么热闹，鬼鬼祟祟地到底要干什么？

因为常年坚持健身，超越身材挺拔，肌肉发达，全身呈倒三角形状，英俊潇洒。可凡则肌肤胜雪，面容姣好，两人看上去年貌相当，像极了电影中常见的俊男靓女，和这里满是情侣的原始森林区十分协调。年轻女孩是对年貌相当的异性感兴趣？还是对年龄较大但气质更好、阅历更丰富的中年人感兴趣？他不禁问自己这样一个问题，之后又泄气地给出了答案。自古嫦娥爱少年，难道貂蝉会真心喜欢董卓？那才是不可思议。

两个人继续热聊，可凡抬起手，超越把她的手放在手心里仔细端详着，似乎要把那手吞到肚子里。一股冲天的怒气瞬间从连倚的身体里咆哮而出，来势汹汹，几乎要把他整个人掀翻在地。

这小兔崽子，竟然打起了未来继母的主意，他难道不知道可凡已是中年人，不知道她对自己的意义吗？作为一个前途无量的青年才俊要多少漂亮女孩没有？为什么一定要打继母的主意？这孩子太可恶了，这种自挖墙脚的行为是多么混账。连倚的双手止不住哆嗦起来，心也像手一样不能自控地颤抖着。费了好大劲才忍住没有冲过去，尽量不发出声响，慢慢地转身，绕回到刚才的躺椅上，沉重地倒下身子，整个动作像90多岁的老爷爷，迟钝、沧桑，仿佛用尽了全身的力气。

过了好长时间，直到可凡又回到泳池，连倚才阴沉着脸游过来。

“你刚才去哪儿了？”

“洗手间啊！”

“除了洗手间呢？”

“除了洗手间哪儿也没去啊！你是不是想我了？离开这么一会儿就不高兴了？”可凡揶揄着，用手托了托他的下巴，一脸娇俏的笑，让人怎么也恨不起来。

连倚叹了口气，他不想在可凡面前揭穿这件事，那样她会很尴尬。让她尴尬的事，他无论如何也不愿意去做。

晚上回家他装作不经意地问超越今天都干什么了，超越想了想说在研发中心加了一天的班，做计划书、写研究报告之类的，坐得腰都疼了。他竟刻意回避了游泳馆的一幕，这更说明其中有不可告人的秘密。

“如果我们结婚了，你会不会改口叫她妈妈？”连倚看似随意地问道。

“哈哈，我可叫不出口。而且，我劝您不要忙着结婚，可以暂时先同居几年，这样双方都自由，也不会涉及法律方面的权利和义务。”

超越果然不愿意接受自己和可凡结婚。这小兔崽子到底是心怀鬼胎，他不会打定主意要抢走父亲的女人吧！连倚恨恨地想着，得赶紧结婚才行！千万不能让超越和可凡之间发生点什么，年轻人容易冲动，必须把它扼杀在摇篮里，真要出了事后果就不堪设想了。

连倚决定下个月领证，以后再慢慢商讨操办婚礼的事。法律一旦认定两人是母子关系，他们肯定能有所收敛，然后再托人给儿子介绍合适的对象，这段不光彩的事就让它神不知鬼不觉地烟消云散了！

他在电话里跟可凡商量，下个月挑个好日子去趟民政局，领证后一切就水到渠成了。他是个老派的人，不习惯年轻人那种随随便便就“老公”“老婆”地胡乱叫并住在一起，哪天有了矛盾一拍两散，像过家家一样的生活。他要的是天长地久，白头到老，用严肃的结婚仪式表示自己对对方后半生的重视。

然而可凡毫不犹豫地拒绝了。

“领证好麻烦的，不如你每天来招待所住，或者我去你家也行，干吗要费事地领证呢？什么年代了还这么老土？”

这是可凡第一次拒绝他登记结婚的要求，也就是在和超越拉手后的第二天。在这之前他们曾无数次描绘婚后的生活，每次都会将结婚登记作为一切的起点。现在她怎么突然改口了呢？难道因为超越？

连倚重新陷入了失眠，每天晚上盯着漆黑的天花板想心事。儿子和女人，哪个更重要？儿子是自己的化身、未来的希望，女人是青春的记忆、老年的倚靠，如果同时失去两个人他将一无所有，如果只能留下一个又该何去何从呢？

“爸，我上学去了！”

“爸，我考了100分。”

“爸，我已经长大了，不用再给我买玩具了。”

“爸，今天是你生日，我给你唱生日歌吧！”

“爸，您的衬衣都磨破了，别穿了，用我的压岁钱给您买两件新的吧！”

一幕幕曾经的过往像蒙太奇的电影手法一样展现在眼前——懂事好学的超越，聪明争气的超越，孝顺善良的超越，体谅父母从不虚荣的超越，他是自己可以向这个世界炫耀的唯一资本，是艰难生活留给他的最后一块阵地和骄傲。

接下来便是关于可凡的画面。

“父母不同意我也要嫁给你，除了你我谁也不爱。”

“贫富算不了什么，只要咱们在一起，什么都会有的。”

“我会等着你的，就算等一辈子。”

“和你在一起，我什么都不怕。”

如果这世界上还有一个人欣赏他并且愿意相信他，那就是可凡，愿意赌上一生跟他坠入地狱的，也是可凡。没有她，自己的生活真的还能继续吗？

连倚脑子里乱哄哄的，像结结实实塞满了乱草，理不出个头绪。超越在研发中心已经两天没回家了，最近加班太多，眼睛都熬红了。儿子实在是一个勤奋上进的年轻人，工作上从来不叫苦叫累，还能独当一面。我得去看看他啊，别吃不好又睡不好的糟蹋了自己的身体。

连倚去肉店买了新鲜五花肉，回家精心地用酱油、冰糖红烧好装到保温桶里，每一块润泽的肉都透着让人垂涎欲滴的油香。超越从小最爱吃红烧肉，无论是作为考了好成绩的奖励、周日改善生活的必备，还是各种节日或生日庆祝的选择，没有哪种幸福是一碗肥瘦相间、入口即化的红烧肉不能表达的。对超越而言，红烧肉与父爱几乎是意义相同的两个概念。

S市的计算机研发中心是个有些神秘的地方，它不面向社会，没有经济目标，也不对外服务，似乎肩负着什么特殊的国防安全任务。中心所在的大院不仅四周有高高的围墙，而且围墙上还有带电的铁丝网，门口竖着一面牌子“军事管理”，这里永远有守卫在昼夜值班，严禁闲杂人等出入，看上去有一种拒人千里之外的威严。

连倚有家属特别通行证，可以在左侧的宿舍区畅行无阻，而右侧的工作区是绝对不允许进入的。他七弯八拐来到6层楼的青年公寓，这样低的建筑在本市几乎找不到了，超越的宿舍就在3楼，连倚有钥匙。打开门，里面乱糟糟的，几本书胡乱丢在床上，桌上满是快餐盒、饮料瓶，超越是个爱干净整洁的人，从来都会把自己的房间整理得井井有条，怎么会弄成这个样子呢？连倚开始帮儿子收拾，忽然看到床上靠墙的一侧有一小片粉红色，把手伸过去一抓，是件女式外套，薄薄的衣料，轻而柔软的质地，拿在手里轻飘飘的。

这是？他拎着衣服脑子里飞速地转动着，这不是……这不是可凡的衣服吗？虽然他平时从不留意女人穿什么，但这件却印象很深刻。前一阵两个人在省博物馆看西欧美术藏品展览时，人多得像下饺子一样，被人流冲散后可凡就是脱下这件衣服当旗子向远处的他一个劲儿挥动的。这件衣服怎么会在超越这里？难道可凡来过这儿？还在这儿脱过衣服？她脱衣服干什么？难道……

连倚越想越害怕，颓然地坐在床上，手上的衣服滑落下去。老天，你给了我最好的儿子和最好的女人，可为什么……

监视器前的佟宇有些焦虑，Johannes先生的间谍罪名已经开始了旷日持久的诉讼，资金的问题被彻底搁置，而可凡的状态也让他越来越担心。虽然它是目前为止全球最高级别的智能机器人，在投入试验前的各种检测中均为合格，能够出色地完成各项任务，但上次在游泳馆时超越却发现她有一根手指的屈伸度出现了问题，显得有些僵硬，连续弯曲和伸展时不够灵活。要知道机器人一旦出现某一部位的故障而没有及时维修的话，故障就像极具传染力的病菌一样会影响到整个身体，其他地方也会随之出现问题，等到积重难返时将会导致全面崩溃，她就将变成毫无用处的一堆废物。

另外，如果连倚发现可凡手指的问题，一定会带它去医院看病。可凡没有身份证，更没有社会保障号，医院不会接诊。退一步讲，就算医生接诊了也会马上发现这是一部机器人，连倚一旦知道这个事实，后果完全无法预料，最终试验也会功亏一篑。受试者为之付出全部真心的可凡竟是一堆计算机、电线、螺丝、芯片、合成纤维等的组合，将是怎样致命的打击。为了保证可凡的正常运转，绝不能让它出现任何问题，至少在连倚的抑郁症彻底康复及几个重要数据出来之前不能出现故障。于是佟宇叮嘱超越随时观察可凡的情况，超越是连倚的儿子，许多场合出现更加合理，而自己蓦然出现的话势必会引起对方的怀疑。

超越发现父亲越来越古怪，他总是陪在可凡的身边，把它盯得死死的。中年男人对年轻女人的占有欲体现得淋漓尽致。几十年来父亲从来没有像在乎可凡一样在乎过任何人。而且有几次，连倚似乎不愿让儿子过多接触可凡，不经意的一举一动中流露出满满的醋意。真是个天真幼稚的怪老头，还怕自己的儿子染指他的女人，太可笑了。如果哪天父亲知道自己在为一个机器人争风吃醋，不知他会是什么反应。

昨天，连倚说要去上海出差，恰好是圣诞节那天，说是厂里有个什么交流会要参加，大概5天的时间。他是很少出差的，一般厂里出门的机会都是领导和业务骨干们的事，什么交流会需要办公室副主任参加呢？真想不出。不过超越心里十分高兴，正好可以趁这几天和佟宇一起给可凡做个粗略的全身检查。父亲还特别嘱咐他帮忙照顾可凡，如果她有什么需要一定要随叫随到，真是“重色轻子”啊！超越心里笑了一下，到了父亲的年纪什么事都不需要再掩饰了。

看着父亲沉默地收拾行李，超越有些心疼，S市离上海1000多公里，飞机也要前前后后3个多小时，一路风尘仆仆，十分辛苦。不知道父亲舍不舍得在那儿找些景点转转，领略一下“魔都”的风采。超越偷偷给父亲的电子钱包转了两万元钱，又亲自操作父亲的手机接收了，但愿他用这些钱玩个痛快。等他回来之后，可凡运转良好，又可以继续他风花雪月的生活了，让他充分体验到恋爱的幸福。

父亲没让超越送，自己约了出租车去车站。父亲走后，家里立刻显得空空荡荡起来，仿佛这个家的灵魂离开了。超越叹了口气，得赶紧联系佟宇，把可凡送到他那里，要赶紧干活了，但愿这几天的时间够用。同时也要给可凡打电话，让她一起去佟宇那里。

可凡准时到了，她看上去仍然美丽动人，年轻充满朝气。他们来到佟宇家，佟宇已经急不可待。自从可凡离开这里去执行任务，除了进行远程监控外，再没有近距离见过它，它的许多部件都需要维护了。可凡刚一进门，佟宇便把它肩头的衣服向外一扒，颈窝处有一颗黑痣，那是一个隐藏的开关，只要轻轻按下那颗黑痣，机器人便会进入休眠状态，四肢、头部可以拆卸下来，胸腔腹腔也可以打开了。佟宇按了黑痣，可凡立刻静止下来，闭上眼睛，睡眠系统自动开启，语言、行为、智能思维等功能随之关闭。

他脱下可凡的上衣，把她平放在操作台上，立刻开始检查手指僵硬的问题，这个小毛病看上去不严重，但依然要打开头部的主控板，可能是调控脉冲的电路发生了轻微的短路。

超越全神贯注地看着操作台，连房门被轻轻推开的声音都没有听到，他们进来时过于仓促，竟忘了关门。当意识到背后有些异样时，带着风声的棒子已经劈头盖脸砸了下来。

“打死你这个畜生！老子刚走你们就做出这样的事，真是猪狗不如！”

连倚手里抡着棒子，那是佟宇放在门口的一根棒球棒，轻而坚硬。连倚的五官扭曲，浑身颤抖，全身被一股怒不可遏的激动和愤怒吞没了。他失去理智地挥舞着棒子，朝着超越、佟宇和操作台上裸体的可凡一下下砸了下来。

“贱人，你这贱人，去死！快去死！”

他双眼充血，牙齿咬得咯咯直响，疯狂地抡动棒子，像被魔鬼附体一样，在一种无法自控的暴怒下放肆地发泄着，甚至连可凡被砸断的胳膊和里面露出的电线都没看到。

“爸，住手！快住手！你听我说，听我解释！”超越双手护头，一边尽力往外逃，一边拼命喊着。佟宇也被突如其来的情况吓蒙了，头上重重地挨了一下，一头倒在墙角。

“解释个屁！你这个畜生！畜生！”连倚一个箭步跨过来，挥起棒子砸了下来，一声清脆的“啪”的声音，超越惨叫一声跌倒在地，双手抱着左腿大叫起来。

连倚好不容易才慢慢平静下来，操作台上可凡的头已经掉了，钛骨脊椎断了，脑袋和脖子之间只连着几根黑色的导管和电线，她双眼紧闭，脸上毫无表情，胸部以下是一堆被砸得七零八落的电子零件。超越捧着自己的左腿惨叫着，佟宇则抱着头蹲在一边，似乎也伤得不轻。

……

夕阳西下，下班的人流熙熙攘攘，累了一天的人们终于可以回家吃饭休息了，这无疑是一天中最令人盼望的时光。一个年轻人坐着声控轮椅径直来到棉纺厂的贵宾招待所，他知道招待所门口石榴树下的长椅上，一定坐着他要找的人。那个人已经呆呆地在那儿坐了一天，双眼痴痴地望着招待所的玻璃门，等待那个纤细窈窕的身影风一样跑下来，甜甜地喊一声：“让你久等了，我们走吧！”但是他永远等不到这个人了，因为这个人从来没有真正存在过。

“爸，我们回家吧！”年轻人拉住老人的手，老人的背已经有些驼了，乱蓬蓬的胡子盖住大半张脸，干瘦憔悴的脸上嵌着一双失神的眼睛，完全没有了昔日的光彩，只剩下呆滞和漠然。

他并不看轮椅里的年轻人，嘴里却不停地说着什么，一遍又一遍，丝毫没有停下来的意思，无论你多么认真地倾听也休想听出一个音节，完全是疯狂的呓语。

轮椅上的年轻人却知道他在说什么，这句话他已经听了无数遍，而且除了这句，老人已经不会说别的话了。

“可凡，回来吧！超越，我错了！”

第四章

天才的婚事

很长一段时间，佟宇都没能从消沉中摆脱出来。他不知道漏洞到底出在哪里。创造机器人可凡进入连倚的生活，以修复他长期以来的情感缺失，无论初衷还是实践过程都无比美好。连倚脸上的微笑，轻盈的步态，和可凡之间的温存絮语，但为什么最终到了无法控制的状态？因为他和超越都知道可凡只是个机器人，从未像对待真人一样对待它，随意和它见面，随意触摸它的身体，随意安排它的生活，而在连倚看来，这却已经触及道德伦理的底线。如果真的要把个性机器人引入人类生活，是否连制造者也应严格遵守某个不可逾越的底线，那就是无论何时何地都要用对待人一样的态度对待它们？只有做到这一点，它们才能最终获得人的身份，并真正拥有自己的价值。

佟宇有些神情恍惚，那些自己研制出来的机器人，到底是一个产品还是拥有独立价值和意义的“人”？倘使它们无法获得这种人的地位，又怎能祈盼它们扮演好生活中特定的角色，并带给人真正的情感慰藉呢？下一个机器人，一定要给它更多的尊重，让它有更多的隐私，让它像一个真正的“人”一样存在于这个世界。

妈妈感受到儿子情绪的低落，虽然整件事她并不知情，却隐约感到儿子的科研进展似乎不顺利。他垂头丧气地躺在沙发里不说话、不吃饭、不动，像个没有生命的物件，这可怎么得了。妈妈用尽各种手段让儿子高兴起来，甚至托亲朋好友给儿子介绍了几个女孩子。

她拿着女孩子们的电子照片，像捧着宝贝一样给儿子看。

“宇啊，这几个女孩儿都不错，你看长得多漂亮。女人嘛，会干家务，会生孩子，能够照顾好老公就很好了，不要对她们有太高的要求。”

对于结婚，佟宇几乎没有想过。他需要做的事太多，就算废寝忘食、通宵达旦也未必能圆满完成，哪儿还有时间相亲、恋爱、结婚养家呢？而且他的头脑中，从未把自己放在一个丈夫或父亲的位置，要带着老婆孩子奋力地生活，天天想着柴米油盐，这些简直超出了他的能力范围。人的一生何其短暂，3万多天而已，每一次太阳的东升西落都意味着离死亡又近了一点，在有限的时间里，一定要使生命的精彩最大限度地绽放，如烟花般灿烂。对他而言，这灿烂的烟花便是制造出更先进、更能满足人类复杂需求的机器人，如果再为婚姻浪费时日，怎么能完成如此艰巨的任务呢？

他随便哼了两声，没有同意，也没有反驳，模棱两可地敷衍着。在连倚身上进行的试验几乎都快成功了，但却因为偶然的因素一败涂地，一定要牢牢记住这次的教训，保证下一个机器人不再因道德伦理方面的原因而失败。他得再购置一些配件和材料，Johannes先生的资金迟迟不能到位，也许自己应该先四处挪借一些，毕竟时间不等人啊！

妈妈有些失望地叹了口气，看出儿子的心不在焉，作为一个成年男人，他竟然从不想着结婚成家的事，这让她日夜忧心。儿子聪明有什么用？还不是每天钻在实验室里鼓捣那些机器，每天都在不停地忙啊忙，忙来忙去也不知道忙了点什么。是的，他已经在智能机器人领域很有名气，许多相关的书籍、期刊上都能见到他的名字，他的一些观点、理论也被不断引用。但是这些有什么用呢？他甚至连一顿饭都做不了，如果自己不在家他只会打开冰箱看有没有什么现成的东西，没有的话只能饿着。无论棉纺厂时的旧邻居还是现在拆迁后的新邻居，和儿子差不多的那些同龄人的孩子都能背着书包上学了，一家三或四口拉着手逛逛公园，晚饭后散个步，过节的时候高高兴兴买菜回奶奶家、姥姥家，这些平凡人的幸福对她而言几乎成了奢望。自己现在身体尚好，可以照顾儿子，等到哪天不能动了，谁来照顾他呢？

妈妈想着想着，不禁出了一身冷汗，她忽然觉得十分疲惫，似乎走了很远的路，再也无法向前迈出一步。不行，我要给他一个希望，哪怕打着骂着都要让他成家，看着他幸福美满。妈妈坚定地想着，现在她变成了一个女斗士，要为儿子的未来而战，为这个家庭的延续而战。为此，她可以不惜一切代价。

S市的电影院门可罗雀，电子演员兴起后演艺行业的没落已经越来越明显，许多明星没了饭碗，只好另寻出路。电子演员是电脑设计出来的，它们有着比真人还要逼真的演技，年轻的、漂亮的、有气质的，或者某些电影需要的特体的、会任何一种语言的，总而言之，无论现实或历史中的人物，都可以由电子演员来演。它们不仅演得好，更重要的是不要片酬，只需给设计者开工资便足够了。从20世纪中期开始，影视制作成本大幅度下降，利润下降，从业人员骤然减少，匆匆几年后，便由高大上的艺术变成人人可拍的短平快，且数量大到根本看不过来。来电影院可以点播任何时代的任何电影，观看不是最重要的，因为这些东西在自家电脑、便携式影音播放器里随时能够看到，人们花钱来这里不过是为了怀念，重温一下儿时的记忆与电影发达时期的繁华。

除了中学时和同学们来过几次，佟宇几乎没有再踏进影院的大门。但妈妈今天不知怎么了，一定要借过生日的由头来和他看场电影，这有什么好看的，在这个人人皆导演的时代，那些乱七八糟的片子还不够多吗？但他很想讨妈妈的欢心，知道妈妈每天绞尽脑汁为自己做饭的辛苦，总想着为他补充各种营养，当他埋头在实验室里度过一天又一天时，她奔波在家和菜市场之间，精挑细选，或轻手轻脚煎炒烹炸。忙完这一切后一个人在沙发上无聊地闲坐，此时，孤寂会把她变成一座雕像，等到儿子需要时再次复活。

“你先进去坐下，我去买点零食，小时候你外祖母带着我和你舅舅看电影，都会买香甜的爆米花。现在买不到这个了，年轻人都吃什么“小全能”。那有什么意思呢，都是人工合成的。”妈妈说完，慢慢地走出大门，影院大门上五光十色的霓虹灯照着她胖胖的背影，显得有些落寞。

不知为什么，佟宇忽然觉得妈妈十分可怜，她还像照顾孩子一样照顾着自己，不是应该自己去给她买零食吗？而且生日，不是应该有蛋糕、蜡烛、丰盛的晚餐吗？怎么就演变成一场被绑架似的陪妈妈看电影了？他感到十分愧疚，为自己没有准备生日礼物而懊恼。

不大的电影院只有他一个人，坐在半包围的椅子里，椅子根据身体的姿势和重心不断自动调整着角度，以使观众最大限度地感到舒适。大屏幕正上演着一场不知何谓的喜剧，电子演员夸张的表演让人看着有点难受，导演太不了解人的真实情绪了，把那些喜怒哀乐都放大到无与伦比的地步，跟现实生活存在天壤之别。

黑暗中有人挨着他轻轻坐下，是妈妈买零食回来了。他拉了拉妈妈的手，却觉得那手纤细嫩滑，心里一惊，借着屏幕上的亮光仔细看时，一个年轻漂亮的女孩子正冲他嫣然一笑。笑容十分得体，嘴张得不大不小，口型完美，表情自然，如同时装表演上那些见过世面的女模特。

“你就是青年科学家佟宇？认识一下，我叫吉佳佳，很高兴在这里见到你，我点的电影好看吗？”

佟宇一愣，但马上醒悟过来，这是妈妈有意安排的一场相亲。这个吉佳佳是从哪里找来的，这么热情大方，看来妈妈似乎对她有些好感，不惜以生日为借口骗自己过来。他有些尴尬地咧了咧嘴，不知该怎么应对。两眼只好死死盯住屏幕以转移视线，尽量与令人手足无措的场面保持距离。

“听说你是青年才俊，在国内外都很知名，在我相亲的对象中，估计你是名气最大的一个。”女孩子很善言谈，而且看得出来她对这个已经成名的相亲对象很感兴趣，很希望探测到他的性格、爱好，有可能的话还想尽量挤进他的生活。

佟宇不知如何回答，盼望妈妈能早点回来，但同时又清醒地知道，她肯定不会回来的，她要的就是自己和这个女孩儿单独相处。真可笑，难道这样就能产生感情？两个陌生的男女见了面之后互问条件，像两个讨价还价的生意人，然后一起琢磨过日子、生孩子的事。他浑身不自在，想着该怎样脱身。

吉佳佳并不在乎他的反应，而是兴致盎然地看着电影。显然这是她喜欢看的，不断地发出咯咯的笑声，一副乐不可支的样子。佟宇好奇地看了她一眼，完全不知道笑点在哪里。

“你怎么不笑？多好笑啊！”她手里捧着花花绿绿的星星一样的小全能，不断地往嘴里塞着，这是一种极美味的人工合成零食，吃过后连排泄物都是香香的味道，而且会闪着亮亮的荧光，在黑夜中尤其漂亮，常常让人忘记它肮脏的本质。

她手中的小全能或许也是妈妈买的吧！佟宇感到极度无聊，如果妈妈在身边，即使是这样的电影也会有趣些。

“这个可笑吗？”他自言自语式地说了一句。

“是啊，真好笑！你看男主、女主一直在闹误会，多好玩。”

佟宇本不想继续探讨什么电影，他在等待离去的时机，但听到吉佳佳的话认为很有必要纠正一下这种言过其实的评论。

“这部电影刚刚演了不到20分钟，但是已经出现了大约20处穿帮镜头，这些都不必说了，最重要的是它违背了人物的性格逻辑、思维逻辑、心理逻辑、行为逻辑、生活逻辑，为了制造冲突不惜扭曲人物的生活与个性，剧情与现实完全背离，这样的电影有观看的价值吗？”

说完，他站了起来，生气地向外走去，丝毫不理会吉佳佳大张着的嘴巴和一脸的惊讶，她嘴里的小全能稀里哗啦地掉下来，在黑暗中像一道小小的彩虹。

只是看场电影，干吗要生气？她只是随口说了句好笑，便遭到长篇大论的批评，看电影嘛，图个乐子而已，干吗去数里面有多少错误，那样多没意思。

“切，神经病！”她恨恨地看了一眼那个匆匆离去的背影，就这样把她一个人扔在这里，不仅宣告了相亲的失败，更重要的是她被狠狠地羞辱了。科学家了不起吗？科学家就不是人吗？科学家就不用结婚了吗？她抓了一大把小全能，没头没脑塞进嘴里，用力地咀嚼着。

妈妈虽然料到了相亲未必成功，但绝没有想到是以这种结局收场的，儿子没有顾及必要的礼貌，毫不留情地教训了人家，这种情况无论哪个女孩都难以接受。事实证明，佟宇这样的男人是女人们最不喜欢的那种。他不幽默，没情趣，不会哄女孩子，事事较真，一股迂腐的书呆子气，女孩和他在一起，要体谅他、谦让他、容忍他、照顾他，试问哪个女孩愿意一结婚就认养这么大一个儿子，而不是一个可以依靠的丈夫。

妈妈叹了口气，没有过多的责怪，因为责怪也起不了任何作用。对于儿子这样的人，不能要求他智商超群，严谨自律，同时又擅长与人交往，侃侃而谈；在自己的专业领域令人佩服，又能长袖善舞、八面玲珑，这根本是做不到的。“好吧，我接着再想办法。”妈妈自我安慰道。

妈妈变得活跃起来，逢人便推销自己的儿子，说他的优秀、善良，又懂得疼人，而且几乎集中了世界上所有好男人的优点，她四处托人给儿子介绍对象。有许多十分便捷的婚恋网站，只要输入个人情况和对对方的要求，便能自动匹配出合适的相亲对象，并迅速确定两人见面的时间地点，很多年轻人都是通过这种方式走在一起的。妈妈戴着花镜在网站上一个个寻找，衡量那些网站推出的备选女孩，不是太高太矮，太胖太瘦，就是学历太低，配不上儿子，或者根本不是知识分子家庭，恐怕家教修养不够。

没过几天，家里来了个女孩子，叫甄浅浅，苗条的身材，顾盼有神的眼睛，腰与胯形成的弧度极其完美。她是妈妈的远房亲戚，来S市找工作暂时住在这里。她还常常到佟宇的实验室打扫房间，不住地瞥着那些古怪的器械和设备，还有组装了一半的机器人，有时候忍不住摸一下。佟宇很怕她弄坏仪器设备，一再声明不用打扫，她只好恋恋不舍地走出去，转身到书房把佟宇获得过的奖杯、奖状一一拿起来看。

浅浅感慨这真是一个了不起的人，从小到大，竟然得过那么多奖项，多到数不过来，即使用一间房子堆放也显得拥挤不堪，他比自己、同学和其他所有认识的人强得太多了。和这样高智商的人一起生活应该非常幸福，就连生孩子也一定是个学霸，不用担心智商问题，因为智力是可以遗传的。只是他貌似对自己不感兴趣，难道自己不够好看吗?

为了使这书呆子多看自己一眼，浅浅下了功夫，她精心地打扮，把当下流行的雪柳妆、云霓妆试了个遍，打扮得妖妖娆娆坐在客厅里，看书，插花，做手工。听说这呆子没谈过恋爱，还是个雏儿，应该很好对付吧！谁会拒绝漂亮、柔情似水、佳期如梦的女人呢？呆子并不是傻子，傻子是没有头脑，而呆子只是还没开窍，不解风情而已，一旦点透他的某个穴位，唤醒他沉睡的欲望，一定会本性暴露，被迷得天昏地暗，显示出男人贪婪的本性。

浅浅准备了各种手段，在佟宇面前一一施展。比如穿得很少在客厅里走来走去，嗲嗲甜甜地叫哥哥，给他洗衣服，有事没事找他聊聊天。但他仿佛天生就是一块石头，不怕水，不怕火，不怕撩，也不怕砸，对女性的魅力视而不见，岂止是不见，连眼皮都不抬一下。妈妈看在眼里急在心上，难得女孩子这么主动，虽然浅浅的确轻浮了些，但到底还是不错的，如果能迅速结婚，明年就能抱孙子了。儿子怎么就一点儿也不动心呢？难道他有问题？

浅浅的伎俩被佟宇看得一清二楚，他只是不动声色。对于女人，并非毫无兴趣，只是对她这样的女人没兴趣，不知为什么，除了觉得她搔首弄姿、十分浅薄，几乎没有把她当成异性。他的目光从不曾落在她的脸上，吃饭时也是埋头看着桌子，随便吃几口便钻回实验室，像不愿离开自己洞穴的仓鼠，连看她一眼的欲望都没有，换下的衣服也千方百计藏起来，不让她找到，而且经常询问妈妈她找到工作没有。

浅浅气得肚子都要爆了，她不明白，为什么还有对她如此不屑一顾的男人，从小到大，她一直是在男生簇拥艳羡的目光下长大的，现在却遇到了有生以来最大的嘲讽，佟宇不仅对她的美貌视而不见，而且表现出强烈的反感。

“姑姑，我走了，你儿子没看上我，再耗下去也没用。”浅浅拉起箱子，头也不回地走出了佟家，那个祈望嫁到大户人家的梦像肥皂泡一样破灭了。

妈妈忍不住哭了起来，她已经越来越感觉到暮年的来临，那是不以人的意志为转移的。衰弱、无力、缓慢、迟钝、痴呆，这些曾经和自己毫无关系的字眼正带着某种嘲讽一步步逼近。每每炒菜放盐时她的手会止不住地颤抖，走路时心脏会悸动狂跳，不受控制，刚刚还拿在手里的东西一扭头就忘了放在哪里，血压高到吃降压药都降不下来，这样的身体还能照顾儿子几年？令人绝望的压迫感压得她喘不过气来，如果再没有人接替她的位置，儿子会像飘蓬一样，找不到归宿。他会饿肚子，不知道穿什么衣服，永远找不到自己的袜子和内衣，生病的时候没人给他倒一口水喝，心里有苦闷也无处诉说，那样的话自己就算去了另外一个世界也会不得安宁。

“你必须结婚，尽快结婚，我只有一个条件，找一个对你好的女人，这一条就够了，别的什么都不重要。”妈妈下了最后通牒，佟宇没有反驳，因为一个母亲的眼泪足以使你丧失任何反抗的能力和反抗的企图。

“是你自己找还是我帮你找？”妈妈问儿子，两个人似乎不是在探讨终身大事，而是商量买一件衣服，在哪儿买，什么样式的，价钱多少。

“我自己找。”佟宇低着头回答。妈妈介绍来的那些女人让人感到害怕，她们虎视眈眈地潜藏在某个角落中，只等他不经意走过时一下子冲出来咬住他，把他叼到洞里咬碎。怎么会有这样的念头呢？难道自己有恐婚症？

“得有个期限，你需要多长时间？”妈妈步步紧逼，不给儿子喘息的机会。现在的情况如同熊熊燃烧的火场，不及时扑灭就会造成难以收拾的局面，如果自己哪天突然不在了，30岁的儿子与3岁的幼儿无异，他的生活会一团糟，在高智商的外表下过着乞丐不如的生活。

“半年，半年怎么样？我一定会如您所愿，老老实实找个女人，按部就班地结婚。”佟宇说着，他的心中已升腾起一个切实可行的计划，要尽全力保证半年内把一个完美的儿媳带到妈妈身边，让她安享晚辈对她的尊重与孝顺。

“真的？”妈妈怀疑地看着他，一个字都没有相信。但她只能答应，只有这样才能在半年后塞给他一个女人，让他完成普通人的生活，享受到普通人的幸福，而不是悲惨地面对孤苦伶仃，老来无依。

时间对每个人来说都是平等的，不会给你两个小时，而只给别人一分钟，在这一点上，贫富、美丑、老幼都毫无差别，做到了毫厘不爽的公平。然而怎样运用时间对每个人来说却又大相径庭，有的人可以面对一杯咖啡、一张报纸懒懒散散地过上一个小时，有的人可以悠闲地在街上漫无目的地逛上一天，还有的人则用10秒左右的时间用尽全身力气跑出100米。而佟宇，要在半年之内完成这个以他的个性根本无法完成的任务。追求女孩子，让她答应跟自己结婚一起生活，怎么追，到哪儿去追，简直是天方夜谭。

但是他可以制造一个女孩，如同可凡一样。不，比可凡更先进，因为他已经更新了机器人的主脑计算机系统和感知系统，采用MAR技术将身体肌理化做了进一步加强，这样一来，它对外界的感知能力又大大提高了。而且可凡身上出现的伦理问题绝不可能再次发生，因为家里只有他一个男性，且所有运转时间都在他的直接掌控下，类似的差错将会杜绝。

好吧，妈妈，我来给您造一个儿媳，她将是世上最完美的女人，和您想象中的一模一样。佟宇心中暗暗发誓。

紧临风和小区西侧的青园街密植着粗壮的国槐，夏天的时候每每为这里撒下浓重的绿荫，使人在一派酷热中体会到难得的凉爽与宁静。相对于S市整体的嘈杂与热闹，这里无疑有些世外桃源的景象。

这天，一个身材壮实、拎着手提箱的男人从出租车上跳下来，戴着和这个季节不太相符的宽边礼帽，似乎不想让到处都有的监控摄像头看到他的脸。他使劲把帽子往下拉了拉。衣袋里的定位器发出低低的指令声，告诉他下一步该怎么走。这种定位器比老式的定位器先进了许多，只要说出具体地点，它会明确告诉你左转或是直行，精确到多少步，即使傻瓜都能按着它的指引顺利找到要去的地方——无论目的地多么难找。

佟宇的家在风和小区的西南角，这是旧楼拆迁后补偿的新房子，面积大了不少，条件也更好了，但在S市依然算是低档小区。有人曾劝妈妈带着他离开这里，搬到更好的城市去，比如西子湖畔、厦门、三亚，或者北京、上海，无论气候还是科研环境都远比S市好得多。这座火车拉来的城市许多年来一直都是土里土气的，不仅经济滞后，雾霾严重，而且科研条件非常落后，在智能机器人领域更是没有什么特别的建树。但佟宇不愿意离开，这是他长大的城市。有他熟悉的房屋、街道和随时能够听到的乡音，在这里，他会有一种特别安心的感觉。他的固执在圈里是出了名的，很多人都想跟他切磋交流，却无一例外地被冷冷拒绝或完全无视。除埋头在自己的实验室，偶尔和必须打交道的人进行简单的联系外，他不愿和任何人接触。

这个知名而又神秘的怪异天才竟然住在这么破旧的地方，使礼帽男有些意外，他低头疾走，三转两转进了小区。

“Johannes先生的特使到了，开门！”几分钟后他来到佟宇家楼下，对着对讲门不耐烦地喊道。

佟宇的妈妈在房间里看到来人，忙不迭地开了门。Johannes无偿为儿子提供资金，而且从来不问资金的去向，像这种善良而有魄力的大亨真是太少了。

礼帽男闪身进了楼门，快步来到3楼。妈妈早已打开家门恭候，看到来人奇怪的打扮有些吃惊，大热天的，捂得这么严实，不怕热吗？

“佟宇呢？”来人连声问候都没有，粗鲁地直奔主题。

“请坐，他在实验室，我去叫他。”妈妈有些惊愕，推开实验室的门。家里把最大的一间房给佟宇当了实验室，但这还远远不能满足他的需求，其他两个房间也被他侵占，放满了东西。

礼帽男并没有在客厅坐下，实验室的门刚刚打开便挤了进去，并反手把门关上。妈妈的鼻子碰在门框上，不由自主地“哎呀”了一声。这人怎么这么冒失，连起码的礼貌都不讲，难道有钱人都是这样子吗？她摇摇头，转身去泡茶，无论别人怎么样，最起码的待客之道还是要有的。

佟宇正在仔细打量操作台上摆放的远红外传感器，那是刚刚从日本FINE公司高价邮购来的，是智能机器人视力水平的关键配件，虽然这是现在最先进的传感器但还没有达到他的要求，他正在考虑通过哪些手段提高一下它的效能。礼帽男夺门而入，带着一股风一下子冲到他的背后。

“佟先生，我代表Johannes先生来看你了。”他把手提箱扔到一边，环顾着被塞得满满当当的实验室，到处都是大大小小的仪器设备，还有未组装完毕的裸露着线头和假骨骼的机器人。

“你是Johannes先生的特使？”佟宇仔细打量着来人。

对方身材壮硕，五官虽然明显有西方人的特征，高鼻、深目、卷发，却讲着一口流利的汉语。

“我们开门见山地说吧！Johannes先生派我来有事相求，这是我带来的一笔巨款，因为某些原因不能通过银行或金融机构转账，也不能留下这笔钱的任何痕迹。”他指了指旁边的手提箱。

现在这个年代几乎不通用现金了，只在某些特殊场合还在使用，虽然拒绝收取或花费现金是违法的，但人们基本上已习惯了电子货币，很少有人带着大量现金出门了。

“找我什么事？”佟宇警惕起来。自从认识Johannes先生以来，他便从未开口向自己要求过什么，钱每年按时打来，虽然上次晚了，但两人之间无形的约定却依然牢固地存在。一直以来都是金融转账，派人带现金过来还是头一次。

“有个人威胁到Johannes先生的人身安全，并且妨碍了他的生意，所以我们想……”礼帽男用右手在脖颈处比画了一下，做了一个“咔”的动作。

“做掉他，但这个人的安全保卫措施非常好，他的住所采用了级别最高的体温、体重、武器监测系统，也就是说只要有真人进入防线或携带武器就会自动报警，想派一般杀手去解决是不可能的。Johannes先生希望你能制造出一个体重在45千克左右的高级智能机器人，它需要反应敏捷，力气要大，下手干净利落，不使用现代武器而是中国功夫，还要不怕子弹和电磁枪之类的攻击，另外，我们需要做成女人，这样更不容易引起怀疑。”

“派机器人去当杀手？”佟宇呆住了。这是Johannes先生第一次向他提出要求，而且要将机器人用于非法的事项。

“不，我的机器人是不会用来杀人的，你回去告诉Johannes先生，我不能助纣为虐。”他平静地说，像拒绝一个普通的聚会邀请，没有丝毫犹豫。

礼帽男笑了，被眼前呆里呆气的人气笑了，面前这傻乎乎的男人真以为Johannes先生是什么善男信女，可以两三句话就打发了吗？

“我希望你明白一点，Johannes先生无偿地为你提供了这么多年资金支持，从未开口让你办过一件事，甚至连一个机器人样品都没有索要过。你接受资助这么多年，适当回报也是应该的吧！中国人不是讲究知恩图报吗？而且这是你力所能及的，只需制作出来交给我们，以后的事就和你无关了。”

“不要再说了，他可以随时停止对我的资助，我不接受任何形式的要挟。”佟宇摇摇头，目光依然盯着台子上的传感器，看都不想看来人一眼。

“行啊，真有种。”礼帽男转身打开手提箱，里面是满满一箱现金和一支手掌大小的电磁枪。他把枪拿在手中，灵巧地旋转了几圈，动作灵活，姿势优雅，枪像个玩具一样在空中翻腾几周后乖乖回到他的手里，似乎被一根无形的线牵着，一看就是此中高手。

“也许你并不知道这是最新上市、最受欢迎的一款电磁枪，叫作‘死亡之神’。它不需要子弹，而且只供建立了信息连接的主人使用，我早已把自己的手部信息储存到它的芯片中，它只接受我的指令。现在，只要我轻轻一按扳机，没有一点声息，你就会倒下，再也不能继续你的这些研究，年龄便定格在30岁。这个，你不怕吗？”

他拿着那把电磁枪，把枪口顶在佟宇的腰部，让他真实接触一下死亡之神冰冷的存在。

门突然开了，妈妈用托盘端着两杯茶走了进来，脸上堆满微笑，有着某种讨好的嫌疑。毕竟这是儿子恩人派来的，这么多年，如果没有人家的资助，实验室是不可能建起来的，那些贵到让人眼珠落地的配件、材料也完全买不起。他们给了儿子最有力的支持，作为母亲，理应表现出适当的感激。

枪被迅捷地抽回来，牢牢握在礼帽男的手中。

“大老远的来了，喝杯茶吧！这是我刚刚托人从南方产地买的正山小种，请您尝尝。”妈妈客气地把水放在旁边的桌子上，礼貌地点点头，走了出去。

“这是你妈妈吧！看上去很照顾你，不知道没有她的日子你会怎么样？”礼帽男吹了吹枪口，尽管那里并没有烟而且绝不可能有。

“你说什么？”佟宇转过头，惊愕地看着他。

“让一个人从这世界上消失实在太容易了，不单单是死亡的威胁，而且还有各种随时偶发的危险。比如绑架、溺水、火灾、误服药物，反正五花八门，有你想不到的，但是没有做不到的。这个，你要想清楚，一旦人没了，就算有回天之力也不能起死回生了。”

“你要干什么？”佟宇激动地站了起来，逼视着礼帽男，很想三下五除二把他打出去，但自己单薄的身体显然不是对手。

“即使你不怕死，难道不担心你母亲的安危吗？她有什么错，要替你顶罪，就算你不替自己想想，也应该替她想想吧！中国人不是讲究孝道吗？”礼貌男似乎很懂人的心思，知道你最忌惮、最恐惧的是什么，这揣摩人心理的本领和他粗壮愚蠢的外貌很不相配。

佟宇沉默了，是啊！妈妈有什么罪，为什么要让她来承担这样的后果，她还在心心念念想着儿媳妇的事，等待半年之后自己能领来一个女孩，顺利结婚，给她生一个白白胖胖的孙子或孙女。难道因为自己的坚持就让她有性命之忧吗？他犹豫了，慢慢重新坐回到椅子上。

礼帽男似乎读懂了他的情绪，适时地把枪放到桌上。

“听说你是机器人领域一流的科学家，尤其擅长更新各种机器人功能，造的和真人一模一样。你放心，只要你的机器人按我们的要求造出来，即使行动失败也不会给你添麻烦。Johannes先生只是要争口气，吓吓那个对手而已，告诉他我们也不是吃素的。给你半年时间，成品出来后联系我们，如果造不出来，你想想后果……”

他走到桌旁，端起那杯茶一饮而尽，然后把茶杯扔到地上，发出“当”的一声脆响，接着往下拉拉帽子，揣起枪走了出去。

妈妈有些惊慌地走进来，尽管不知道儿子和来人谈了些什么，但却隐隐地感到不安。

“他来找你干什么，有什么麻烦吗？”她的眼睛里跳动着通常女人惊慌失措时才会出现的光，一闪一闪的，像冬夜里因寒冷而瑟缩的星星。

“没事，他来送钱，我需要买一批配件，对方只接受现金。”佟宇抖着手合上满眼花花绿绿的手提箱，尽量使声调平和，不要吓到妈妈。

“现在还有只收现金的人，真怪！不过刚刚这人很凶的样子，还是少打交道为妙。你饿了吧，我去给你做饭，早上刚买的新鲜鲈鱼，给你清蒸一下，你最爱吃了。”妈妈眼中的光黯淡下去了，女人总是傻傻的，几句话就能把她们波澜起伏的情绪抚平，哪怕是谎话。一旦平静下来，回到现实之中，她们马上又变成婆婆妈妈、家长里短的样子，但这种日常化的俗气中又透着某种难言的满足与平和。但愿妈妈永远是这个样子，永远认为给儿子做饭是最重要的，永远不要为了不相干的事担惊害怕。

两个机器人的制造同时进行着，一个是妈妈需要的完美儿媳，一个是Johannes先生需要的会中国功夫的杀手，像同时产生的双胞胎。它们的智能化程度都非常高，是可凡版机器人升级后的产品，只是个性不同、功能不同而已。佟宇把那箱现金转换成电子货币，返回到Johannes先生的户头，这笔钱他一分都不想动，因为它带着某种欺凌、霸道、压制的味道，让他时时陷入痛苦的情绪中，无法平静。

下面他要做的是怎样把中国功夫写进机器人的指令程序，使它具备侠客的本领，可以蹿房越脊，日行千里，功底深厚，超级扛打，此外还要会各种武功绝学，以备在短兵相接时一招制胜，这对佟宇是个全新的挑战。超越了一直以来他专注的民用机器人方向，变成了制造特殊类型机器人，而这种挑战却意外地激发起他昂扬的兴趣，不再像被迫答应时那么无奈，准备全力以赴制造出一个本领高强的机器“侠客”。

“爸爸，我这么做对吗？您不在，我必须要保护妈妈，无论用什么方法。”晚上他躺在床上，面对虚空中的父亲。

“你是对的，是男子汉，有担当，先把机器人造出来再说吧，也许不会产生什么恶劣的后果。这个一旦成功，就意味着你有能力制造其他特殊类型的机器人了。”爸爸在黑暗中温和地回答，听得出，他很赞成自己的想法。佟宇渐渐平和下来，翻了个身，酣然入睡。

第五章

樱桃与芭蕉

上中学时，佟宇喜欢看武侠小说，那时武侠小说早已衰败，远没有20世纪的流行。因为读者们已经厌烦了各种套路式的描写，那些智商很低的侠客们，也与现代社会严重脱节，给人一种愚蠢至极的印象。现在，他要按照记忆中的人物设计出一个武功高强的形象，把它变成随时能用武功与人较量的高手。这个挑战让他欢欣鼓舞，整件事的性质忽然莫明其妙地变了，从被迫无奈到主动出击，他的心像遇到劲风而立刻扬起的帆，霎时间鼓胀得满满的。

既然爸爸也赞成，一定是没错的，现在，就把书里那些招式重新温习一下吧！我的机器人一定要成为武林霸主，高手中的高手！他信心十足地想着。

把武术招式写进计算机程序中并非难事，但武侠小说中的招式往往写得模糊不清，它们多半只是为了激发读者的想象，引起阅读的兴奋而已。比如“深山夕照深秋雨”，这样的招式到底在说什么，实在令人匪夷所思。名字固然十分好听，但怎样用身体动作完成却有些丈二和尚摸不着头脑。最后佟宇决定放弃揣摩这些纯属杜撰、子虚乌有的招式，而是自己设计了6个层次的武功：初级、中级、高级、侠客、武林盟主、武林至尊，每个级别都会有相应的功夫，而这些功夫不再是小说中那些似是而非的描写，而是落到了实处。譬如身体在空中旋转360度单腿踢出，譬如一跃而起头朝下撞击敌人，都实实在在写到程序中，给机器人发出确凿无疑的指令，不同级别的武功可以根据对手的反应交叉组合使用。为了观察这些武功招式的效果，他特意在屏幕上用立体连动影像模拟显示，采用各种速度减慢或加快查看动作的漏洞。他看到自己设计的这些武功招式在屏幕上精确、流畅地显示出来，如行云流水一般，心里蓦然涌动出一派豪情，犹如那些心怀家国、义薄云天的侠客。

这是我设计的，虽然从小学起体育课的任何项目都没有达标过，但现在却可以制造武林高手，如果有可能，以后这种武功版机器人也要更新换代，让它们充分掌握各种武术技能，发扬侠义精神，也算现代科技和传统文化的有机结合吧!

佟宇内心一阵满足，他之所以每天都能埋头于枯燥的工作中而不厌倦，便在于这种令人惊心动魄的美妙感觉会不定期地降临，如同上天的恩赐，又如一束璀璨的光线照亮自己闭塞的世界，使人不禁全身颤抖，幸福感爆棚。我要看看这几十年的人生中，到底能创造多少这世界本来没有的事物，弥补世间原来的不足。每每此刻，他就会被一种巨大的甜蜜所包围，激动得几乎要失声大哭起来。

那么妈妈想要的儿媳呢？她一定具备女性所有的优点，比如勤劳、善良、能干、乖巧、温柔、体贴、善解人意，会悉心照顾别人，如同妈妈的翻版，那么就在程序中将这些个性一一固化，打造出一个完美的女性典范。性格设计好后，他又在内心勾勒她的容貌，忽然想起久远的意大利画家拉斐尔，他笔下的圣母堪称完美女性的典范，是无数美好女性的集大成者。好吧，就从他的画作中找几幅具有亚洲人面孔的作为样板，那样温柔美丽的女性，妈妈一定会满意的。

冗长枯燥的工作开始了，但因为心中有了蓝图佟宇并不觉得辛苦，那两个清晰可触的女性正一步步向他走来，一个是现实生活中无可挑剔的伴侣，一个是武功高强、身手敏捷的“女侠”。为了便宜起见，就让两个人拥有同样的外貌吧！这样工作强度会降低一些，而且它们都是他的孩子，由他亲手带到这个世界，只要可以，他愿意给它们最美的外貌。

智能机器人的制造虽然是高科技领域内的朝阳产业，越来越倾向于服务大众，但却与考古有着某种高度的相似性。二者都需要小心翼翼，每一个环节都不敢有丝毫疏忽和怠慢。当佟宇组装机器人身体各部位时，如同那些拿着洛阳铲和小刷子慢慢清理古墓文物的考古学家，每一步都严阵以待，万不可掉以轻心。因此他必须集中所有精力，将整个世界及自己都抛在脑后，眼里、心里都只有面前的机器人。

青园街两侧正在扩建道路，并铺设新的燃气管道，水泥路面被翻开，像被切开的肠子，里面所有的肮脏之物都暴露无遗。只留出窄窄的一条土路供人通行，车驶过后留下的黄色尘土几分钟都无法消散。两侧的小区便时时笼罩在尘埃之中，在夏日的燥热里更让人难耐。在这样的氛围中，风和小区的某个单元里，两个有着绝世美貌、性格各异的智能机器人正在一天天成形，从胳膊能晃动、腿能走动，到会说话、会笑、会和人交流，一点点从图纸、概念走向真实、可感。因为长期缺乏睡眠总是红着眼睛的佟宇正在为它们注入血肉、性格、生命与灵魂。

与上一次的可凡版相比，它们具有更强的自我意识，在执行任务时更多地带有个性化选择，特别是为妈妈制作的好儿媳，自我意识尤其强烈，唯有这样，才能以假乱真，让人无法窥出它的机械本质。佟宇分别给它们命名为樱桃、芭蕉。不是有那么一首词吗？“何日归家洗客袍？银字笙调，心字香烧。流光容易把人抛，红了樱桃，绿了芭蕉。”红樱桃、绿芭蕉，这是两种大自然中最朴实、最真切的美丽，在淡淡的流年尘光里日复一日、年复一年地诉说着平静凡俗但却滚烫不已的生活。只是可惜，它们两个一旦分别可能永远不会再见。此时，佟宇心中涌起一种莫名的哀愁，似是自己的两个孩子将被硬生生地分开，很不是滋味。

他刻意不再让妈妈进入实验室，连看一眼都不行，以防她洞悉自己的秘密。秋风又起，冬天再来，算算时间，Johannes先生给的期限差不多也到了。

留下樱桃，送出芭蕉，不知满身功夫的芭蕉能否让Johannes满意。不过，在设计芭蕉时，他专门在计算机后台设置了一个不可违背的命令——不能杀人。无论将对方打成什么样子都可接受，但使人丧失生命是绝不允许的。这条命令偷偷潜藏在芭蕉的指挥中心，在关键时刻会自动跳出来阻止它的杀戮行为。无论如何，不能通过我的手来杀人，哪怕是间接的。即使是罪犯，也有法律来制裁他，科学家不能让自己的双手沾满鲜血，这是他的底线。

晚上妈妈早早地睡了，佟宇一个人还在打量他的杰作，两个外表一模一样的女孩子，她们都有着美到令人心动的外表，但性格与使命却截然不同。冥冥之中Johannes先生似乎在观察着他的工作进展，就在樱桃和芭蕉彻底组装完毕，并且已经完成激活试验与试运行，一切情况良好之际，那位特使从天而降般地出现了。这次，他依然戴着一只礼帽，只是换了款式与颜色。不知什么时候埋伏在佟宇家门口，趁妈妈出去买菜给客厅通风时溜了进来。

他旁若无人地点上一支烟，大大咧咧地一屁股坐在客厅的沙发上。

“我奉Johannes先生的命令来取货，他已经等不及了，看样子你应该完成了吧！”

佟宇听到声音，从实验室走出来，心里稍稍有些惊慌。“是的，已经完成了，不过我还是想请Johannes先生改变决定，不要把我的机器人用来杀人，否则我就成了帮凶。”佟宇还在试图说服来人，这显然是一种极不识趣的表现。

来人轻蔑地看了他一眼，似乎在嘲笑他的迂腐与顽固。

“快点吧，我还要急着去交差，耽误了时间不是你我能担得起的。”

“芭蕉你可以带走，但有一点请务必转告Johannes先生，我以后不会再接受他的任何资助，即使钱打到户头上也会退回去，这个机器人是我们相识的终结，虽然一直以来很感谢他的支持，但我们终究不是同一条路上的人，希望你能明确地转达这一点。”

来人没有说话，似乎在心中掂量这句话的分量，并想象Johannes先生可能做出的反应，然后兀自走进实验室去取货。

就在这一刻，佟宇的身体忽然抖了一下，客厅上的吊灯也来回直晃，小花几上的摆件噼里啪啦掉下来。他没站稳，一个趔趄栽倒在地上。紧接着，更大的晃动开始了，整幢楼像被某个巨人的双手使劲握住，前后左右不断地摇晃，似乎要逼它说出某个秘密，不达目的绝不罢休。“啪”的一声，吊灯砸到地上，旁边的博古架几次想要站稳最后还是力不能支一头栽倒了，上面摆的各种物件稀里哗啦全都摔在地上，架子端端正正压在佟宇身上，然后书橱又倒在架子上，层层叠叠，让他无法动弹。

外面传来各种杂沓的奔跑声，什么东西倒塌、摔碎的声音。“地震了！地震了！快点跑啊！”有人大声叫喊着，还有女人恐怖的哀号，似乎面临着生命危险。

佟宇被压得一动也不能动，礼帽男却彰显了极高的专业素质与敏感性，他腾身而起，努力控制着随楼晃动的身体，冲进实验室，抱起墙角站立的机器人以最快的速度冲了出去，完全没有顾及重物压迫下佟宇的求救声。

这场地震突如其来，持续时间虽然不长但破坏力却不小，长久地安于平静的S市市民，像被鲸追赶的鱼群，东一头西一头地乱蹿，完全乱了阵脚。过了很多天后才渐渐归于平静，城市的各路人马开始救治伤者，查点物品，修建房屋，疏通道路，处理各种善后问题。

此时新年的脚步已越来越近。无论遇到什么样的天灾人祸都很难让人们放弃对于新年的祈盼与祝福，尽管还有很多破损的墙壁、坍陷的地基没来得及妥善处理，但新年热热闹闹的前奏却已经开始了。

当北方的第一场冬雪飘然而至，年味已像陈年的老酒，让人闻闻都会产生微醺的感觉，这浓得化不开的甜蜜，掩盖了不久前地震带来的惊愕与悲伤。人们变得健忘起来，家家户户都开始张罗年货，博物馆附近的年货市场到处都是红灯笼、春联、各式吊挂、窗花剪纸、生肖摆件，一派红红火火的颜色让人感到无比热烈。活着，就要好好活下去，全心全意活下去，不是吗？

燕风楼前已排起了长队，几乎家家都要备些店里秘制的红肠、卤肉、猪蹄、烧鹅之类，虽然味道极好，但却贵得要死，光是听听价格都让人吐出半截舌头。但过年了，总还是要破费些的，平时舍不得破费的人们一到过年便显得尤为大方，似乎节日赋予了他们强大的承受能力。

梁丽呵着双手、不断跺着脚站在队伍中，冷得浑身一波一波不住地颤抖，仿佛那寒冷已走进了身体里，任意肆虐，畅行无阻。等等，前面那身影看着有点眼熟。她不禁走出队伍，好奇地向前探身张望。那不是甄阿姨家的佟宇吗？他也排在队伍中，这人平时连门都不出的，虽然同住一个单元，但几乎很少见到他。听说他在国内已经很有名气，但不知道为什么没有到国外或者别的大城市生活，而是一直跟妈妈住在一起，也没有十分阔气的样子，偶尔在楼下见到从不和邻居们打招呼，低着头走路，总像在思考什么。

他竟然来这里排队买红肠？真是天大的意外。如果在这里看到猪八戒或孙悟空排队都没什么稀奇的，但看到佟宇却让人不能相信自己的眼睛。另外，尤其让人无法相信的是，有个很漂亮的女孩站在他旁边，穿着现在女孩们非常流行的北极熊套装，圆圆的脸从毛茸茸的套装中伸出来，显得尤其可爱。她手上戴着同款手套，伸出一只手摸着佟宇的耳朵，另一只手早已伸到他腋下，做着半是拥抱的动作。两人一高一矮，佟宇俯视着女孩，女孩则仰脸冲他笑着，正在热烈地说着什么，那种亲昵绝不像刚刚认识的。

这真是天大的奇闻，这傻呆呆的、像有精神病一样的孩子竟然谈恋爱了？他还会谈个恋爱？怎么会有人愿意跟他恋爱呢？两人已经到了这么亲密的程度，看来绝不是一两天的事了。甄姐一说到自己的儿子，一会儿是兴高采烈，不断地夸奖、骄傲，一会儿又是担心他找不到对象，愁眉苦脸，也有点像个精神病。现在，没想到他竟有这样的手段，把一个可爱、时髦的女孩追到了手。

就在梁丽浮想联翩时，佟宇的妈妈笑呵呵地拎着一大袋肉食从店里走出来，上面是醒目的燕风楼的字样，似乎她已经排在前面买好了。

“走吧，孩子们，冷了吧，回去给你们做个妈妈最拿手的辣鱼汤。”她笑着向两个人说，满心的欢喜都写在脸上，女孩儿则懂事地接过袋子拎在自己手上，看上去很沉的东西在她手里似乎毫不费劲。三人有说有笑地向家走去，俨然是天底下最幸福的一家人。

梁丽隐隐有一种说不出的失落，佟宇从小学习好人尽皆知，但同时大家也知道他有些呆乎乎的，不会讨女孩子喜欢，每个人都认为他会孤独终老，晚景凄凉，现在一下子看到人家琴瑟和鸣的样子，不知道为什么还有些不适应。也许他们维持不了多久吧，谁愿意和呆头呆脑、不懂人情世故的人生活一辈子呢？

妈妈兴奋地在后面打量着女孩儿，这个叫樱桃的女孩子看上去漂亮可爱，又十分懂事，儿子是在什么地方遇到她并成功发展成恋人关系的呢？他绝不是那种能讨女人欢心的人，别是两人约好了在跟自己演戏吧！现在专门有租女友回家过年的网站，费用不高，只要说出大致要求，大把的女生都愿意轻轻松松赚点零花钱、劳务费再加上男方长辈们给的红包，俨然是一份炙手可热的短期工作呢！

她拿着手里的优惠券陷入了沉思，一边是难以抑制的喜悦，一边则是不由自主的质疑。儿子和这女孩相处得自然轻松，一点儿也不拘谨，这不太符合他平时的表现，平时他见到女孩子都会脸红，一句话说不出，难道这次真是遇到了对的人吗？女孩儿的名字怎么叫樱桃？听上去取得非常随意，儿子说她是孤儿，真是可怜。没有父母的话有没有远房亲戚，有的话过一阵一定要见个面。妈妈的心里翻江倒海、一刻不停地想着这些事情，几乎把自己变成永无休止的西西弗斯——把石头推上、落下，再推上、再落下，以至无穷。

“你们先回家，我再去买些枣花。”妈妈看看手里没花完的优惠券，改变了主意。这是政府为了贴补市民特意在春节前几天发放的，有效期很短，花不完就作废了。枣花是北方过年通常都要准备的，用面和枣做成各种各样的馒头，有猪头的、鲤鱼的、娃娃的、花卉的、刺猬的，反正都是吉庆有余的寓意，给春节平添许多祥和热闹的氛围。

两个孩子追追打打跑过来，前面的一个一头撞在妈妈身上，把她手里的优惠券撞到地上，然后头也不回地继续往前跑。妈妈一惊，看着他们远去的背影嘟囔了两句，刚要弯腰拾起，一辆扫地车早已稳稳停在那里，右前轮端端正正压住几张优惠券，司机轻快地从车上跳下来，浑然不觉地锁好车向旁边的长安公园跑去，连叫几声都没有听见。

怎么有这么巧的事？妈妈试图把那几张优惠券从车轮底下拽出来，但只露着一个小小的角，在巨大的压力下根本不可能，只好望洋兴叹地准备作罢。

“阿姨，您等等，我帮您拿出来。”樱桃并没有把左手里拎的熟食放在别处，而是左手拎着袋子，右手去搬车的前保险杠。车身平缓地向上抬起来，可怜的、被无情碾压的优惠券再次露出它们的全貌。

“您慢慢拣吧！别着急，拣完了我再放下来。”樱桃面不改色地说着，气息平稳，毫不局促。妈妈吃了一惊，赶紧把优惠券拿到手里。这女孩的力气真大，能抬得起扫地车，真是个大力士。难道是练举重的？怎么没听儿子说过？今天是第一次见面，还来不及多问，否则会显得不礼貌，以后得慢慢问清楚。

“孩子，真得谢谢你，你力气真大！”妈妈由衷地说。女孩儿却满不在乎地摇摇头：“小事情，我的力气还没全部发挥出来呢！”

身后一直看着他们的梁丽一惊，怎么会有这么大力气的女孩子，佟宇从哪儿找来的，举重冠军吧！不对，举重冠军最多也就举个几百斤的分量，扫地车要重得多吧！难道她会用巧劲，是什么技巧呢？旁边几个围观的行人也啧啧赞叹，反复打量着樱桃。

“这姑娘劲儿真大，女大力士！”

“乖乖，能搬得起汽车，要是打人，还不把人打飞了？”

“看着挺小巧的，哪儿来的这么大力气？”

“不会是街头魔术表演吧，你越觉得不可能就意味着表演越成功。”

人们七嘴八舌地指指画画，一旁的佟宇呆住了。他忽然意识到一个严重的问题，眼前这个根本不是樱桃，而是芭蕉！地震那天礼帽男从家里带走的才是樱桃，他把自己给母亲制作的完美儿媳当成杀手带走了，而把这个特意为Johannes先生制造的“女侠”留了下来。天哪！这个乌龙也太荒谬了吧！礼帽男愚蠢到何种境地，他竟然没有看到实验室不同位置摆放的两个机器人，自以为是地拿走一个，现在，被带走的樱桃是否已接收到命令，开始为Johannes先生追杀对手了呢？一旦被发现是根本不会武功，它会受到怎样的处置？被大卸八块，送进垃圾场？那么多个辛苦的日日夜夜就这样毁于一旦？Johannes不会认为自己在有意戏耍他吧！

佟宇心里七上八下，忐忑不安，惦记着被带走的樱桃，又担心礼帽男再次上门，会对妈妈不利。这件事，他必须马上向他们解释清楚。邮件发出去了好几天，也没有收到回复，而他和Johannes先生除了邮件联系外并没有其他联系方式，现在只能听天由命了。

时间和空间是两种刻板到无以复加的东西，它们的执拗成为这个世界亘古不变的真理。在同一时间，世界在不停地运动，即使你静静地坐在房间里，也并不妨碍地球带着你一起公转和自转。更多时候，人并不清楚遥远异地的事物在怎样运动，因为他没有千里眼，但有一点是可以明确的，你动的时候别人也在动，只是方式不同而已。而空间在时间确定的前提下注定只是单一维度的存在，因为你不能同一时间既在这里又在那里，如果哪天这种铁一般的时空定律被打破，或许我们可以怀疑这并非地球上发生的事情，而是在外星、异太空之中。

最近，华裔富商威廉姆斯·李（Williams Li）每天都在焦虑与不安中度过，他知道在另外的时空里，正有无数对手在暗中揣摩他，设计陷害他，而他的任务就是把这些圈套、阴谋一个个戳破并粉碎，但他常常怀疑自己是否真正具备这种能力。

他把自己关在半山别墅，这里空间广阔，可以提供各种娱乐休闲。放眼望去，3处环抱的山上满是绿树山花，幽静的丛林、清新的空气，宽阔而洁净的房间，雅致不俗的家居，所以他根本不用出门，只需在家里办公即可，在这片固定的空间里通过发号施令与那些藏在幽暗之处的竞争对手们一决高下。别墅的安保是全球最高级别的，高价聘请曾做过总统安保设计的团队来这里工作了半年之久，无论远红外监控还是人体感知报警系统都已臻于完美，无可挑剔。只要有生物靠近便能发出尖利的警报声，藏在别墅各处的保镖就会从各处一跃而出，将侵入者捉拿归案。这里，既是他的倚靠，也是他的牢笼。

那个狡猾的老狐狸Johannes，一定在处心积虑地寻找下手机会，如果不是他捣鬼，自己的公司何至于被挤兑到股价一落千丈，当然自己也没让他好过，几个小小的手段便轻轻松松使他损失了1/10的财产。多年来两个人几乎是天然的宿敌，完全是有你无我、有我无你的存在。他一定会派杀手来的，而且绝非普通杀手，不知道自己的安保系统是否可以轻松应对，自己也不能闲着，也要主动出击。

Johannes 没有想到眼前这个漂亮标致的女孩子便是佟宇给自己量身打造的“杀手”，她看上去面容姣好，身材纤细，小巧玲珑，是典型的东方亚裔容貌，这种外形估计更加符合Williams Li的东方式审美，最终达到毁灭他的目的。在和这个叫作“芭蕉”的机器人交谈中，它并未显现出一丝机器人常有的模式化僵硬，而是完完全全的一个活生生的真人，回答极有条理，有时还很风趣，并带有女性温柔、娴静的特征。佟宇这个怪才真是厉害，能把机器人造成这个样子，看来自己没有看错。只是他的性格过于怪诞迂腐，竟然拒绝自己的继续资助。这种有个性的科学家的确受人尊敬，但他也必须为自己的傲气付出代价，也许他从来没有尝过贫困的滋味，只有被贫困狠狠地折磨几年才懂得金钱的好处，也才会对资助者感恩戴德。

“芭蕉，从今天开始你要充分了解并争取接近Williams Li，他的生活习惯、思维方式、所思所想、致命之处，等等，总之关于他的一切都要一清二楚，做到有备无患，然后伺机寻找下手机会。”

“好的，主人。”樱桃不太明白为什么自己的名字变成了芭蕉，但这无关紧要。它的大脑程序中只接受两个主人的指令，一位是制造者佟宇，另一位便是这位Johannes先生。了解Williams Li并接近他似乎不是多么艰巨的任务，寻找下手机会是什么意思？打人？杀人？它的运行程序中并没有这些，还是先完成第一个任务吧！先全面了解并接近Williams Li。

穷人常觉得自己是这个世界上最可怜的人，因为缺吃少穿，物质欲望被最大限度地压制了，生活中也是各种捉襟见肘，寒酸潦倒。他们很难想象富人的生活，认为这是些生活在蜜罐里的幸运儿，恨不得与之互换身份。但富人的痛苦同样是穷人难以想象的，当物质需求被全部满足后，便再也激不起他们的兴趣。当金钱不成问题时，物质欲望总会有被满足的时刻。一张嘴、一个胃是吃不尽天下的，两只手戴满各种宝石时也会觉得庸俗难看。于是他们会想出更多、更新奇的东西来满足自己。

Williams Li便是这样的人。某一天坐在窗前，看着园丁在别墅前的花坛里浇水，水管里喷出的长龙和水珠在阳光的照射下形成小小的彩虹，弯弯地挂在那里，久久不肯散去。在水滋润下的草地、花儿焕发出勃勃生机，仿佛被注入了一针强心剂，更加有力地昂起头，张开花瓣，抖动叶子。这日常的一幕使Williams Li忽然感到自己生活的无趣，每天在商海里鏖战，随时把别人炸成齑粉或被别人炸成齑粉，这样的生活有意思吗？难道自己只是为了战斗而不是享乐才来到这个世界的？这样下去，活50岁或100岁又有什么区别？

刹那间，他觉得自己活得太无聊，也太可怜了，甚至不如这些花草过得滋润。它们会有人照料，享受生命中的阳光、水分和风中摇曳的浪漫，而自己呢？今天可以看到明天，明天又可以看到后天，没有期盼，没有突如其来的幸运，只有责任、义务与按部就班的枯燥。一生真的要这么度过吗？他看了看远处踱来踱去的保镖，感到自己像被关在笼子里的野兽，失去了存在的意义。

几分钟后，他把秘书叫过来，让他去寻问最近有哪些星际商务活动。回答说有一项为期两个月的火星考察，因多次运营，较为稳妥，虽然收费昂贵，但社会反响还不错。

“去给我报名、交费，并做好出发的准备。”他挥挥手，让秘书下去。

“可是，您这么忙，哪有时间……”秘书有些不相信自己的耳朵。一天24小时中，Williams Li先生要不断做出选择和取舍，他名下的那些企业、公司、机构像向日葵一样围绕着他转动，他怎么会突发奇想地要去火星呢？这一去岂不要遭受巨大的经济损失。

“难道我活着就是为了赚钱、赚钱，一直赚到死吗？” Williams Li恶狠狠地瞪着秘书，似乎眼前这些无聊的生活都是拜他所赐。

秘书吓得浑身抖了一下，只好答应着，快步走出房间。去火星？不怕那里的条件艰苦吗？万一回不来偌大的家业要做何处置？他的身份地位怎么可以这么冒冒失失地轻易做出决定，难道不考虑后果吗？但作为秘书，除了顺从又能怎么样呢？

Williams Li突如其来的去火星使得Johannes预谋已久的攻击突然失去了目标。这家伙怎么说走就走，而且躲到火星那么远，总不能把杀手派到火星上去吧！还是慢慢等他回来再说。于是芭蕉的刺杀任务暂告搁置，另作安排。

“3TR怀旧咖啡馆”在这个城市很有名，几十年不变的烘焙味道，与咖啡相伴的特色蛋糕、巧克力、各色花式小点心，偌大的玻璃窗，穿着整洁旧式制服的服务生，绵绵不断地播放着乡村音乐，远处透过玻璃可以看到的绿色群山，从20世纪到现在既不扩张也不收缩的规模，让你蓦然有一种时光暂停的恍惚之感。时间的流逝对它好像完全不起作用，它永远地伫立在时间的长河里，无论水流湍急还是和缓都那样悠然自得地存在着，这份稳定与自信不禁让人心生艳羡。在这里坐上一会儿你甚至觉得自己不会老去，始终是一个背着双手立于时间之外的旁观者。

李倚云非常喜欢这家咖啡馆，每周会光临一到两次，她会叫上一杯摩卡静静地坐在窗前，看街上忙忙碌碌的人们沿着两侧的红枫行道树走向东或走向西，地上厚厚的花岗岩已沾染了岁月的痕迹，渐渐变得凹凸不平起来。她从少女时期就喜欢这里，谢天谢地，几十年来万事万物都在变化，只有这家咖啡馆屹立不倒，成为岁月流光里的常春藤。她愿意带着某种缅怀的情绪坐在这里，像到一个熟悉的好友或亲戚家做客闲聊，回想儿时便积累起的一些记忆片段。

这些天店里新来了一个身材窈窕的女孩子，她笑起来十分动人，让人感到亲切，一种发自心底的善良与热情。她会把咖啡轻轻放在桌子上微微鞠一躬然后转身离开，那笑容的余韵慢慢地在你眼前荡漾开来，并停留很久。好可人的女孩子！在众多金发碧眼中她典型的东方面孔让倚云有一种说不出的亲切感。虽然自己从小在这异国异乡长大，但依然保持着亚裔的面孔与思维方式，即使后来与本地人结婚，熟练地操着一口流利的英语，但对遥远家国的思念使她对这个女孩子很感兴趣。

一次她漫不经心地把皮包落在了咖啡馆，女孩见状马上跑出去送给她，还不小心扭到了脚，让她很不忍心，主动付了医药费，又额外给了一些小费。女孩却婉言拒绝了，说这是分内的工作，不必感谢。这一点和本地的女孩子很不相同，现在的年轻女孩个个追求享乐，很少有人能够抗拒金钱的诱惑。为了验证心里的某个想法，有一次她特意在女孩收拾桌子前把手上的戒指留在了那里，那是一枚镶了南非产蓝宝石的戒指，是几年前她在一次义捐活动上拍得的，据说20世纪它的主人是英国王室一位有名的王妃。这个，女孩大概会收起来吧！带了它远走高飞，足够她一生一世好好享用的。

但是李倚云错了，女孩子依然拼命地跑出来追上她，拿着那枚戒指气喘吁吁，大声地请她等一等。哦？还有不喜欢宝石的女孩子，而且只是一个服务生。倚云非常惊讶，这样一个金钱不能收买的女孩一定不是凡夫俗子，为什么她要甘于在这里当服务生呢？

“你叫什么名字？”

“芭蕉”。

芭蕉？这名字好怪，不过是一种普普通通的植物，不仅毫不时尚，还带着某种古旧的气息。父母随随便便把这么土的名字指给她，让她使用一生，如此漫不经心，应该没有给她更多关爱吧！

“这是我的名片，如果想找份更好的工作，有更多的收入，随时给我打电话，也可以到公司找我。”倚云优雅地用食指和中指把名片递过去，除了重要的生意伙伴之外她很少主动把名片送人，已是中年的她越来越喜欢内敛、沉静的风格，不惹人注意，不哗众取宠，像那些街道上的红枫，默默地生长、变老，不也是一种很好的选择吗？

“多谢您啦！”女孩鞠着躬，眼神与微笑非常真挚。

但是倚云并没有等到芭蕉的电话或拜访，她依然忠实地在3TR咖啡馆上班，照顾客人，跑前跑后地端咖啡、收拾桌子。

这很奇怪，难道她怀疑我说的话吗？不相信我能给她提供更好的工作？一种隐隐地被漠视的感觉让倚云有些不舒服，在商界还没有人不知道她的大名，为什么这个小小的女孩子却对她视若无睹？

她们再次见面时倚云又发出邀请，“我也有几家这样的店，有一家离这里不远，现在正好缺一个店长，很希望你能来帮我，工资就按你所希望的。”

女孩子犹豫了一下，好像在权衡着什么。

“我的确需要钱，我在这里留学，学费要自己赚，工资高一些当然更好。不过我要等到店里有人补了我的空缺才能过去，否则这里会遭受损失的，希望您能够理解。”

这女孩子的品质真好，她想到的并不是赶快攀附高枝，为利所诱，而是恪守好自己的职责，讲究信义，这不正是儒家文化的精髓吗？倚云心里一喜，感觉挑对了人。

“好的，你什么时候来我都欢迎，你直接去店就可以，说你是芭蕉店长，他们会好好接待的。”说着她留下了咖啡馆的地址，女孩子礼貌地接了过来，反复致谢。

半个月后，芭蕉出现在奥菲丽亚咖啡馆中，店员们似乎早等不及了，整齐地排成一排，一齐冲她微笑打招呼。

“店长，我们等你好久了。”

人是不可捉摸的动物，这世界上到底有多少种人无法统计。譬如有内向、外向之分，有的天生便长袖善舞，与人交往毫无阻碍，很快便能和周围的人打成一片，并获得大家的认可。有人则性格生硬冷僻，一生都坚持在寒夜里自己抱着自己取暖，而绝不会凑到别人点起的火堆前。芭蕉自然是前者，人们常用如沐春风来形容好相处的人，她或许是世界上最担得起这个词的人。

佟宇在制造它时心里常常自言自语，“你们会替我活着，活成和我不一样的样子。”从而刻意将自己的内向、社恐，甚至有些自闭的性格彻底颠覆，变成温和的、易相处的，可以左右逢源的性格。

上任十几天后芭蕉便获得了大家的认可，她很会关心店员，偶尔会跟他们开个玩笑，送些小礼物，也会非常有原则的奖勤和罚懒。店里人手不够时马上换上工装亲自上阵，对一些老客户更是谦恭有礼，让他们享受到非同一般的待遇。被人误解或受了委屈从不呼天抢地、声嘶力竭，依然保持着彬彬有礼的优雅，直到误解消除，对方反复道歉，她也只会心一笑毫不计较。她的心似乎远比她娇小的身材要阔大、包容，可以面对世间的许多恶意与不公，那份淡定、从容与宽和令人由衷地敬佩。她还特意购置了一批四季常青的漂亮植物，有的高高大大，叶阔茎高，有的低矮葱郁，旺盛蓬勃，还有的丛生蔓长顺着架子爬到了高高的墙上，让人恍然有一种世外仙境的感觉。

自从芭蕉来了之后，奥菲丽亚咖啡馆的生意越来越好了，谁都喜欢这位亲切温柔、脸上永远挂着笑容的小店长。她让人觉得生活始终充满欣喜与情趣，不可虚度一分一秒。有人购物之后特意来这里坐一坐，只是为了跟她打声招呼，还有人进店喝杯咖啡看她不在就起身走了。

倚云暗中观察着这一切，非常得意于自己的判断。这个女孩子真的很不一般，她的个性会使她成为众人的焦点，如同行星会围绕恒星旋转。她有一种强大的令人趋附的力量，你会赞成并喜欢她身上散发出来的那种恒定的气质，并相信她能把所有的事都做得妥妥帖帖，不辜负任何人的期望与托付。与她轻盈灵巧的身材相比，那种沉静与可靠的气质是与生俱来的，与年龄并无关系。

倚云又找了好多机会试探芭蕉，看她在经商上的禀赋，决策的能力，对家庭、亲人、爱情的态度，对名利的态度，并半遮半掩地暴露出李氏家族在A国的发家史与社会地位，她只是当作传奇来听，竟没有半点垂涎艳羡之意。倚云还派人演了一出戏，冒充商业竞争对手来挖墙脚，高薪诱惑芭蕉跳槽，没想到遭到了她断然的拒绝。她说李女士对自己有知遇之恩，除非被开除了，否则绝不会离开现在的岗位。而且最让倚云满意的是芭蕉骨子里深藏的传统价值观，那种对仁义礼智信的严格遵守，这在现代社会多么难得，它与时下流行的自私自利的享乐观背道而驰，显得弥足珍贵。如同滚滚大潮中一颗坚定站立、不被湍急河水冲走的巨石，令人惊讶之余又心生敬仰。

是的，这就是我要找的人！倚云心里不断坚定着这个看法。儿子已是30多岁，虽也事业有成，身价百亿，但却还未结婚。十几年来他不断地领回那些浮华的演艺界明星，她们的绯闻天天都会出现在各种媒体上，多到令人恶心。还有一些政界要员、金融大鳄的女儿或孙女、外孙女、远房的亲戚等，这些年龄不一、国籍各异的女孩子几乎都是现代社会的产物，无不希冀从李家获得更多的财富与更高的地位，让李家成为其人生路上的加油站。至于是否有真的爱情，以后会不会善待丈夫的家人则完全不在考虑之列。而芭蕉，几乎满足了她对完美儿媳的所有想象。不，不对，还不算完美，因为她的身世背景过于低微，目前也只是自己咖啡馆的一个小店长而已，这种身份怎么会被眼空四海、无比挑剔的儿子看上呢？好吧，我李倚云要做的事没有做不成的，不是没有合适的家世背景吗？那我就给你从头到脚、从里到外打造一下，重新包装后再闪亮登场，到那时相信儿子就能接受了吧！

第六章

阴差阳错

佟宇陷入了有史以来最大的经济危机，花光那些现金并把Johannes先生后续的资助退回以后，答应过要给他支持的几家颇具实力的机器人开发公司也绝口不再提资助的事，一些曾经交往较多的业内同行似乎也在有意躲避。难道是Johannes在搞鬼，切断了他的经济来源和业内支持吗？现在只有妈妈的退休金了，但那最多也只够他们一日三餐的菜钱，谈到购买机器人设备、零件犹如痴人说梦，一旦失去强有力的资金支持，就连购买一套最简单的驱动装置也变得遥不可及。

但他却无力改变这个现状，从小到大，除了那些主动撞到身上的奖学金、比赛基金、行业评比奖金等，他从没有主动挣过一分钱，完全不知道钱是怎么来的。只知道援助资金每年会按时打过来，输入密码就能购买材料和配件等，现在水源断了，河里的水还能继续流吗？这件事千万不能告诉妈妈，除了让她跟着担心，起不到任何作用。

“樱桃，我们没钱了，我该怎么办？”既然原来的樱桃被当成芭蕉带走了，那么留下来的芭蕉就改叫樱桃吧！反正叫什么也无所谓。它们是同时出生的双胞胎，如一把剑的两侧锋刃，相望而生，共同存在于相同的时间、不同的空间，又如两簇怒放的生命之花，带给这个世界无比的惊喜。

樱桃的手宛如货真价实的少女，嫩滑而有弹性，散发着某种诱人的魅力。它的眼睛转了转，佟宇知道，这个简单的转动意味着大脑在飞速处理刚刚收到的信息，做出判断并给出最适合的应答。同时，脸上的仿真肌肉被牵动了，通过细微的面部表情彰显出人的属性。

“不必担心，我可以帮你挣钱。”樱桃笑了一下，好像挣钱是天底下最简单的事。

“你帮我挣？怎么挣？”佟宇好奇地看着樱桃，虽然它的大脑是自己按照程序设置的，但它究竟会如何应答却并不在意料之中。如同你手里拿着一副扑克牌，你知道所有的数字与花色，但洗牌后会抽出哪张则无法预测。

“你忘了，我的力气大啊！比如搬家、运货都可以挣钱，还有，我会武术，可以教课，你只管收学费就行了。”樱桃轻描淡写地说，好像佟宇刚才的焦虑完全是杞人忧天。

对呀！没错！它说得太对了！自己为它设计出的这些功能，是完全可以变成钱的。但是要怎么去帮人搬家或者教武术呢？该怎么操作，去和谁接洽联系，想起这些事情就让人讨厌得很。

“你能不能把我变得更聪明些？你把我设计得太笨了，只知道打打杀杀的事，如果给我一个聪明的大脑，我就能帮你想出更好的主意。”

佟宇来了精神，他惊喜于自己的产品和自己的性格截然不同，它更灵活、更睿智、也更人性化，这一点让他感到格外有趣。

“那么你要多聪明呢？”

“只要把历史上那些知名女性的聪明才智给我就行，那样我就能当好你的助手了。”樱桃环视着实验室，仔细打量着它出生的这个地方，似乎要看出其中蕴藏着什么奥秘。

“这个提议倒是可行，让我想想，都有哪些女性是聪明的。我把她们的思维和智商给你，但愿你能帮我渡过这个难关。”佟宇似在跟樱桃说话，又似在自言自语，一边锁上房门，将樱桃关机，动手拆卸它的脑袋。

这是一项细致而繁杂的工作。首先要选取一些高智商女子的思维方式及事迹，将其转变为数据，然后设计一个程序，将这些数据输入，并按照某种预设的规则运行，接着要将其嵌入樱桃原有的大脑中，检验是否与原系统冲突。这个附加的思维程序与樱桃原先简单粗疏的性格并不相符，像一个外挂辅助芯片或副脑一样悬置在樱桃体内，只在需要深入思考时才会发挥作用。

那么高智商的女人有谁呢？要按照谁的大脑设置樱桃的思维？佟宇的脑子里涌现出一个个名垂千古的女人。坚毅果断、文韬武略的武则天，懂得顺势生存、运筹帷幄的孝庄太后，可得男人信任的卫子夫，咏絮奇才谢道韫，红尘女子柳如是，21世纪初的商界女奇才顾飞燕，博弈大师卓子芥，这些能够名垂史册的女人，无不以自己的才华和智慧被世人铭记。如果把她们的智慧给了樱桃，她就会成为最聪明的机器人。但这个转化工作有一定的难度，如果缺少史料人物事迹的支持，是不可能办到的。幸好佟宇有一套极好用的《中国历史五千年》图书，它是最权威的团队用最严谨科学的态度进行考察论证后完成的，细致到几乎可以复现历史的每一部分，在运用概率计算和数据对比后像拼图一样将历史的原貌拼合出来，而这套亿字的大作仅仅储存在一个小小的芯片中，只占肉眼不可见的微小空间。

芯片为佟宇提供了最可靠的支持，他将5000年来的女性经过筛选、事迹编辑和串联、思维模式提取等，变成一条条信息置入樱桃的芯片中，它们会在遇到难题时自动跳出来，帮助大脑想出应对的对策。为什么樱桃点名要聪明女性的智慧，而不要男性的呢？大约它真的把自己当成女人了。

这件事大约进行了一个月左右，妈妈每每问起樱桃怎么不来了，佟宇都推说她作为志愿者去参加外省的公益活动了，而妈妈也绝不会想到，此时此刻樱桃正站在实验室的角落里，前面挡着一张遮光板以隔断视线，头已经被拆了下来放在操作台上，露出里面芯片与线头纵横交错的大脑。

当他终于完成这项任务，将樱桃的头复归原位并重新启动后，发现它不太笑了，也许它认为聪明的女人不应该动不动就咧开嘴大笑，那样会显得十分低智。

“我有很多赚钱的方法，有快的、慢的，赚得多的、少的，有风险的、没风险的，你选择哪一种？”它转了一下黑白分明的大眼睛，是那样有神而灵动，让人不由自主地想起“明眸善睐”这个成语。复活后的樱桃继续上次的交谈，好像他们刚刚还在议论这件事，而不是隔了一个多月的时间。

“当然是赚得多的，快的，没风险的。”佟宇把脸凑到樱桃的面前，刚一启动它便恢复了女人的做派与腔调，宛若真正的女性，似乎脑袋里装的不是那些乱七八糟的线头与芯片，而是真正的人脑。

“世界上怎么可能有既赚得多，又赚得快，还安全没风险的方法呢？说这种话的人智商有问题。”刚刚添加了芯片的樱桃马上显示出居高临下的优越感，似乎它已洞悉了世间的一切真理，而别人，不过都是凡夫俗子罢了。这使它的制造者蓦然红了脸，好像作案时被抓住的小偷，夹杂着许多羞愧。是啊，世间怎么会有这样两全的方法，过于乐观不就是不切实际吗？

“那你说怎么办？”他忽然觉得自己变成了一个小学生，在学校遇到了麻烦回家后向成年的姐姐讨主意。

“暂时先开个武馆，教武术，做一些原始积累，第二步我有更好的方法，保证你可以赚大钱。”樱桃自信地说，一副胸有成竹的样子。

开武馆？教武术？这难道不是20世纪一些旧电影中才有的情节吗？这个怎么可能赚到钱？现在高度发达的医疗有力地保障着人们的健康，既使你每天躺在床上，很少运动，医生都有办法使你延年益寿，还有谁愿意通过艰苦的锻炼达到健身长寿的目的？即使想通过武术保护自己和家人，但冷兵器时代已遥不可及，变成了文化考古的一部分，现在的科技社会，还有人愿意辛辛苦苦付出漫长的时间和巨大的精力去习武吗？

“放心，我自有办法，你就等着瞧吧！”樱桃诡异地眨眨眼，大眼睛里闪着某种狡黠的光，而这种光，绝对是有了芯片之后才出现的。看来聪明的女人和笨女人的确不同，连眼神和表情都变得不一样了。

网络上突然出现了一个叫樱桃的女孩子的武术视频，出现在各种媒体网站上，她武功一流，无论长拳短打还是兵刃格斗，包括马术、暗器全不在话下，明艳、娇媚的颜值配上干净利落、飒爽英姿的风采，静若处子、动若脱兔的动作，让人感觉到不同凡响之美。在这慵懒而病态的社会，她矫健的身姿如一股清流般让人眼前一亮。尤其擅长一种叫作“倒下天梯”的武功，只见她从高高的屋顶跳下来，头朝下脚朝上，陀螺一样不停地旋转着，像一个水中的漩涡，然后快到地面时又一个倒翻稳稳站在地面，简直是非人类的动作。

每次表演完毕，樱桃都露出可爱、明艳的笑容，一抱拳用清脆的声音说道“敬请光临，我在樱桃武馆等你！”然而却并没有任何樱桃武馆的信息，屏幕上没有字幕，表演者也没有更多的解释。到底樱桃武馆在哪里？成了人们毫不知情又拼命想要破解的一个难题。于是有好事者千方百计通过网络联系视频发布者，千方百计打听现实中的地址，甚至不惜付昂贵的咨询费，但樱桃却绝口不提。一方面，她更多地发布这种视频，将她不同级别的武功一一展示出来，每次都会换不同的服装，在不同的背景下，颇有美人如玉剑如虹的感觉。另一方面樱桃又着手租场地，秘密准备开武馆的各种事宜，将方天大厦的一层整个租下来，这次她用的是佟宇的“信用”。

这个世界谁都可以贷款，但信用度是最关键的，可以借贷的金额直接与信用相关，这就意味着信用度越高可以贷的款就越多。樱桃是机器人，并没有社会信用度，只能用佟宇的。当她把所需款项的数字告诉佟宇时对方吓了一跳。

“需要这么多钱？如果挣不回来怎么办？”他紧张地问，明明是要让樱桃挣钱的，可是她却先要自己花掉这么多钱。

“呵呵，你太外行了，欲先取之，必先予之，这么简单的道理不懂吗？如果想产出一定要有必要的投入，简单的打工并不需要多少投入，但那样赚的钱也就仅够生活费而已，怎么能保证你的科研需要呢？”樱桃越来越目中无人了，智力优越之后它有点忘乎所以，甚至颠倒了制造者与被制造者之间支配与被支配的关系。

“好吧，就听你的。”已经到了现在，佟宇没有了其他选择，虽然他可以将樱桃的头脑变得聪明，但在日常生活柴米油盐上，自己依然是无常识、无魄力的一个呆子。他只好在贷款协议上签了字，眼见着樱桃轻飘飘地把这么重要的文件拿走了。

我制造的机器人，如同我的孩子，是可以信任的吧！

终于有一天，樱桃武馆的地址被暴露了，这位超高颜值且武艺精湛的年轻“女侠”，在现代社会犹如珍稀动物一样，被那些闲极无聊的人绞尽脑汁地扒了出来。不过只有佟宇知道那则信息其实是她自己发布的，只是改头换面用了别人的语气而已。

人们蜂拥而至，几乎踢破了门槛。最不可思议的是来学武术的并没有多少小孩子，多是20岁左右的年轻人，他们多半是冲着樱桃而来，不管报名费多贵，也没分清初级班、中级班、高级班，便头脑一热、争相踊跃地报了名，交了费。如果是跟这样的女教练习武，谁还会管能不能学会呢?

武馆开起来了，不仅在S市，即使在全国也算一个特殊的存在，因为多年以来武术已远离了人们的视野，成为一个被人渐渐遗忘的领域。现在，一个樱桃却瞬间把它拉回至人们的生活，让人目睹功夫的存在和风采。一些追逐流行酷爱炫耀的年轻人愿意高价购买武馆的有限名额，只为迎头赶上这种时尚。

年轻的女教练没使他们失望，她漂亮、柔媚，有一种和侠客身份不太相符的女人味，但发招动式之间又极为干脆，从不拖泥带水，无论多么高难度的动作都举重若轻，一气呵成。而且她精力充沛，从不知疲倦，给学员一个个纠正动作，一遍遍演练，只要没学会的人都可以课后留下来继续学习，让人充分感受到花掉的学费太值了。武馆的财务、咨询、缴税、房租、卫生全部由她一个人包揽，连个帮忙的人都不需要，这么能干的女孩子太少见了吧！

樱桃武馆成了S市的标志，日进斗金的学费让佟宇看到了太阳初升般的希望。

“樱桃，你真行，你的确十分聪明。”佟宇对樱桃的欣赏无异于对自己的欣赏，但樱桃经商赚钱的头脑却又是自己不可企及的。

“还差得多，我要让你以后不再缺钱，无论做多大的科研项目，都有坚实的资金保障，不用依赖任何财阀。”樱桃豪气冲天，颇有大干一番的斗志。

“这还不够吗？你还要干什么？”佟宇很好奇。有时候，孩子比家长更聪明，虽然他们是家长直接繁衍的结果，但却巧妙地逃脱了母本的愚蠢和桎梏。

“你不必操心，对了，我需要你再制作几个机器人，要处于不同的年龄段，有男有女，性格也要各异。那样生意才会做大，钱才会源源不断地流到我们这里。”

“好吧！”虽然不知道樱桃到底要干什么，但此时的佟宇却对它充满了信心，要知道她可是综合了那么多聪明女性的智慧呢！武馆的成功便是一个明证。

佟宇开始制造樱桃需要的机器人了，他们有老有小，有高有矮，有胖有瘦，有的漂亮，有的则有些丑陋，这正是樱桃要的样子。因为不需要较高的智商和芯片，也不需要过度真人化，流水线式的粗略制作就可以，所以基本上不费劲，还算轻车熟路。

当武馆的生意如火如荼进行时，樱桃已开始着手新的项目。它在网络上发布了各种短武侠剧，情节大体都是某人在武侠世界的历险。他们往往在某座深山古刹之中，荒野丛林里巧遇武侠奇才，或向高手学习武艺，或遇到空谷幽兰般的异性产生旷世传奇式的爱情，或遇到了其他帮派的挑战，或阴差阳错地被推至武林盟主的地位。每个武侠剧都是不同的，都有不同的人物登场。短剧剧终便是“樱桃武侠历险世界”的字样，依然没有地址与任何联系方式。

看来樱桃的心理学也学得很好呢，很懂得饥饿营销，懂得怎样造势，形成“犹抱琵琶半遮面”的诱人姿态，只等那些从水中雀跃而出的鱼自己上钩，而钩上也并没有放置什么鱼饵。

事实证明，樱桃的策略再次成功了！当位于封龙山的“樱桃武侠历险世界”开放时，无数年轻人已跃跃欲试了，他们购买了昂贵的门票，只想进山一试，看看能有哪些奇遇，这些奇遇虽然惊险、奇幻、动人心魄，却绝无生命之虞，也不会带来任何伤害。有人进去之后，过了几天才出来，大呼过瘾，向别人转述着自己的遭遇。但下一个进去后，又是完全不同的情节与人物。可以说，人人经历都不尽相同，宛如上天在或然之中演绎着无数人的悲欢。

“樱桃，那些历险的剧本是从哪儿来的？”佟宇不禁问道，现在他也有一种跃跃欲试的想法，想进山一看，看那里到底蕴藏着怎样的魔力，能使人如此流连忘返。

“难道谢道韫这样的才女还写不出几个好剧本吗？我脑子里有她，你大概忘了吧！”樱桃不咸不淡地一笑，向自己的制作者报以轻轻一嘲。

对啊！我怎么就忘了呢？潜藏在樱桃脑子中的谢道韫可是少见的奇女子啊，那么年轻便有传世佳句，写几个剧本对她来说还不是小菜一碟。佟宇虽然不能进入古人的生活，不能查看他们真实的一举一动、一言一行，却可以抽取出他们的个性，概括出他们人生的选择、睿智的思维，并使之作用于现代社会。如果这些人还活着，他们也一定是时代的弄潮儿，知天命，晓进退，过着和凡夫俗子们迥然不同的人生。现代科技可以复现这些，多么难能可贵。

樱桃专门雇了几个人管理武侠世界，因为分身乏术，她也只能在武馆常驻，好在武侠世界的日常事务并不多，除定期维护、洁清卫生、炮制新剧本、监控机器人演员之外，并无太多麻烦。

此外它还专门开了两个账户，一个是武馆的，一个是武侠世界的，而武侠世界后来居上，收入如滚雪球般不断壮大，成倍地增长，这说明现代人对这种历险模式有多喜爱。是啊，闭塞的楼宇间，两点或三点一线的上学族、上班族，庸常生活里的厌倦者们，谁不愿意改变一下生活方式，找找不一样的感觉呢？

钱如雪片似的飞进佟宇的两个账户，让人目不暇接，已远远超出了他的预期。现在他又可以安心于自己的研究，无须在意资金的事了。等再过一段时间，就把武馆和武侠世界全部关闭，清清静静地过日子，世间的纷扰被关在门外，留给他的只有那些静待苏醒的智能生命。

有时候，他看着樱桃会有些心疼，它一刻不停地忙碌着、应对着、计划着，方方面面都考虑得周周到到，似乎那些植入它大脑中的聪明女性每天都在不断切磋该如何运营、管理，集她们所有人的智慧将两桩生意越做越大。

妈妈完全没有搞懂这是怎么回事，她只知道儿子凭空之中忽然有了一个漂亮的女朋友，而且这女朋友又出奇地能干，一个人支撑起两摊生意，打理得井井有条，无论挣多少钱都倾囊交给儿子，从不骄傲，永远彬彬有礼。这样的儿媳真是打着灯笼也难找，难道是上天特意派来帮助儿子的吗？真没想到他还能有这样的运气。为了表示感谢，她经常煲汤、炖补品送到武馆，樱桃客客气气地道谢，热情地接待她到处参观，但却从没有当她的面尝过一口，也许她太忙了，根本顾不上。

这么好的女人不会哪天飞了吧！要知道，自己的儿子除了擅长那些乱七八糟的研究，别的根本不会，连煮个即食面都会弄得厨房一团糟，不是溢锅就是不熟，完全没有生活的能力，更别说有什么吸引女孩的优点了。樱桃任何一方面拿出来都能够完胜他，这样的女孩子不尽快收入囊中，做了佟家的儿媳，以后一定会被别人拐走的。不行，得让他们尽快登记结婚。

妈妈几次三番跟佟宇谈这事，佟宇差点笑出声。怎么，让他和一个机器人结婚，亏妈妈想得出来。不过这也从侧面验证了樱桃制作的成功。

“好吧，好吧，您不用急，再等等我们会结的。”儿子总是敷衍了事，把妈妈推出来，继续手上的工作。

这样下去不行，看来要使出撒手锏了。妈妈为了达到目的，使出了唯一可行的策略，装病。她躺在床上不下来，不断假意呻吟着，说着这里疼那里难受的话，把佟宇吓得脸色都变了。从小到大，最怕的就是妈妈生病，因为妈妈对他几乎意味着大半个世界，如果她病倒了自己便像折掉了两只翅膀，再也别想飞了。她用自己的人生为儿子铺就一条平坦的路，一旦她倒下，这条路便会彻底封死，无法通行。

“妈妈，您快好起来吧！没有您我是不行的。”佟宇依偎在床边，哀哀欲绝，依然像小时候那样六神无主，竟然想不到要带妈妈去医院。

“如果你们结婚，我一高兴，病就会好的，这只是老年病，很大程度上取决于心情，心情好了自然就没事了。”妈妈说着，偷眼观察儿子的反应。

原来症结在这里，佟宇悬着的心终于落了地。刹那间他懂得了妈妈的一切，结婚？好的，那就结吧，这对他来说非常简单。

与樱桃合法结婚最重要的是给樱桃一个法律认可的真人身份，并进入婚姻登记系统合法植入这条信息，这对他来说并不困难。他解锁了S市户籍管理系统高级管理员的登录密码，查找到几个报失踪人口的记录，寻找到一位年龄相仿的女性，修改了她的履历，并将后台的照片换成樱桃，又在登记系统中将两个人的结婚证安置在一个合理的时间，找到这一时间值班的工作人员，复制了他的签名，然后通过系统自动打印出合法的结婚证。当他把结婚证拿到妈妈的病床前时，妈妈笑得嘴都合不拢了。

儿子的婚姻大事终于有了着落，这下可有人管了。樱桃工作太忙，没有时间，自己可以帮他们做饭、洗衣服、带孩子，让佟宇过上普通人的生活，享受到普通人的幸福，这个让她憧憬30年的梦想终于实现了。她感觉新生活正向自己招手，那些日日夜夜的操心、牵挂，终于可以暂停一下，交到下一个接力者的手中。

没有什么事情是李倚云做不到的，她的父母是李氏家族来这里定居的第二代华裔，凭借自己的智慧白手起家，创立了偌大的家业，又让唯一的女儿与这里的商界巨贾Williams家族联姻，联姻不到3年深得公婆信任，轻易获得家族掌门人的地位，而他们的儿子游手好闲的Ken Williams 则被排除在生意之外，除了不定期地向妻子要钱去花天酒地，完全无所事事。在李倚云的掌管下，家族生意蒸蒸日上，烈火烹油一般。上天也好像在故意褒奖这个勤勉的女人，虽然婚姻不幸，与丈夫貌合神离，但在李氏家族与Williams家族都成为说一不二的执牛耳者。儿子出生后，她为他命名为Landon Williams Li，将自己的姓氏明确地标记在儿子身上，虽然丈夫异常反对，多次借机生事，但公婆却表示支持，似乎倚云是他们的亲生女儿，儿子反倒成了最不争气的女婿。直到几年后，李倚云已能自由掌握与运转两个家族的所有生意，她的丈夫也像所有浪荡子一样，迎来不可避免的悲惨命运，暴毙街头，成为坊间持久的笑话。当Williams Li横空出世，可以叱咤商海时，许多事依然要听从母亲的吩咐与安排。

1个月后，芭蕉从咖啡店店长的位置离职，直接到全景连锁超市做进货部经理，这种提升的速度及职位的跨度不仅是李倚云用人历史上的第一次，也是A国老式家族商业运营中为数不多的例子。年轻的女孩子还带着某种清纯简单的大学生气质便已坐上这个位置，带着让人匪夷所思的深深疑问，要知道Williams Li在她这个年龄的时候还在家族的运输业中做见习生呢。

“这是亚洲Q国王室的一位远房公主，她为我们家族带来了巨大的贸易机会，并使我们的生意成功打入Q国市场，以后我不允许别人置疑她的身份，在背地里搞小动作。她的能力配得上她的职位，如果谁能做得和她一样好，同样会得到我的提拔。”在董事会上，李倚云威严而干脆地说出这些话，扎扎实实地奠定了芭蕉的地位。Q国虽是亚洲一个不起眼的宗室王国，经济不够发达，国际地位也不够高，但公主的身份还是有分量的，可以娶到公主也说明了Williams家族对门第的重视。

芭蕉扛着一张人畜无害、单纯明艳的脸进入65层的克劳迪大厦办公，大厦的1至10层便是全景连锁超市总部，而她的职位进货部经理众所周知是一个肥差，这里有多少油水可捞不言而喻，即使再律己、敬业的人都难免被种种利益打动，只要在这个位置上干上几年便会以肉眼可见的速度富裕起来，成为众人中的佼佼者。

但是芭蕉却没有，她依然那样勤勉严谨，有时下班后会到倚云的住处为她做Q国的特色菜，天知道她是怎么学会的这些。并用极娴熟的手法为她按摩肩部、颈部、腰部，只有这种时刻，倚云整个人才会彻底放松下来，不再费尽心机地想任何事，也不用在各种选择中反复权衡利弊得失。她闭上双眼，充分感受着那双柔韧有力的手在自己的关节、骨头和肌肉上滑行、按压、摩擦，每一下都是她想要的。疲劳随着多变的手法一点点消失，直至整个身体卸去所有武装，变成一个没有防御的软软的婴儿，可以用纯真的微笑环顾整个世界。

“天哪，她前世一定是我的女儿。”倚云心里暗自想着，天底下为什么会有这么十全十美的人。想当年自己年轻的时候，虽然也很能干，有决断力，有敏锐的商业直觉，但却浮躁、任性，不够理智，有时自己还会被情绪战胜，头脑发热。但芭蕉身上却一丝一毫没有这些缺点。她仿佛在岁月的长河中沉静了许久才慢慢游上岸，把那些浮躁之气永远地留在出发的地方，毫不沾染。每次汇报工作时她都能条分缕析，按照重要程度一一道来，那些复杂的数据仿佛就刻在她脑子里一样，根本不用查找。而某件事委决不下时，她又能根据概率计算出如何做出优先的选择，科学地避免主观人为的失误。

“天哪，这是一个天才！”李倚云越来越庆幸自己与芭蕉的相遇。儿子的火星旅行还未结束，她便把芭蕉直接放在儿子的位置，让她试验性地运营一阵。事实证明，芭蕉完全能够胜任，不仅决策机智英明，且从不骄傲或气馁，永远牢牢把控着自己的情绪，不让它有丝毫偏差，更不让它影响工作。

儿子一旦回来，就尽快让他们结婚！倚云决定，即使儿子不愿意，也要让芭蕉稳稳占据儿媳的位置，哪怕儿子在外面有些莺莺燕燕的事也假作不知，家族需要芭蕉这样的人才，儿子为了整个家族也必须做出牺牲，虽然她自己在暗中调查发现芭蕉可能连小家碧玉也算不上——没有父母、亲戚，而是因为一个公费留学的机会才来到A国。这样的经历如果让家族上上下下的人知道也许会大做文章，但英雄莫问出处，只要有能力，就应该放在合适的位置上。如果没有这点格局，倚云也不会奋斗到现在的位置。

Williams Li 70多天后才返回地面，火星旅行没有他想象的那么有趣，相反，到处是严格的规定，他作为一个傻呆呆的旁观者看科学家们科研、采集数据真是无趣极了。火星上除了空间站还像人生存的环境，其他地方都是荒漠般的地狱。唯一的好处是来到这里后他可以忘记地球的一切，无须再为各种烦心事分神，每天静静地发呆也不失为放松心情的绝好方式。

他回到熟悉的地球环境中，从秘书那里得知的第一个消息便是母亲已经为他物色到合适结婚的女人，他将不日与这个女人完婚，并且实际上这个女人已进入到他的家族生意中，并代替他做出了许多决策。

“妈妈竟然为自己找好了结婚的对象？21世纪末的今天，竟然还有这样的事，让人想起古代传统部落指腹为婚的陋习。” Williams Li恼怒地想着，他可以允许母亲在生意上指手画脚，但却不能容忍她干涉自己的私生活，尤其是结婚这样的大事。生意失败最多只是赔钱，如果婚姻失败不就又走上父母的老路，步父亲的后尘，成为一生不幸的开端吗？

“我坚决反对这种安排，哪怕去死！”他下了狠心，坚决不会正眼看那女孩子一眼，无论她多么讨好奉迎。母亲喜欢的话就让她们搬到一起住，哪怕让他把所有生意都交由这个女孩子打理也没关系，但结婚是不可能的。

晚宴几乎是所有上流社会女孩子都向往的，穿上时髦典雅的礼服，戴着各种繁华耀目的珠宝首饰，在男人们中间顾盼生辉翩翩起舞，享受他们贪婪的目光，看他们垂涎三尺的模样，尽情挥洒自己的青春、美貌，彰显身世、门第，对于女孩来说还有比这更过瘾的吗？Williams Li并不喜欢这样的场合，但又不得不参加，这是家族每年的新年宴会，已成为当地的一个标志性事件，不出席的话会让人感觉出了什么问题。所以他只得皱着眉头又呵欠连天地来到现场，连领带系得有些歪都没有察觉。

母亲看了她一眼，有些责怪的意思，儿子回到地球好多天了，一直没有露面，也没问候她一句，这让人多少有些不悦。母亲身边，那个身材娇小玲珑、一脸亚裔人特征的人或许就是那个叫芭蕉的女孩儿吧！她看上去非常年轻，二十二三岁，或者说十八九岁也有可能，亚裔女孩本来就显得年轻，只有结婚后才会慢慢显出成熟女人的气质。她站在母亲身旁，谦恭有礼，大方得体，举手投足间都有一种沉静平和的味道，怪不得母亲喜欢她，这个女孩子的气质果然有些出众。

过了一会儿，母亲从与客人的交谈中抽出身来，带着芭蕉一起来到Williams Li面前。

“亲爱的Landon，认识一下，这是我们公司的一位经理，芭蕉小姐，她是一个非常完美的女性，如果你喜欢，可以和她进一步交往。”母亲意味深长地看了儿子一眼，毫不隐晦地说出自己的希望。Williams Li挤出了一个不太像笑容的笑容，勉强点了点头，这就是母亲硬要塞给自己的、那个鼎鼎大名的什么公主吗？Q国那么点的小国家，一座火山喷发或者一场规模不大的地震就能把它彻底埋没，他们的公主不过是哄人的头衔而已。他带着天然的优越感睥睨着这个女孩儿，然后冷冷地收回目光，没有握手和交谈的意思，而是快步走到休息区坐在椅子上，脸扭向相反的方向。母亲有些不悦，儿子或许没听懂自己的用意，以后还要对他慢慢渗透，但不管怎样，婚礼还是要快些举行的。

Williams Li坐在椅子上，看着交际场上高朋满座，他身边迅速围起一圈名门淑媛，她们刻意找着话题和他搭讪，一会儿是在火星上有什么见闻，一会儿是他有什么最新的商业举措，言谈举止庸俗无聊，让人避之不及。隔着两把椅子的地方，芭蕉也在和别人交谈，和Williams Li的目光相遇时并没有表示出特别的好感，只是礼节性地点点头，然后继续说话。不一会儿，她便跟母亲打了个招呼竟匆匆离开了，似乎有什么急事要处理。

现在不正是她扑过来找话题、套近乎的大好时机吗？如果要跻身豪门，巴结未婚夫是这些女孩的必要程序，她怎么会如此无视自己的存在？Williams Li很不服气，这场戏的开端完全没有按照他设想的剧本演绎，他不仅没有变成主角，甚至连观众都不算，最多是溜进剧院偷看了一眼剧场的淘气小孩而已，被保安识破后毫不留情地赶了出去。也许刚才母亲的介绍太匆忙了，有些人是有脸盲症的，见过也记不住容貌，只能通过较为熟悉的声音和动作来判断人的身份，她或许就有脸盲症吧！

接下来Williams Li又有几次和芭蕉见面的机会，她依然如第一次晚宴巧遇那样，不卑不亢，不刻意奉迎，也不逃避，完全是对一个普通同事的态度，丝毫看不出有任何觊觎豪门的贪念。也许她在故意演戏给自己看，现在的女孩子都精明得很，还要用更多接触才能揭开她的面具。

倚云特意安排了儿子和芭蕉的几次会面，表面是生意上的会议，实则为了让两人加深了解，产生感情。儿子一直冷着脸没有反应，似乎已识破自己的伎俩，绝不上钩。而芭蕉则一心一意地工作，说该说的，做该做的。她不爱财，也没被人收买，不图名，不求利，除百分之百绝对服从倚云之外不会去讨好任何人，始终能做到就事论事，不带任何个人主观情绪。这一点，绝非这个年龄段的女孩子可以做到。

Williams Li竟渐渐对芭蕉产生了兴趣，他刻意和她搭话，先是工作方面的，然后是生活方面的，试图更多地了解这个奇特的女孩儿。但她经常扭转话题，并多次因为一些突发情况转身离去，这让Williams Li有一种不悦的同时，反而激起他某种强烈追逐的决心。

“小家伙，看我能不能追到你，我不信你不为我的魅力所打动。”他在她面前跳舞，要知道他的舞技在生意场中是颇有知名度的，还大谈对中世纪历史的了解，讲述漫游世界过程中遇到的逸闻趣事，但这些女孩子都感兴趣的话题在芭蕉这里常常被打断，她更关心的无疑是自己的工作，对工作之外的事完全不感兴趣。

“真是个怪人！”Williams Li感叹道，另外，他也逐渐意识到，让他们两个结婚只是母亲的意愿，而不是芭蕉的意愿。她来到Williams家族生意中不过是为了更好地锻炼自己，同时报答母亲的知遇之恩，对他这个富豪二代并没有额外的想法。

“好吧，我的确需要一个这样的女性。”经过一阵激烈的内心搏斗后Williams Li垂头丧气地对自己说，芭蕉是第一个不为他所打动的女人，同时也是第一个完全俘虏了母亲的心的女人，如果错过，或许以后再也不会遇到这样的女人了。

“如果您觉得我们两个合适的话，我愿意和她结婚。”他像一只斗败的公鸡，有些虚弱无力地对母亲说，曾经作战的勇气已经荡然无存了，只剩下向命运低头时某种妥协的快乐，这种感觉对他来说还是第一次，竟给人一种莫名其妙的欢喜。

人总是对自己难以得到的东西无比向往，这与财富、权势、地位无关。欲望越被压抑反而爆发的越强烈，这种强烈会让人逐步丧失理性，将无足轻重的希冀放大到生死攸关的地步，最后让人变成不折不扣的傻瓜。

第七章

双胞胎机器人

有了樱桃的帮助，佟宇终于从资金的烦恼中解脱出来，现在他要做的是开发新的智能机器人项目，给自己制定新的课题——怎样将机器人的感觉系统如视觉、听觉、嗅觉、触觉大大提升，使其超过现实生活中普通人、正常人的感官水准，拥有更为灵敏的器官感受，可以从事某些特殊行业，如品酒师、闻香师、菜肴开发师、色彩搭配师等，用它们敏锐的感觉为人类提供一流的服务。

而妈妈却并不关注这些，她几乎很少问儿子正在埋头什么工作，只知道他每天窝在实验室里就是正常的，不需要担心，一旦他走出来愁眉苦脸地躺在客厅的沙发上，准是遇到了难题，如果出去散心这难题就更难解决了。现在佟宇与樱桃两个都在各忙各的，虽然他们已经领了结婚证，获得法律上的认可，但看上去总觉得相敬如宾，缺少别的夫妻那种亲密与默契。

“得让他们尽快生个孩子，趁现在还年轻。”妈妈想到儿子的年龄，已经越来越大了，如果拖到中年生子的话，孩子可能不够健康。

“快点给我生个孙子吧，孙女也行，总之要抓紧时间。”妈妈收拾餐桌的时候假装不经意地说了一句。

佟宇竟笑出了声，要知道儿子是很少笑的。

“这种事急不得吧，顺其自然就好。”

“说得倒简单，不努力的话怎么会有？现在就要把这件事提到议程上来，如果你不跟樱桃说，我去说。”妈妈对儿子的反应很不满意，在她的脑子中人只有做了父母，才意味着真正地成熟，真正地成家立业。

佟宇尴尬到无以复加，为了讨妈妈的欢心，他已经和机器人办理了假结婚证，现在还要他跟机器人生孩子，这怎么可能，其难度绝不比让男人直接生孩子更低。然而看妈妈的意思，这是她心里埋藏的一个夙愿，如果当不成祖母，是宁死也闭不上眼的。

怎么能让樱桃生孩子呢？这是一个无解的问题，如同金字塔是怎么建的，复活节岛的巨大雕像源自何处，只有问题的提出，从未有正确的答案。

晚上，樱桃从武馆回来，依然精神抖擞，精力旺盛。好像那些繁杂的日常工作对它而言完全不值一提。佟宇锁上卧室的门，简单地看了一下它的情况，运转正常，毫无异样。这才半开玩笑地对它说：“樱桃，妈妈让你生孩子呢！”

“生孩子？我行吗？”樱桃有些吃惊，它的程序设置中完全没有这个功能，所以对这个陌生的指令感到意外。

“能，我们合作，按照怀孕、生产、养育这个过程来，生下一个健康的宝宝，然后慢慢让它健康地长大，也能让妈妈安心地颐养天年了。”

樱桃表情有些不解，但还是点了点头。机器人如果可以生孩子，简直就能名垂青史了。

要让樱桃做出怀孕的样子并不难，只要在腹腔中填充一些软体材料即可，但难的是她要表现出一般女性怀孕时的症状，比如呕吐、挑食、变懒，还有就是超声检查时必须能清晰地看到胎儿的存在。

Williams家族的人越来越看到芭蕉对家族的影响力，芭蕉几乎毫无悬念地成为李倚云未来事业的接班人。她认真、努力，不徇私情，不谋私利，头脑灵活，判断准确，几乎具备了一个接班人应有的一切。把家族的生意交到这样一个人手里，是可以放心的。只是她的年龄太小了，小到不足以承担起这么沉重的信任。她对Williams Li并没有什么感情，也完全不认为这是一个有魅力的男人，但大脑的程序却准确无误地指导着她：压倒一切的任务就是做一个好儿媳，让婆婆满意是最关键、最重要的，除此之外，别的都可以忽略。

盛大的婚礼在著名的圣约翰大教堂举行，当婚礼进行曲响起时，李倚云禁不住淌下了热泪。“我把儿子、家和整个家族都交给了你，你要承担起这副担子啊！要做得比我好，要让所有人看到我选的人是没错的。”她抚着新娘娇嫩的脸庞。芭蕉也流下了眼泪，并轻轻抚去倚云脸上的泪。“您放心，我一定会让您满意的。”这个场面感动了在场的每一个人，颇有某种悲壮的色彩。它既是两个女人之间的对话，又是婆婆与儿媳的交流，更是渐渐老去的狮王向新狮王的交代与嘱托。当Williams家族的男人们躲在幕后时，战场只好交由这两个勇敢的女性来厮杀。

Johannes先生冷眼旁观着眼前的一切，事情的发展越来越超出他的预计。芭蕉这个完全不像杀手的杀手已经来了近一年，她看上去聪明可爱，但怎么也看不出有任何杀手的特征。包括自己曾经反复叮嘱的要会中国功夫，也从未展现过。让手下人帮她造假身份，并努力接近Williams Li，不过是为了寻找更好的下手机会，但她却渐渐脱离了控制，不但不主动联系自己，甚至有时候故意不回复任何消息。仿佛她已将刺杀的事抛到了九霄云外，成了一个彻头彻尾的自由人。然而她竟渐渐获得李倚云的认可，成为Williams家族生意的未来继承人，还和Williams Li结了婚。从连篇累牍的报道来看，芭蕉的确十分聪明，智商、情商超出一般人。她到底是不是机器人呢？如果是为什么不听自己下达的任务？如果不是，而是一个真人，一定是佟宇拿来骗自己的圈套。看那丰富的表情、灵动的肢体动作、活泼的眼神与迅速获得他人信任的本领，的确不是一个机器人所能做到的，遗憾的是自己根本没有对她进行更多的了解便让她投身到任务中，现在变成了断线的风筝，逃出了自己的掌控。

他对Williams Li的仇恨已没有一年前那么咬牙切齿，这首先是因为在生意上他已远远超过了对方，从势均力敌变成遥遥领先，实力的强大消解了部分的怨怼。其次是随着对Williams Li的了解，发现他不过是一个带着浪荡公子哥气质、意气用事又无比任性，喜欢冒险且不计后果的人，他总是随着自己的喜好做决定，今天要做这个，明天又要做那个，与Johannes的斗法不过是一时之气，之后他又渐渐忘却了，将兴趣转移到太空开发项目上，本来有几次绝好的机会可以置自己于死地，而他竟又放过了，没有痛下杀手。

现在对Williams Li的刺杀愿望已没有那么强烈，但Johannes却依然想看到这场戏的结局，如同看侦探电影总会不由自主地猜想那些隐藏于深处的谜团。这个芭蕉逐渐从底层一步步走向她人生的巅峰，接下来她会做什么呢？真的彻底放弃自己交给她的任务？变成商海中的霸主、业界精英？他倒要拭目以待。有几次手下人偷偷来报告，Williams Li在查芭蕉的身世，这件事要不要管。Johannes每次都是毫不犹豫地说，要保持和李倚云的说法完全一致，让谁都查不出漏洞。还特意买通了Q国的王室成员，让他站出来证实芭蕉的公主身份，在暗中维护李倚云编的那些谎话。而芭蕉并不知道还有人在她背后做着无形的保护，她执着地执行制造者的命令——忠于婆婆与丈夫，但在对待婆婆与丈夫二者的命令时，婆婆的是永远优先的。

新婚旅行时Williams Li本来想乘坐飞船去月球，但倚云却只允许他们在地球上旅行。芭蕉的意见完全不必考虑，她永远会站在婆婆这一边，对于这一点，倚云是心知肚明的，这也是她敢于把权力交给儿媳的最终原因。她与儿媳的默契或许远远超过儿子和儿媳的默契，这是旁人无法理解的。新婚旅行的第一站定在科罗拉多大峡谷，是倚云选定的。

“记住，不要让他冒险，要把他安全地带回来。”倚云嘱咐着芭蕉。这次她是放心的，因为有芭蕉的保护。她的儿媳妇更稳重、妥当，做事有原则，有底线，绝不像儿子那样没头没脑，冒冒失失的。

“好的，您放心，任何危险的事情，我都不会让他靠近。”芭蕉向婆婆保证着，它的大脑里已迅速调出危险的定义与带有危险性质的活动。

一旁的Williams Li感到十分无趣，两个女人似乎把他当成了一个幼稚的孩子，而不是反过来应该被他保护的人，他有一种强烈的要从牢笼挣脱出去的感觉。

“大峡谷那儿有一个惊心动魄的旅游项目，游客从1000米高的直升机上直接跳下来，一头扎到大峡谷群，右脚上的保险绳是唯一的安全保障，目前还没有几个人敢于挑战，这次我要让你见识见识你丈夫无与伦比的勇气。”Williams Li故意说，母亲和妻子越是不让他冒险他就越想尝试，像个藏到阁楼上故意让家人急切寻找的恶作剧的孩子。

“不可能，我不会让你去冒这个险。”芭蕉回应着，看不出她脸上是什么表情。

“你是听我的，还是听母亲的？”Williams Li追问道，他很奇怪为什么妻子会对母亲如此言听计从。

“当然听母亲的。”芭蕉毫不掩饰她的选择，一丝也没有犹豫。

“为什么不听我的呢？我可是你丈夫啊！”Williams Li非常惊讶，他回顾了认识芭蕉以来所有发生的事，的确，当自己的意见和母亲的相左时，她一定会听母亲的，这似乎是一个永恒不变的定律。她何以这样选择，只是为了讨好母亲，继承家族产业吗？

“不为什么，这是我必须坚守的。”芭蕉说得掷地有声，同时认认真真地给丈夫倒了一杯驼奶，并试了试温度。那是婆婆嘱咐自己每天要给丈夫喝的，这是他从小的习惯，让她监督儿子睡前喝，于是芭蕉便把这当成了一条铁律，从不会忘记。

“知道吗？人之所以爱冒险，是因为冒险时会分泌大量的多巴胺，使大脑产生快感，这便是冒险后上帝给你的补偿。我要看一看，这次直接跳向大峡谷是不是会达到快感的巅峰。”Williams Li挑衅似的看着新婚的妻子，她看上去笼罩在一层圣洁的光芒中，全身上下毫无瑕疵，很不真实地站在那里，催促自己喝下温热的驼奶。她没有表态，转身走进浴室。

樱桃怀孕了！妈妈高兴得无以复加，能达到这种程度的高兴只有30多年前生佟宇的时候。佟家后继有人了，儿子晋级为爸爸，从此能够享受到妻贤子孝的生活。在抚育新生命的过程中，他轻微的自闭，不关心周遭的一切，不会与人交往等大概都会慢慢好起来吧！毕竟新生儿是需要全方位呵护的。只有成为真正的父亲，才能成为一个完整意义上的男人。

妈妈开始有意呵护自己的儿媳了，她煲各种汤，为儿媳补充营养、改善饮食，禁止樱桃晚上熬夜加班，准备生产用的东西，为孩子取名字，等等。这些使她焕发出勃勃生机，不再是那个行动迟缓、精神不济的老太太，仿佛一下子年轻了十几岁。走路变得快了，说话嗓门大了，干完这个又干那个，精力好像用不完似的，一天中无数次问候樱桃和胎儿的情况。

原来这么简单的事却可以使她如此快乐，早知道应该让她早点体验到的。佟宇有些内疚，如果妻子和孩子这些都是真的那该多好，不是骗局，是实实在在的存在，那样母亲的快乐就会变得真实起来。可以在任何时候骄傲地和人聊天，可以漫无边际地畅想孙子的未来和佟家的未来，可以亲眼看着下一代一点点长大。自己真是一个大不孝之人，这样的造假也许会遭到上天狠狠的惩罚吧！但又有什么办法呢？他没有女人，也不知道怎样俘获女人的芳心，只要她们有一点点庸俗势利，他便避之不及。天知道这种带有洁癖性质的婚恋观还能不能给他带来一段真正的婚姻。唉，走一步看一步吧，只要妈妈快乐，他就会硬着头皮把这场戏演下去。

佟宇已经扩大了樱桃腹腔的空间，填充了仿肌肉组织的材料，让她看上去有了某种“孕味”，用手轻按的时候，还会感到真实的弹性。然后寻找到现实生活中一位孕妇的生产日记，把她在不同时间的不同反应变成数据，输入到樱桃的大脑中，这样樱桃就会在某一特定时间接到信息提醒，吃饭时要跑到卫生间呕吐，吃不下东西，偶尔特别想吃某种水果或零食，某一天则完全不想动，一直懒懒地躺在床上。孕妇日记真是一个绝好的东西，它的真实性使樱桃的反应和真正的孕妇没什么区别。

“是这样的，我那时候怀你就是这样的。”妈妈见怪不怪似的说，安慰着有些慌乱的儿子，她哪里知道那种表现出来的慌乱不过是一种孝道的体现。她忙不迭地去卫生间帮儿媳拍拍后背，又特意准备了一些酸辣汤端上来，还问樱桃想吃什么，吃完饭就乐颠颠地去超市选购了。

沉浸在期待新生命来临的幸福中，妈妈变得轻松愉快起来，有时在厨房炖着东西会不由自主地哼起小曲，这种情况只在她年轻的时候才有过，很多年来都只是任劳任怨地照顾儿子，很少有真正放松的时刻。但佟宇却陷入从未有过的焦虑之中，如果说上次连倚试验的失败使他感到惋惜懊恼，那么这次用假结婚、假怀孕来骗妈妈则是不允许失败的，因为他要亲眼看着妈妈每天都生活在幸福之中。这也许是他唯一能为妈妈做的，也是一份必须肩负起来的责任。

他暗中准备了制作小机器人的材料，从刚出生的婴儿到1岁左右、2岁左右、3岁左右，暂时先做这几个，以后的慢慢再说。用幼儿机器人骗妈妈很容易，因为这种机器人不需要多么聪明，它们只需要能简单地咿咿呀呀，喝奶、排便，随时发出哭声就可以了，比成年机器人好做得多，但弊病就在于无法一步到位，因为每个孩子从婴儿到儿童、少年都会有无数次骨骼的发育，一点点长高、长胖，而微不足道的一厘米身高便意味着需要重新改造，而且不断增长的人生技能也使他不得不多次重装机器人的计算机大脑。

家里的钱越来越多，樱桃脑子里的那些聪明女人们，用她们的智慧在现代社会里纵情游弋着，她们不放过任何一个商机，不使生意出现任何一个纰漏，而且懂得怎样理财，使财富到手后又通过投资、股票等形式不断翻番，钱再也不是局限佟宇的瓶颈。只是怀孕后的樱桃不得不降低了工作量，这样才不至于引起婆婆的怀疑或担心。买一套大房子吧，再置办一些必要的家具，让妈妈的晚年过得舒适。佟宇把这意思告诉樱桃，樱桃便马不停蹄地去张罗了。

佟宇精心准备制造幼儿机器人时，时间也飞快地过着，它根本不在乎佟宇怎样紧张，需要多长时间才能准备好。幼儿机器人的皮肤和肌肉都需要特殊材料，那种弹性、新鲜与柔嫩绝不是普通机器人可以比拟的。虽然可以从别国购得，但在组装过程中还需要一种高弹力的肌肉衣，把这些假肌肉、皮肤有机地连缀在一起，使它平整地铺于机器人体外，如果遇到重创所产生的伤口也与真实伤口无异。它的造价更高，而且需要提前预订才会投入生产，目前全世界只有不到5家企业可以制造这种规格的材料，佟宇早早地下了订单，等货一到便开始组装。

很快半年多过去了，为了不让妈妈怀疑，佟宇会定期地增大樱桃的肚子，使它渐渐隆起，到了怀孕晚期整个人像揣着一个大大的足球一样，需要用两只胳膊支住腰部才能保持平衡。

“走路姿势要像，注意坐、蹲、躺各种动作，不要露出马脚，否则唯你是问。”佟宇向樱桃下了死命令，于是樱桃按照他提供的孕妇资料，极为细致地模仿着，期间竟没有让妈妈产生过一丝一毫的怀疑。

很快便是樱桃生产的日期了。妈妈几乎寸步不离地守着，生恐发生什么意外。而且她不允许樱桃再去武馆或武侠世界，而是让几个经理帮忙打理，钱可以少赚一些，孙子出了问题可不是闹着玩的。佟宇竭尽全力地想着怎样在生产这个环节上骗过妈妈，到医院去生吗？岂不是在开玩笑？那些仪器、器械和医护人员是傻瓜吗？他们见过无数生孩子的场面，怎么会被自己的小把戏骗到？

或许是上天故意要帮佟宇的忙，舅舅打电话来说外祖母病情严重，可能不行了，要妈妈回家一趟，妈妈顿时变了颜色，担心这可能是见老人家的最后一面。而佟宇马上意识到，应该抓住时机，让樱桃在这一天生产。

“照顾好樱桃，什么也不要干，哪儿也不要去，有问题就打急救电话，我尽量早去早回。”妈妈匆匆忙忙地嘱咐着，一边是亲生母亲的人生终结，从此踏上天国之路，阴阳永隔，一边则是亲生孙子的人生开始，呱呱坠地迎接数十载的人生起伏，红尘喧闹。分不出哪个更重，哪个更轻。

佟宇答应着，心中祈祷外祖母能够化险为夷，又盼望妈妈多住几日，这样生孩子的事才能见缝插针地妥善解决。

几天后当妈妈风尘仆仆地回家时，一眼看到摇篮里乖乖喝奶的孙子，白白胖胖，小手小脚不停地乱晃，可爱的样子让人不由得上去使劲亲两口。

“怎么不告诉我？一打电话总说一切正常，你一个人怎么能照顾好产妇？”妈妈有些埋怨，又知道儿子懂事，不想让她过于操劳。不管怎么说孩子生下来就好，健康活泼，看上去结结实实的，无可挑剔。

而此时佟宇却为妈妈报了一个去南方的旅行团，因为妈妈在家的话势必会悉心照料樱桃，让樱桃长时间躺在床上坐月子，并不断喂吃喂喝，大量食物堆积在樱桃体内，会损伤部件，并且变质发出异味，所以他一定要借机支开她，这样，许多难题就能迎刃而解了。

“您就放心地去玩吧，我会照顾好她的，樱桃也预约了产后护理师，可以照料好一切，您就不用惦记了。”

妈妈坚持认为这是儿媳一生中的大事，怎么可以置之不理地自己出去玩，那是多么不负责任的长辈。佟宇好说歹说才把毫不妥协的妈妈劝得勉强同意，直到把她送出家门才长长地松了一口气。

樱桃一下子掀开被子从床上跳起来，作为机器人，躺着是它最不喜欢的姿势，如果可以选择，它宁愿一直站着。佟宇把哇哇哭着的婴儿拎起来，关掉腋下隐蔽为一颗痣的启动键，放到了实验室操作台的收纳箱里。现在，他终于可以休息一下了。演戏实在太累人，时时担心会被妈妈发觉，要演得像，演得投入，还要和樱桃配合得天衣无缝，而他对这些实在很不擅长。他四仰八叉地躺在床上，想着下一步要怎么做。

杀手机器人已在A国一年了，它是不会执行杀人任务的，但奇怪的是已过去了这么久都没有收到Johannes先生的任何反馈消息，好像这件事就这样不了了之了，这怎么可能？以Johannes先生的脾气，一旦发现机器人并非按照杀手设计，怎么会放过自己。那个好儿媳人设的假芭蕉真樱桃，现在过得怎么样？在那种复杂的社会状况与人事状况中，是否依然安全？虽然它是目前为止佟宇所有机器人中最聪明、自我意识最强大的一个，但佟宇依然提心吊胆，想着它可能面临的结局，那不可预测的命运，刚刚通过试运行便被强行带走，如同一个落地降生便被人抱走的孩子。那种怜爱、疼惜、担心，不像是一个科学家面对他所研制的产品，反而像父母对待亲生的孩子。妈妈也是这样对待自己的，不，比这还要强烈百倍，为了她，这场成家立业的家庭剧一定要继续演下去，一直演到妈妈离开这个世界为止。

芭蕉极力阻止着Williams Li的冒险计划，绝不允许他从直升机上跳下来，这是婆婆的吩咐，必须无条件完成，为此可以不择手段。芭蕉不断被激发出个人意识，在计算机程序化的运转中渐渐衍生出独立的思维，且日益强大。这是佟宇作为带有前沿性质的实验特意赋予它的，以期达到最高水平的真人化，符合好儿媳的标准。芭蕉调动它的智慧，计划着该如何制止丈夫。和风细雨的劝解，撒娇式的请求，半带愠怒的责怪，义愤填膺的威胁，这些不断变换的手段更激起Williams Li反抗的欲望，像所有被宠坏的孩子，他更期待的并非执拗带来的结果，而是看到被反抗的人绝望不断升级，以至无可收拾的地步。他故意当着新婚妻子的面预约了科罗拉多大峡谷的直升机蹦极服务，并带有某种表演性质地嘱咐对方，保险一定要买最高额度的。电子支付完毕后带着笑意回视妻子的表情，希望看到她跳起来的样子。

“好吧，我们一块儿去，我会保护你的。”芭蕉冷冷地说，拿起电话给倚云报了平安，并贴心地嘱咐她别忘了吃降压药。

“好的，希望你们玩得尽兴。”电话那头倚云的语气非常愉快，在任何事情上，儿媳都显得比儿子懂事、贴心，上帝给了她一个烈马般任性的儿子，却又送给她一副上好的缰绳，但愿这缰绳可以牢牢地控制住烈马，让它仅在适当的范围内活动。

早上醒来时Williams Li口干欲裂，这里的空气又干又热，好像要把人体所有的水分都蒸发殆尽，即使最高档的宾馆也无法不受当地气候的影响。

“亲爱的，我要喝水。”他向妻子伸出手去。芭蕉早已起床，梳洗化妆完毕，精力旺盛地在床边认真打量他的五官，眼神中充满爱意。

“早就给你准备好了。”她微笑着端起旁边桌上的一杯水，递了过来。“快点起床吃早饭吧，吃完饭咱们就去蹦极，我要和你一块跳，也练练我的胆量。”她温柔地说，显示着某种纵容的意味，再也没有说一个字劝阻丈夫的冒险，和昨天的态度大相径庭。

任性的丈夫半躺在床上，喝完水后又倒了下去。

“我还是有点困，想再睡一会儿，不要叫醒我。”他翻了个身，抱着枕头再次进入梦乡。

芭蕉在旁边仔细观察丈夫的表情，一寸一寸欣赏着那挺拔的鼻梁和安详闭着的眼帘，她还是第一次这样认真地打量丈夫。在她的脑海中，倚云的面目是清晰的，性格是明澈的，命令是不可违背的，而丈夫则恰好相反，模糊、暧昧、似是而非，现在她要仔细看看这个人，因为十几分钟后她将看不到他活着的样子。

李倚云已经伏在办公桌上好长时间了，太多事务需要处理，芭蕉又不在身边，只好加班加点。她生性多疑，不太相信手下，许多事都要亲力亲为，除了芭蕉，基本不会完全相信任何人。当电话铃响起时，以为是生意上的事情，没想到电话那头却是芭蕉急切的声音。

“妈，Landon出事了！”倚云的心猛地一沉，好好地去新婚旅行，会出什么事?

倚云果断制止了芭蕉的哭泣，让她把事情说清楚。在儿媳断断续续的呜咽声中，终于知道儿子晚上喝了酒，又玩了一款奇遇游戏，于是芭蕉便先上床睡了。第二天醒来时发现丈夫已死在床上，赶紧请当地的警察和法医到场，经医学检查证明是心跳过速引起的猝死，与饮酒熬夜有一定关系。

怎么会这样?怎么会这样?一个活生生的大男人说没就没了?倚云说不出话来，只感觉自己的心脏一下子被按了暂停键，一动不动地悬在那里，全身的血液也瞬间凝固，不再流动。

芭蕉放下电话依然悲悲切切地哭着，直到警察、法医和宾馆服务人员全部离开才停止哭泣。她早已冲洗好了那个杯子，上面的生物鲀毒素早已消失殆尽，这种只需要0.5毫克的毒素便能使人心跳过快，迅速死亡，而这种天然毒素又会在十几分钟内被血液稀释分解，无迹可寻。这种鲀的毒素不易获得，芭蕉费了很大劲才想出这个办法。

“婆婆，我答应过您不会让他参加任何冒险活动，现在圆满地完成了任务，您不用再担心了。”芭蕉对着虚空中的远方说，声音很轻，只有自己听得见。

富家子新婚之夜暴毙，妻子连夜报案受检。当新闻上连篇累牍的报道出现在各种媒体上时，Johannes才蓦然发现自己大错特错了。佟宇的确是个天才，他远不像自己那么鲁莽、率性、不计后果，而是采取了极为迂回曲折的方式，让机器人具有人的智慧，不，还不是普通的智慧，而是超常的智慧。不用一枪一弹，也不用什么中国功夫，便巧妙地置对方于死地，之后还以未亡人和弱者的身份出现，骗过警方，骗过大众，骗过媒体，成为众人同情的对象。自己原先想的是派机器人直接接近对手，打打杀杀，那样很容易将警方的目光吸引过来，而自己很快便能被圈定为幕后主使。现在这个机器人和自己毫无关系，甚至不曾接受自己的指令，完全撇清了与自己的干系，没有露出一点马脚。这种高明的战术只有佟宇这样的疯子才能想出来。

“给佟宇的账户打5000万美金，比往常的资助增加10倍。”他特意交代给秘书，虽然已不那么恨Williams Li了，但依然对佟宇的表现极为满意，这样的人才太难得了，以后还应加大资助力度。

“先生，汇款时发现对方的账户已设定拒绝来自A国的汇入……”秘书为难地来汇报，还有人特意拒绝别人的资助，真是罕见。

Johannes先生挥了挥手，看来佟宇是怕惹火上身，接受资助必然留下资金往来的痕迹，成为别人怀疑的对象，他这是要杜绝所有可能发生的危险啊！真是天衣无缝！此人的智慧已达到了登峰造极的地步，令人无法仰视。

在自家的餐桌上，佟宇也看到了这条消息，A国家喻户晓的商业精英死于新婚的床上，大幅照片正是在宾馆里低头哭泣的芭蕉。佟宇一阵惊愕，这件事已远远超出了他的预期。

真正的樱桃，即被Johannes手下误认为是杀手匆匆带走并一直称其为芭蕉的机器人，大脑设置中的首要任务是做一个完美儿媳，那是佟宇为了孝顺母亲特意设置的，是凌驾于一切任务之上的原则性条款，当与其他任务发生冲突时这一条是至高无上的，拥有绝对优先权，但在完成任务的方式中，又明确禁止任何违反法律的手段，以作为行为底线。然而现在看来，芭蕉已经违背了这一底线设置，将完成任务的限制条件自动放宽为不择手段。虽然佟宇并不了解这一事件的来龙去脉，但直觉告诉他，Williams Li的死一定是芭蕉处心积虑造成的。在自我意识不断觉醒的前提下，为了使婆婆满意它会违背法律的约束，这样蹊跷又找不出漏洞的死亡无非是费尽心机掩盖的结果。这说明为芭蕉注入的自我意识已然壮大，渐渐突破了创造者的命令，达到真正意义上的自由意志。现在的芭蕉，已经能够称之为无机生命了。

这样下去后果将不堪设想，一旦有了明确的意志，加上超越人类的智商，并且能从人类的行为和思维中不断学习，成长为不受控制、难以对付的非生物体，便会按照强烈的自我意识决定所有行为，即使创造者也不能通过命令进行控制了。Williams Li的死明显是一个精心的圈套，有朝一日，当芭蕉大脑中那个首要任务被其强大的自我意识彻底推翻时，很难想象它会做出什么事，也许会成为人类无法掌控的魔鬼。

佟宇紧紧咬住嘴唇，现在应该远赴A国想方设法处理掉芭蕉，以免它继续危害人间，但是他不愿意进入外界，不愿意跟现实生活中的许多人打交道，并面对种种复杂的环境。那些陌生的、不可预知的情境让他感到害怕，他要躲开这些，在自己狭小的空间里慢慢变老，仿佛一个死也不会走出壳的蜗牛。

“樱桃，帮我做一件事。”

“什么事？”

“去杀掉那个芭蕉。”他低头呷着咖啡，根本没尝出什么味道。

“杀人？抱歉，我的程序里没有这个任务。”樱桃的大脑里不仅没有杀人的任务，而且还将杀人作为最严格的行为禁忌，这是佟宇刻意违背Johannes指令后特意设置的。

“不，我说得不够准确，是拆卸。芭蕉并不是人，只是一个智能机器，你的任务就是把它拆卸掉，防止它再做出任何危害人类的举动。”

“拆卸？好的，接受命令。我要去哪里找她？”

“看新闻说它过几天会到SH，洽谈一些商业事宜，你就趁那个机会找到它。”

“好的，我会办到的。”

“必须在妈妈旅行结束前完成任务，不要引起别人怀疑，更不要无端地惹出什么麻烦。”

让一个机器人去对付另一个机器人，而且它们是同时制造，同种技术、同样组装模式生产出来的，类似于双胞胎的机器人。真的要让一个去结束另一个的生命吗？佟宇有些恍惚。这种感觉就像把不争气的孩子告上法庭一样，让它永远无法从监狱里走出来。错误的确要受惩罚，但一想到它将永远从眼前消失又是一件令人悲伤的事，毕竟为了把它带到这个世界，他曾有过那么多不眠不休的日子。

但是智能机器人的自我意识一定不能溢出人类的操控，一旦像荒野中的蔓草一样疯狂生长的话，后果难以预料。好吧，只能这样了，我所创造的就由我来毁灭吧！人工智能的底线不能以牺牲人类为代价，如同人类豢养的宠物，无论多么喜爱它，终究只是宠物罢了，绝不能凌驾于人类之上。

第八章

机器人对决

老段很生气，自动清扫机又出故障了，这是今天的第5次故障。接到自动报警后，他从5层清洁中心乘电梯上到30层，来到楼道时发现清扫机呆呆地停在楼梯口，吸盘有一半悬在空中，随时都要掉下去。他早就让技术组整体检查维修一遍，这些清扫机已是超龄服役了，随时都会出现故障，但技术组总推脱说马上要换新机器，这些旧机器再使用一个月左右就彻底淘汰，懒得再花时间维修。于是他只好一个挨一个地去处理，手里的接警器从早到晚响个不停，把人累得半死。

这是一座100多层的大厦，是上海的地标型建筑，整个造型像一大一小两颗红色蘑菇，带有非常奇特的梦幻色彩。入驻大厦的多是各大商业公司，虽然租金昂贵但却看中了大厦的高档定位。为了与这种高档身份相配套，大厦管理者不停地让人清扫，大厦的洁净程度无可挑剔。老段和30多个同事指挥着200多个清扫机、几十个室外机器蜘蛛，每天从早扫到晚。今天排除故障的次数太多了，一直在跑来跑去，让他不胜其烦。

修好清扫机后，老段没有马上返回清洁中心，他想歇一会儿，一坐到中心的监控器前，很快又会接到清扫机故障的报警，先到露台抽支烟，偷个懒再说。

30层楼的楼梯外有一个开阔的平台，摆了许多高大的绿色植物，铁树、芭蕉、琴叶榕、天堂鸟、散尾葵等，下面便是贯穿这个城市最大的河流——黄浦江，沉静、宽阔的黄浦江将上海自然而然地分成浦东与浦西。这个天台原先是开放的，大厦里的人们可以随时来这儿吹吹风、散散心，自从某保险公司的员工在这里一跃跳进黄浦江后天台便被上了锁，只有清洁工有钥匙，他们定期来这里浇水。这是城市中罕见的没有被封起的一个大型露台，从江上吹来的风，沁人心脾，在紧张激烈的现代社会中让人感受到难得的舒适。

他打开通往露台的玻璃门，双手扶住台子四周的围栏，深深地吸了一口清新的空气，极目远眺，努力感受黄浦江宽阔平缓的气势。有水的地方便有生机，如果没有这条河，这个城市会变得多么枯燥。等一等，露台西侧有一个穿浅绿色裙子的身影，离得并不算远。有人竟在他之前来到这里，她是怎么进来的？他看了看那个身影，是一个娇小玲珑的女孩，像大多数写字楼里的年轻女孩一样，纤细窈窕，身材曼妙，她不会是想不开才来这里的吧！老段向旁边闪了闪，尽量藏在墙角，不让女孩看到自己，那里有两排石桌石凳，可以当成很好的掩体，只要对方一有所行动就立刻扑上去阻止她。

玻璃门一开，又一个女孩闪身走了进来，穿一身玫红的裙子。老段有些后悔，自己贸然开了门，如果三三两两不停有人来到露台，等到他锁门时还要耐心地劝人家离开，凭空给自己添了麻烦。

红裙子的女孩似乎已经知道绿裙子女孩站在那儿，径直地走过去。两人一样高，一样的胖瘦，举止动作还非常相似，很像双胞胎，似乎正在兴奋地攀谈着，但到底说了些什么老段听不太清。渐渐地说话声音越来越大，什么“杀人”“主人”之类的。不会是17层那些专门给动漫人物配音的演员们吧，他们常在楼道、吸烟区等地方背台词。老段来了兴趣，更加努力地支棱起耳朵，但他很快发现不需要耳朵了，更需要的是眼睛。两个女孩子竟然打了起来，红衣女孩似乎很会功夫，腿能踢到头顶那么高，出拳有力，弹跳力好，招招式式都像老武打片里的主角那么好看，而绿衣女孩偶尔才会回一拳，大多时候只是躲闪和逃跑，难道这是在排练武打场景吗？现在的年轻人竟然还有会功夫的。老段更来了兴致，准备好好欣赏，偏偏这时腰里的接警器又响了，刚才已响过两次，这次再不接警就该受罚了。老段恋恋不舍地折回到楼道里，仔细查看报警器发出的地点，是35层楼的东侧。

幸好离这儿不远，他没有坐电梯，三步并做两步地跑上35层楼，找到那里的清扫机，三下五除二地排除了故障，又返回30层楼的露台想接着看那两个女孩儿的表演。

咦？哪里还有人的影子，她们竟像两只黄鹤一样杳无踪迹，刚才打得那么好看，怎么一下子就没影了，只排练这么一小会儿吗？老段不过瘾地摇摇头，在露台上来回走了几圈。脚下一个小小的东西引起他的注意，出于一个清洁人员的职业习惯，他弯腰捡起来，准备找个垃圾箱扔掉。拿在手里顺便看了一眼，像被蝎子蜇了一样重新扔到地上，嘴上“妈呀”一声。那是一节人的手指！而且肯定是女人的，白皙、纤细。莫非是刚才那两个女人的？他哆哆嗦嗦地又去看那节手指，最后终于狠了狠心，从口袋里掏出一张纸巾，颤抖着包好后带到了清洁中心。

“快看快看，我在30层楼的露台发现了一节手指！你们说要不要报警？”一进清洁中心的门老段便大声嚷嚷，刚刚他还认为二人是在拍戏，现在却认定这是一场激烈的打架斗殴事件。

两个正无精打采的同事伸过头来，其中一个胆子大的把那节手指拿过来摸了摸。

“屁，报什么警，这根本不是人的手指。”他斜着眼看了看老段。“亏你活了50多岁，这手指里面的根本不是骨头，明明是一种金属。”

老段揉揉眼睛仔细看，的确，皮肤和肌肉下面的并不是骨头，而是一种硬硬的、发着银光的材料。另外，手指虽然很有弹性，但却没有一丝血迹。

“这也太像手指了吧！吓死我了。”老段长长地舒了一口气。

但是他怎么也想不明白，刚才的所见完全有悖于常理。两个年龄相仿的女孩在追打，只是一转眼的时间便没了踪影，只留下这根不属于人的手指。他有些词不达意地把刚才的事跟两个同事描述了一遍，说得有些颠三倒四，毫无逻辑，两个人好不容易才听明白。

“哎，你真是有够傻的，查监控呗！露台上安着监控呢，平时总锁着门，没人去，也懒得看它，现在打开看看，就能知道那两个人去哪儿了。”又是那位胆大的同事提议。老段豁然开朗，果然人家比自己聪明得多，自己一遇到事就像个手足无措的孩子，真丢人。

3个人调出30层楼露台的监控，从老段打开玻璃门的一刻慢慢回放录像。两个女人刚见面没过多长时间，便开始了惊险刺激的打斗场面，一个越战越勇，举手投足都透着练家子的功底，无论鹞子翻身还是旋风腿都无比精彩，看得人目瞪口呆。另一个虽然不会武功，但似乎很经得起打的样子，怎么打都不倒下，看体力她们已远远超出一般女性，很有些拳击运动员的风采，真是旗鼓相当，煞是好看。

但没过一会儿，红衣女子就紧紧抱住绿衣女子，在对方身上一阵乱摸，这可不像武打动作，这是什么意思呢？后来干脆把绿衣女子按倒在地，此时监控只能拍到她的背部，看不出在干什么。

“不是真的在杀人吧！看她手里有没有武器？”老段急切地喊。另外两个人也伸长脖子看着屏幕，静待后续结果，女人跟女人打架，出手不会那么狠吧！大不了是为了争男人而已，真要把对方置于死地吗？肯定就是吓唬一下对方。不过话说回来现在会武功的女孩真是太少了，比出土文物还要少。

“你们看，你们看，地上躺的那个人被分成两截了!”一个人盯着屏幕大喊道，在红衣女子站起来转过身的一瞬，地上清清楚楚地躺着绿衣女子的尸体，上身和下身分别摆在那里，中间大概有十几厘米的距离，裙子翻到上身，下身是赤裸裸、白惨惨的两条腿，上下身之间没有任何连缀。

“这，这是分尸！怎么能分得这么快？”3个人都呆住了，眼前的一切不可思议。一个年轻女孩徒手把另一个女孩的身体分成了两段，而且更重要的是，她手里没有工具，地上也没有血，甚至连一点红色都没有。

只见红衣女子把两段尸体从露台上扔了下去，一定是扔到江里了。接着她也纵身跳了下去。这是什么意思？毁尸之后自己也寻了短见吗？

“咱们去现场看看吧！”胆大的人提议着，监控里的影像到底离得较远，有些地方看不太清，说不定两个人打斗后会留下什么破案线索呢！3个人偷偷溜出清洁中心的值班室，迅速来到30楼，颤抖着打开通往露台的玻璃门，来到刚刚的“杀人现场”。

什么都没有！除了那些高大的绿色植物，除了远处黄浦江上吹来的风，没有任何打斗痕迹。是的，也没有血，一滴都没有。能把尸体分为两截一定会流血的，况且她是用什么分尸的呢？连把刀也没看见啊！退一步讲，就算有刀时间上也来不及，那血迹是怎么清理的，监控里并没有看到擦拭的画面啊！

“她们，不是真人吧！是神仙还是……鬼怪？”老段壮着胆子说。

他看过许多神鬼怪异的小说，眼前这个事件没头没尾，没有逻辑，也没有线索，看得人像做梦一样。

“咱们报警吧！”老段小心翼翼地提议。

“报个屁，如果不是真人的话，不但警察会骂我们，清洁中心也会解雇我们，说我们老眼昏花，根本没看清，我们要是被这里解雇了，下家都不好找。”

“好吧，多一事不如少一事，如果警方不追问，咱就这么过去吧！就当那是妖精打架。”

2个人匆匆锁上玻璃门，心情复杂地回去了。

妈妈旅行回来，恰好樱桃也出了月子，精神好了许多。妈妈一边讲着旅行的各种趣事，一边不断表达着内心的愧疚，又埋怨儿子的冒失，一定要让自己在关键时刻脱离本职工作。樱桃则抱着孩子抿嘴听着，孩子张着小胖手咿咿呀呀的，好像要学说话一样，每个人都是一脸幸福的表情。

一家四口和和美美，某种肉眼看不到但内心却可以体会的温馨在空气中脉脉流淌，它让人心醉神迷，不能自拔。佟宇不明白，为什么多了两个人，而且只是机器人，家里的氛围就完全不同了呢？妈妈这种让人能够触摸到的快乐他自己从小就很少看到，现在却如此清晰地出现在眼前，希望她后半生都在这样快乐的日子中度过。

“不如我们一起出去散散步吧！樱桃也一个月没有下楼了。”佟宇提议，他知道妈妈最喜欢的莫过于在邻居们面前提起她的孙子，那种从内心升起的骄傲与自豪能让她光彩照人，霎时间像换了个人似的。

“可是，刚出月子樱桃会着风的，还是过几天再下楼吧！”妈妈阻止着，无论如何，儿媳的身体是最要紧的。

“没关系，我身体好得很，在屋子闷了一个多月了，快憋出病来了，您看外国人，不是也不坐月子吗？”樱桃永远站在佟宇的一边，只要了解他的意愿，便会坚决执行。

“好吧，那就只在附近走一走。”妈妈同意了，她还是非常愿意带着孙子出去炫耀一番的。

夏天的青园街是S市的一处景观，两排几十年树龄的粗壮国槐将火热的阳光远远挡在外面，一丝也照不到地上。不断有洒水车停在道路两侧装水、洒水，路面虽窄，车也不多，清凉荫翳却在全市也找不出第二条。四口人走在这样的路上，微风习习，许多烦恼和琐碎的事都被吹走了。

路的西侧有一家特色的儿童玩具店，专门经营低幼玩具，转转车、飞行球、可爱铃铛、小城堡、全套过家家布艺厨具、弹性拼图板，琳琅满目，应有尽有，妈妈不由自主上前翻看。她要给孙子买些玩具，花花绿绿的，放在家里多有趣，佟宇和樱桃抱着孩子跟在后面。

“在上海没遇到什么麻烦吧！”佟宇问道，他很怕引起警方的注意，打扰自己的生活。

樱桃却没答话，依然装作逗弄孩子的样子。孩子发出咯咯的笑声，当收到外界传来的影像和声音时，幼儿机器人会做出相应的反应，或笑或哭，与他人呼应得天衣无缝。

“跟你说话呢，到底有没有遇到麻烦？”佟宇又问了一遍，樱桃依然没有回答，还是只顾逗孩子。佟宇心里一惊，糟糕！它前脚刚从上海回来，妈妈的旅行就结束了，根本没有时间帮它检修，它不会出什么故障吧！他刻意离樱桃的耳朵近一些又大声说了一遍，它仍然没有反应！咦，刚刚出门前还是好好的，怎么忽然就这样了？

从上海回来后它只说完成了任务，对背叛者做出了惩处，芭蕉再也不会危害人间，其他细节它则没有提。佟宇紧张起来，唯恐妈妈看出端倪，好好的儿媳妇无缘无故地聋了，妈妈怎么可能不怀疑。千里之堤毁于蚁穴，得快点回家，给樱桃做个粗略的体检，包括孩子也要检查一下，否则随时都有穿帮的危险。佟宇拉着樱桃的手，现在他一步也不敢离开它了。

不知怎么，妈妈和玩具店的人吵了起来，高一声低一声。妈妈的语速越来越快，证明情绪有些激动。不好，她有心脏病，血压也高，医生嘱咐过不能动怒，佟宇撒腿跑过去，赶紧问怎么回事。

原来她拿起一个摇摇铃看了看，觉得上面有棱角，怕刮到孩子的手，又放了回去。店员却觉得她扔的劲太大了，会把玩具摔坏。两人越吵声越大，互不相让，吵架逐渐升级。佟宇最看不了妈妈受委屈，这个世界上他不能容忍任何人对妈妈的不敬，一丝一毫也不行。尽管他从没吵过架，也根本不知道怎么去跟对方讲道理，只是全身上下颤抖成一团，手止不住地哆嗦。

“玩具坏了……赔你就是……用得着这样对老人大吵大嚷吗？”因为过于激动，他的嘴不断地痉挛着，断断续续地勉强迸出这些话。

“谁知道她这么大年纪素质还这么低啊，说一句都不行，受不了气别出门啊，又不是全世界都是她儿子，凭什么都得惯着她？”店员毫不退让，嘴里夹枪带棒，毫不示弱地反击着。

佟宇气得说不出话，狠命地脱下衣服扔在玩具上，心像一面被疾速敲打的战鼓，随时要从胸腔里蹦出来。妈妈不忍儿子这么激动，反过来劝他。但就在此时，转眼看到樱桃抱着孙子从马路那边穿过来。于是下意识地迎了过去，准备接过她怀里的孩子，儿媳抱了好久，千万别累着。

马路上，一辆洒水车慢悠悠地浇着水，两旁花坛里被夏日的炎热烤得有些枯萎的万寿菊终于喝到了冰凉解渴的水，霎时间恢复了生机，黄的愈黄，绿的愈绿。年轻的司机慢悠悠地开着车，能在这么浓重的树荫下作业太好了，他的眼睛看着左手拿的大屏游戏机，右手随随便便搭在方向盘上。昨天玩得太投入了，一夜没睡，今早起来脸都没洗就直接上班了，心里还念念不忘地惦记着昨夜的战况。组队伏击敌人，大获全胜，现在到了按贡献的大小分战利品的时刻，自己是副元帅，一定能分到较为高级的奖品。千万别掉线，一掉线就被别人抢光了，他打算慢慢浇完这段路，顺便领完奖品。他虽然有些困倦，但仗着年轻，还能撑得住，等浇完附近四条街的绿化带，就可以回家休息了。

樱桃抱着孩子从对面穿过来，它有点心不在焉。许是前几天的上海之行大脑思维一直活跃，全身高度紧张，现在正处于一种松懈的状态。拆卸并处理完芭蕉，它从大厦的30层沿着排水管道攀爬下来，没有乘坐电梯或走楼梯，但在二楼向下纵身一跃时不小心撞到了一根突出的水泥柱子上，听觉系统受到重创，两侧太阳穴下方的听觉反应器有些失灵，大脑当时便报了警，让它把信息反馈给制造者，提出维修申请。但回家后报警并没有持续，它也就没太在意，现在听觉系统突然关闭，任何声音都听不到了。

它在一个无声世界里走着，不过这没有什么，声音本就是额外增加的功能，并不影响其他的。她低着头，看着怀里的孩子，按照设定孩子正对她的微笑做出反应，母子两个按照程序相亲相爱地相视而笑，像寻常母子那样。洒水车慢慢开过来，真的很慢，司机没有看路，一心扑在眼前的游戏上，樱桃也没有看路，一心一意看着孩子，根本没听到洒水车的声音。两个慢慢移动的物体眼看就要在马路中间交会了。走到路边的妈妈疯了似的扑上去，用尽全力把樱桃推到远处，洒水车就那样慢慢地从她身上压了过去，很慢，很慢，但却毫不留情，毫不心软。

直到妈妈发出凄厉的惨叫，司机才回过神来，慌忙扔掉游戏机，刹住车跑下来。左前轮已稳稳地压在一个女人身上。被推出去的樱桃和孩子摔倒在地，孩子受到突如其来的撞击，哇哇地大声哭起来。玩具店里的佟宇还没有缓过神来，依然声嘶力竭地和店员吵着，几乎要把整个小店粉碎了才肯罢体。直到附近的人纷纷跑过去，人越聚越多，才发现妈妈已不在身边。

“洒水车撞人了，这么慢还能撞到人？”人们互相嘀咕着，司机跪在伤者旁边，面如土灰。

“快，快，谁拨打一下120，快送去抢救！”

佟宇站在那里，简直像做梦一样，傻了似的怔住了。他的脑子还没有反应过来怎么回事，脑浆一瞬间就从液体变成了固体。一家四口人散步，笑，凉爽的风，玩具，吵架……怎么忽然就变成了一场车祸？妈妈是什么时候到洒水车车轮下面的？她不是一直和自己在一起吗？

人群中有人拨打了120，这里离人民医院很近，几分钟后救护车便响着警报到了，护士匆匆忙忙把伤者抬上车，又问谁是家属。佟宇的脸上、头上、身上大汗淋漓，像刚从水里捞出来似的。远处的樱桃已经站了起来，抱起孩子，它听不到人们在说什么，但却看到了眼前的一幕。

“快去吧，赶紧救人！”它推了推紧张成一团的佟宇，把他塞到救护车里，车子急切地叫着，奔向前方。

人类永远写不出上帝的剧本，无论你多么善于想象和勾勒，你所设计的起承转合无非是人类思维烛照下的某种规律而已，但上帝在写剧本时根本不会遵循这些，它可以任性而为。它会把最符合逻辑的与最不合逻辑的事物胡乱拼接在一起，有的故事有头无尾，有的有尾无头，有的只是零零散散的片段，或者将日常演绎为神话、传奇，再把神话、传奇变得荒诞不经。所谓旧友重逢、鸳梦重温等不过是人的一厢情愿而已，他们总认为日常的繁杂中会隐藏着某种可以预知的、能够把握的理性内核，然而，这永远只是一厢情愿，上帝可从来不这么想。

妈妈没有被抢救过来，虽然送进急救室时还有生命体征，但急救医生却在手术中突发心梗，这是多么的不可思议。躺在手术台上濒死的伤者，手术台下突然休克的医生，整个手术室乱成一团。妈妈细弱游丝的生命再也熬不到下一个医生的到来，她轻轻走了，连发出一声叹息的力气都没有。

这到底是怎么回事，佟宇始终梳理不出个所以然来。妈妈、自己、机器人妻子、机器人孩子去散步，妈妈去给孩子买玩具，机器人玩什么玩具呢？樱桃没有听到洒水车的声音，之所以这样是因为它去执行了自己交代的任务，去杀另一个机器人——它的双胞胎姐妹。之后它的听觉系统突然出现问题，以至横穿马路时没有听到汽车的声音。妈妈为了救机器人而推开了它们，自己的身体却被车轮辗了过去。为什么要救机器人？即使被大卸八块他也能把它们重新组装上。机器人可以再制造很多，但妈妈只有一个，妈妈为了救他制造的机器人被撞死了，而她到死都不知道所谓的儿媳妇与孙子不过是一个骗局，她死得有多么不值。

佟宇几乎要疯了！是他亲手把妈妈推上了绝路，把她送到了人生的彼岸，30多年里他受到了妈妈无微不至的呵护与关爱，最后却把她送上死路，这是何等的不孝，何等的歹毒。他拼命地撞墙，撕扯自己的衣服，扇自己的耳光，丝毫没有感到嘴角蜿蜒而下的血线。这世界上还有比自己更不孝和恶毒的儿子吗？没有，只此一家，别无分店。人人都爱自己的母亲，只有他才会把母亲推向“断头台”，为什么死的不是他自己？

他几天几夜不吃不睡，放肆地大喊大叫，跺脚，摔东西，情绪完全失控。连妈妈的后事也是樱桃处理的，它丧失了听觉，只好用手势或用文字和相关人员沟通交流，勉强应付着眼前的一切。“孩子”已经被扔到了实验室的角落，那本来就是演给妈妈看的，现在妈妈不在了，它也失去了存在的价值和意义。

佟宇没有心思维修樱桃，它的听觉始终没有恢复。突然聋掉之后影响了很多事，连店面的打理都陷入了混乱。

“关掉它们，统统关掉，不要挣钱，不要生意！”佟宇说，妈妈不在，他还赚钱做什么。

现在这个樱桃没有什么个人意志，在和芭蕉做性格分配时，佟宇明显向芭蕉倾斜，希望它具备更加真实的个性，做个实实在在的、讨妈妈欢心的儿媳妇，就算后来特别给樱桃提高了智商，也没有把它的个人意志进行放大。所以，除了服从，它完全没有自己的想法，乖乖地将武馆和武侠世界全部关闭了。两个蒸蒸日上的生意就这样莫明其妙地迅速收尾，倒闭速度之快使所有人都猜测不到它遭遇了什么，许多还没有尝试过的人不禁有些惋惜，这两个在年轻人中风靡一时的场所就这样关停了，让人无比遗憾。这么好的生意关掉不做，老板疯了吗？转让出去也好啊！

樱桃默默处理着一切，关掉生意后它又落实了之前定好的一套郊区别墅，还住风和小区的话佟宇一定会时时刻刻想起妈妈，这对他的恢复不利。于是樱桃又花费力气布置别墅，在3层的别墅中辟出一层给佟宇当作实验室，宽阔，敞亮，条件比风和小区好了很多。它又找人搬家，自己也昼夜不停地来回搬东西，直到全部搬了过去，才告一段落。

“现在，还需要我做什么呢？”樱桃问佟宇。它知道自己听不见对方的吩咐，但依然按照程序这么说。

“你过来！”佟宇命令着。樱桃没有反应，佟宇改成了手势，并欠起身把它往自己身边拉了拉。

“樱桃，你是我制造出来的，凝结着我的心血，但是因为你直接导致了妈妈的去世，所以我恨你，也恨我自己，这辈子，我发誓再不制作机器人，不将机器人用于情感安慰，永远！你的生命也到此为止了，对不起！”说完他叹了口气，将樱桃转过身来，按下它腰部隐隐的一个浅痕，那里伪装成刚刚贴过膏药的样子，但却是她的总开关。他按动那个部分，一扇小小的窗子似的钛金板自动抬起，板上同样均匀分布着极度仿真的肌肉，软软的，与真人无异。

他开始一点点拆卸樱桃，从外到内，从上到下，眼看着它无比美丽的身体被拆成线路、芯片、钛金板等一堆零件摊在地上，那是他曾经耗尽心血一点一点组装起来的。他曾为了某个配件，某个系统而彻夜不眠，四处求购，有的还必须从材料开始准备，熬着夜一点点制作。每一个部位，每一个细节都满是他的记忆，并曾带给他无限的希望。现在，他一边哭一边拆，眼泪滴在樱桃的身上，樱桃再也不用说话了，不需要会功夫，不用帮他做事，更不用听他的命令，它悄无声息地消散于无形之中，避开生命中那些令人无法承受的生离死别。

之后他又一点点拆卸机器人幼儿，包括提前准备的不同年龄段的只是雏形的几个，以及武侠世界那些用来扮演人物角色的机器人，把它们一一拆成不可再分的零件，并把实验室里所有的机器人配件集中在一起，用锤子砸，用斧子劈，使它们彻底变成一堆废物。

“妈妈，再也不会有人骗您了，这些，都已变成了垃圾，我也会随您而去的，去那边陪您。”

他直挺挺地躺在屋子里，不吃、不喝、不动，等待死亡之神慢慢降临。然而爸爸忽然出现在房间里，他铁青着脸，怒气冲冲地走过来。

“你闹够了没有？这不过是一场谁也不想发生的意外，是一个巧合，你妈妈用生命保护下来的一切，你就用这种方式回报她吗？她一辈子都在期望你过得更好，更幸福，你是有多么的不孝！”

爸爸坐在床边，喋喋不休地骂着，劈头盖脸，几天几夜持续不断，似乎一点儿也不知道累。

“好的，爸爸，我错了。您放心，我会好好活下去，活成妈妈想要的样子，让她看到我的幸福。”直到他坐起来，痛心疾首地向爸爸认错，爸爸才打开门走了出去。

“妈妈，我会活下去的，您在天上看着我吧！”

世界上有许许多多不同的活法，有的人惜时如金，恨不得每天有25个小时用于学习、工作或事业，而有的人则虚度光阴，消磨、无聊、懒散。但每个人都必须选择一种方式，无论上进还是懈怠，创造还是毁灭。那么哪一个更有意义呢？上进如果未必有意义的话，那么懈怠就有意义吗？如果人不应以“意义”为标准衡量生活的话，又该以什么来衡量呢？活得多和少一样吗？生和死最本质的区别在哪里？每个人都在一条不断奔向死亡的路上前进，虽然方向不同但最终的目的地却殊途同归，谁都不可以停下来，因为根本停不下来，那么在死亡来临之前做自己想做或该做的事是不是更好呢？

每天，佟宇的脑子里都会不断涌现出这些没有答案的问题，它们一个个涌上来，棱角分明地堆积在他脑海里，逼他做出回答。他答不出，只能把头深深埋在枕头里，用另一只枕头在上面用力压紧，像个鸵鸟一样缩起来。

他消沉了很久很久，但每天，爸爸和妈妈都会来看他，他们在客厅或厨房里聊天、做家务，劝解他，不厌其烦。慢慢地，这世界从黯淡的黑白恢复出浅浅的颜色，终于有一天他站在窗前，看到院里的苹果树长出了新叶。樱桃买房子的时候特意找了一个带着大大院落的别墅，只为了他累了的时候可以在院里走走，散散心。虽然此时的樱桃已经变成了一堆报废的零件，和其他那些散乱的零件一起静静躺在箱子里，还被封上封条，等待某一天以更惨烈的方式销毁、变形，以至无影无踪，但它曾经做过的一切依然在有力地支撑着佟宇，保护他，给他以周全的生活。

妈妈，我是应该让更多人记住您的，而不只是我一个。您值得更多人的景仰与尊重，如果我这毫无价值的人生还有一点点用处的话，就让它为这个目的而奋斗吧！我要让您的恩泽遍及世界的每一个角落，唯有如此，才会把我的悔恨稀释殆尽。他暗暗地想着，反复琢磨该以什么方式纪念妈妈。

第九章

无人手术室

北方的深秋别有一番景致，当枫树遍染绯红时，银杏和梧桐的叶子也好似蝴蝶一样翩翩坠落，深深浅浅的黄叶漫不经心地堆积在苍绿的草地上，给肃杀的季节平添一种浪漫的诗意。不过，再过些天眼前的景象便会了无踪影，到处都被白雪覆盖，雪会成为这个世界的主人，驱赶着暴怒的北风四处奔驰，任意肆虐。

佟宇坐在街心公园的长椅上，树叶前前后后落了一地，他无聊地左右张望着，再过一会儿，那个女人就会领着孩子走过这里，除了周六、周日，她每天都会准时经过这里，像自动上好发条的钟，雷打不动。看过她之后再回实验室，继续那些枯燥无味的实验，这场不算约会的约会成为佟宇每天唯一的休息与期待。

以前他懒得出门，不愿意见到任何人，但现在总是不由自主想起妈妈说过的话：出去走走吧，呼吸点新鲜空气，脑子也需要放松啊！所以每天去家门口附近的小公园坐坐便成了他仅有的放松方式，这似乎是对妈妈的一种告慰。我在听您的话，您放心吧！每天总有一个年轻的女人带着孩子经过这里，他们仿佛一个浅浅的标记，鱼一般滑过他的生活。时间长了，等待这个标记便成了一种习惯。

不知为什么，看到她们母子时佟宇总会想起自己和妈妈。如果那场手术成功的话，他现在依然过着和母亲相依为命的日子，妈妈把所有的爱化成绵绵细雨洒向他，自己却不留一滴。只有她坚信儿子是个天才，坚信他会被这个时代所铭记，即使他有些发明不被世人接受或干脆受到嘲讽，从实验室里运出一堆又一堆报废的器材，如垃圾一般，她也从未怀疑过这一点。

“慢点跑啊，小心摔倒了。”女人清脆又有些娇憨的声音。

一个几岁的孩子咯咯笑着在前面跑，年轻的妈妈跟在后面不敢放松，又不敢紧追，怕孩子会跑得更快。

学校放学了，佟宇一个人的秘密约会开始了。他目不转睛地盯着这对母子，仔细品读他们的每个声音、每个动作，生怕错过任何一个细节，好像看到年幼时的自己在妈妈的呵护下无忧无虑地成长。

孩子漫无目的地跑到佟宇面前，捡起他身旁一片大大的梧桐叶子，笑着举给妈妈看。妈妈礼貌地向佟宇点点头，笑了笑，她的美便在唇齿间绽放开来，像一朵刹那间盛开的睡莲，让人一阵恍惚。佟宇的心怦怦地跳了起来，好像什么人用羽毛轻轻拂了一下他的心，他不由浑身一颤，从头到脚无比慌乱，30多年这种感觉还是头一次，他逃也似地离开长椅向家的方向疾走。他制造过许多女机器人，无论初恋情人型的可凡，惯会取悦于人的芭蕉，还是身怀绝技的樱桃，她们与真女人几乎没有什么区别。但他从不曾被打动过，也不曾为一个笑容如此怦然心动。

直到坐在实验室的椅子上，佟宇也没能平静下来，刚刚奇特的心跳让他十分迷惑，从小到大他对任何女性都缺乏兴趣，他除了学习、科学研究几乎没有任何形式的娱乐和交往。现在他孑然一身、孤立无援地站在这个世界上，迎接着各个方向吹来的风霜雨雪，内心巨大的落寞与荒芜每天都会无数次地将他撕碎。如果没有那个要让妈妈被世人记住的信念支撑着，早已被它们撕成了碎片。

妈妈去世后，他停掉了所有个性机器人的研究与组装，转而专心攻克“无人手术室”。这种“无人手术室”虽然同样属于人工智能范畴，但却不再被赋予性格。它没有人类的外貌，也不具备情感慰藉作用，只是运行预先编排的医疗程序，像个永不疲倦、水平高超的医生。这个项目如果成功，就可以彻底避开医生在手术过程中可能出现的失误或意外。纳米材料制成的尖端机械手，前端的机械臂比人的臂膀更有力，手指比人的更精确，操作稳、准、轻、快，而且不知疲倦，即使连续工作几十天也没有问题。多个机械手可以彼此合作，分工明确，互不干扰，共同高效、快捷地完成一台手术。为了高度模仿人手的特点，机械手的外形不仅与人手无异，甚至连温度也始终保持在36度左右，使患者不会感到机械特有的凉意。配套的灯光、手术工具传递器，以及与手术室相连的自动消毒室、自动麻醉枪、自动心肺监护设备、血液储备箱等也一应俱全。

建好这样一个“无人手术室”，大到脏器移植，小到阑尾切除、拔除智齿，细微到安装心脏支架、血管疏通、眼内手术，以及烧伤处理、面部整容等都可按照提前设定的程序自动进行，安全、有序、高效，更重要的是节省了人力。比起那些需要许多医生、护士共同配合完成的手术，“无人手术室”的先进无可比拟，医生在手术过程中可能出现的疏忽、遗忘、手抖、疲惫、心悸、头晕、眼花、体力不支等都可完美解决。现场的画面还可通过网络投射到与此相连的家属休息室及医院的超大屏幕上，随时供医患双方监督或者回放。这样，再也不会有人像妈妈一样在交通事故后又因医生在手术中突发心梗而贻误病情，手术室门口也不会再有心急如焚的家属。

“无人手术室”如同一条简单的面包生产线，只要人们偶尔看看面包被传送带一批批送出来即可，彻底消除了人们对手术的天然恐惧。妈妈，这个“无人手术室”就算儿子送给您最后的礼物吧！它将以您的名字命名，今后所有使用它的患者都将永远铭记您的恩惠。

佟宇像个机器一样生活着，他不说话，不和任何人交往，除了埋头在实验室忙碌和在网络上购买各种实验器材，以及每天下午作为休息的“约会”之外，几乎什么也不做。既不按时吃饭也不按时睡觉，妈妈在时绝不会允许他这样的，她总是那样一成不变，30多年对儿子照顾得无微不至，使得佟宇从不用踏进厨房，甚至他煮不好一包即食面。而现在，他胡乱地在网上买些简单的食品，堆在客厅的桌子上，饿了就抓过来吃几口。这些食品一点点侵蚀着他的肠胃健康，降低了他对食物的欲望。妈妈在就好了，她煮的养胃汤天下无敌，那热度、那味道、那与肠胃融为一体的感觉仿佛就发生在昨天。

今天他忙着“无人手术室”的第32次活体试验，为一个流浪汉进行陈旧性骨折的手术。流浪汉胫骨骨折已经3周了，佟宇在街上遇到他并把他带回家，做了充分的手术评估与术前的准备工作后，将他送进“无人手术室”，然后在大屏幕上监视着手术的进行。整个过程如行云流水般自然流畅，毫无漏洞也毫无悬念，直到机械手将他的腿包扎好之后送到休息室，佟宇才从屏幕上移开目光。此时他才发现不仅中午饭没吃，而且已经快到17：30了，学校早该下课了，那对母子已经回家了吧！

他心中隐隐有些失落，这就意味着今天唯一的放松时刻即将过去。想了想，他还是决定抱着最后一线希望去试试，于是急匆匆到休息室看了一眼流浪汉，为他调整好室温，盖好被子，就小跑着来到街心公园，四处张望寻找，万一他们还在呢？天色已经黯淡下来，黑夜在幕后化好妆随时准备上场。唉，明天是周五，今天如果看不到他们，就只好等下周一了，两天的时间如此漫长，让人无比难耐。

“妈妈，妈妈，你抓不到我。”一棵粗大的银杏树后传来男孩调皮而清脆的声音。

“天黑了，不要乱跑，小心跑丢了。”妈妈从远处飞跑过来，声音中透着急切。

太好了！他们竟然还没有回家，这么晚了还在这儿，难道是老天格外的眷顾，奖励自己对流浪汉的仁慈？佟宇内心一阵狂喜，为了不显得特别突兀，他坐在靠近大树的长椅上，努力使慌乱的心情平静下来。

“叔叔，叔叔，你怎么还不回家？你妈妈不会找你吗？”男孩犹疑地来到佟宇面前，稚嫩的小手含在嘴里，如同吮着一颗糖。

“这个……”佟宇不知怎么回答，孩子突如其来的问话使他不知所措。

“你是不是没有妈妈？那让我妈妈送你一个小甜饼好了，她做的小甜饼可好吃了！”男孩向妈妈招手。

“妈妈，给这个叔叔一个小甜饼吧，他可能饿了。”

年轻的妈妈有些尴尬地走过来。

“对不起，孩子打扰到您了。这是我做的小点心，请您尝尝吧！”她从包里拿出一只小小的袋子，递过来。佟宇有些手足无措，突如其来的“馈赠”让他不知说什么好，只好微微点头致谢。

“我们回家吧！跟叔叔说再见。”妈妈拉起儿子，向佟宇挥了挥手，渐渐消失在远方的雾霭中。

这是5颗小巧精致的心形点心，每颗下面都垫着一张带有漂亮花边的防油纸，油酥的外皮，焦黄地翘起来。掰开一个点心，里面散发出一股特别的芬芳，佟宇小心地咬一口，甜香中有一种独特的味道，这味道让人想起春天，想起百花绽放的原野，洒满阳光的气息，令人不由得心情愉悦，于是他开始大嚼起来。吃完5颗点心后，佟宇意犹未尽，就是再来30个他也能一口气吃完，这女人的手艺真好，烤的点心比外面卖的还要精致可口，她到底是做什么的呢？

第二天他特意在网上买了两个玩具，是那种益智的可以拆卸的积木玩具，自己先动手拆装一遍，找到组装的诀窍，然后静待周一的到来。

“无人手术室”运转良好，接下来可以向国家相关部门申请验收了，由他们再做更多、更全面的活体试验，然后逐步向医院推广，降低手术成本，造福民众。在这些与人接洽，与机构联络的过程中，他感到无比痛苦，虽然懂得如何措辞，如何沟通，但整个过程却让他时时想逃离，他必须深吸一口气硬着头皮不断鼓励自己才能坚持下去，这种感觉如同向许久不联络的亲戚张口借钱一样让人难为情。

这段时间他可以空闲下来，继续着手那个被“无人手术室”项目打断的制造“脐贴式胎儿监控仪”工作，孕妇只要将它贴在肚脐上，便可获得关于胎儿的所有信息，连同胎儿影像及情绪，比如愉悦或痛苦都能监测到，并在营养、胎教、胎儿健康等方面给出指导性建议。这项研究如果成功了，可以使孕妇在产前不必到医院检查，省时省力，降低怀孕成本，使更多女性受益。

好不容易盼望的周一终于来了，佟宇带了玩具高高兴兴地早早来到公园，等待着一大一小两个熟悉的身影。可是偏偏怎么也看不到，难道出了什么事？孩子病了没去学校吗？还是有什么事早就接走了？他焦急地左顾右盼，之后便不知不觉向着学校的方向走去。

一个穿着门卫制服的男人迎面跑来，身上背着一个穿校服的孩子，后面有个女人紧紧追赶，边跑边大声疾呼着："去二院，去二院，那儿是离这儿最近的医院。"

好熟悉的声音。仔细看时，果然是那女人，前面门卫模样的男人背的正是她的孩子，孩子好像受了伤，左腿的裤管高高挽起，一块从衣服上扯下的布条很不专业地绑在小腿上。

"跟我来，我家可以抢救，我家比二院近。"佟宇急了，不由分说把孩子抱过来，拼命往家跑。

虽然他的主攻方向是智能机器人和计算机，但在国外却有一段时间特意学习了日常护理与外伤包扎等，只为了以后可以好好照顾妈妈。他以百米冲刺般的速度跑回家，30多年来从来没跑过这么快。把孩子放到操作台上，拿出急救箱。孩子的左腿似乎被什么尖锐的东西划到了，长长的一条伤口，血还在一点点渗出来。佟宇小心地消毒，上好止血药，然后用止血纱布一层层包扎起来，当这一切都快做完时，急切的母亲已跟随而至，进门后几乎瘫倒在地。惊吓、紧张、奔跑使她完全没有了力气，软软地倚在门口的沙发上，大口大口地喘着粗气。

"不要担心，已经包扎好了，孩子没事的。"因为平时很少说话，佟宇对自己的声音感到十分陌生，仿佛那是从别人的嘴里发出来的。

"谢谢，多谢您了。"女人喘着气，凑到孩子面前。

"小雨，感觉怎么样？疼吗？以后再不许和同学打架了，你知道妈妈有多担心。”年轻的妈妈眼泪扑簌簌流下来，这一刻，她多希望受伤的是自己。

孩子的脸色有些苍白，但却用手抚着妈妈的脸。

“妈妈，一点儿都不疼，这个叔叔包扎得可快了。”

女人感激地看了一眼佟宇，然后下意识地环顾了一下屋子。屋子很大，四处摆放的置物柜里及柜前全是大大小小的各种器材，长而宽大的操作台与打开的急救箱更是十分醒目。

“您是学医的？”她长出了一口气，悬着的心总算放了下来。

“不，我是研究人工智能技术的，只是最近才开始研究医疗器械的智能化。”

“噢，我是护士，我们大约能算半个同行。”

“孩子现在最好不要动，等情况稳定了你们再离开。”佟宇很想招待两个人吃顿晚饭，但冰箱里除了一些面包和方便食品、鸡蛋、鱼罐头外几乎没有什么可吃的。他有些尴尬，后悔没有提前多买些食品塞进去。

女人似乎看出了他的意思。“您稍等一下，我去去就来。”她拍了拍孩子，嘱咐他耐心等待，自己去去就来，然后闪身出了门。

佟宇跟孩子攀谈起来，原来女人的确是位单身妈妈，有个好听的名字——艾莲，就住在附近的社区，是二院外科的护士，平时都是一个人接送孩子，至于爸爸是谁，在哪里，孩子怎么也说不清。

20分钟后，女人回来了，手上大兜小兜地拎着几个袋子，里面是各种蔬菜、肉食之类的食物。

“旁边的超市只有这些。能用下您的厨房吗？我做好饭叫你们，会很快的。”女人嫣然一笑，这笑容让人感到格外亲切，佟宇甚至产生了一种昏昏欲睡的倦怠，很想在这笑容中沉沉睡去，做一个长而香甜的梦。

佟宇给孩子拆装、讲解了几次积木玩具后，女人便从厨房走出来喊他们吃饭了。不知为什么，佟宇觉得她系着围裙的样子像极了妈妈，恍惚之间仿佛看到胖胖的妈妈从厨房走出来，把一盘盘热气腾腾的菜端到餐桌上。女人同样是那种可以把一切做得井井有条，不疾不徐的从容之感，让他恍如隔世，分不清现实与虚幻。

“按理说应该好好请您吃顿饭，但孩子现在不能动，只好借您的厨房随便做几个，请别见笑。”女人抱歉地笑笑，把最后一个热汤端到桌上。立时，热气弥漫，菜香四溢，冷冰冰的屋子里突然升腾起一片人间烟火之气，这让佟宇感到说不出的兴奋、愉快和激动。

他坐在餐桌前，这还是妈妈去世后第一次坐在这里，第一次面对如此正式的晚餐。黄焖鸡块、剁椒鱼头、蒜香荷兰豆、水果沙拉，还有其他几个菜，冷热荤素无不齐备。

在自己的家里，佟宇有些怯生生地拿起勺子，舀了一勺鱼香豆腐羹，温热滑溜中带着一股鲜香冲下喉咙，从口腔、食道到胃底，每个细胞似乎都被这奇妙而舒适的抚慰包裹了。接下来，他又尝了三鲜荠菜、烧腊芦蒿，几乎每一口都是惊喜。菜与菜之间虽然味道不同，但都展示出令人愉悦的滋味，其间细微的差别会被舌头精确地捕捉到，并及时传递给大脑。尤其最后的奶汤蒲菜，当一口浓汤下肚，胃里的温暖像在冬日寒风里递到眼前的手炉，滋润平和，让人躁郁全消，如在春日的水边悠然徜徉。

两滴眼泪滑落到佟宇的腮边，它们静静地淌下来，好像已在眼中隐忍了好久，达到了忍耐的极限，只能在这最不适宜的时刻突兀地出现，连主人都有些措手不及。

“您，怎么了？”女人轻声地问，怕自己有什么不妥唐突了眼前这沉默寡言的男人。

“没什么，只是想起了我妈妈。”佟宇抹掉眼泪，继续喝着汤。妈妈做的养胃汤是自己配制的，会放一些中草药之类的，比如大枣、茯苓、草果、乌梅、薏仁等，颜色漆黑，和眼前这道奶白色的汤恰好相反。但不知为什么，喝汤的感觉却如此相似，那久已熟悉妈妈手艺的味蕾瞬间被激活了，眼前的女人举手投足像极了妈妈，仿佛她从未离去，而是一直藏在厨房里，借助女人的手再次把他喝了30多年的秘制好汤端到了桌上。

佟宇从不相信奇迹，对于他这样一个自闭、不善交际的人来说，认识艾莲不亚于一个奇迹。她是那样一个美好的、精致的女人，带着妈妈的气息轻轻走进他的生活。艾莲，他咀嚼着这个名字，悠然的、静谧的、从容的，盛开在纷纷扰扰的俗世之中，却与喧嚣、混乱、矫情的世界绝缘，她自己便是一个独立而安详的世界，不需要别人的介入与指点。无论外面的风刮得多大，她都不会随之摇摆。无论他过去有着怎样的荣耀、孤独、成功或失败，都在一直期待此时此刻能与她这样顺理成章地相遇。她安静地等在这里，耐心、从容，不曾移动半步。

如果说妈妈的去世使佟宇一夜之间变得孤独压抑，艾莲和小雨的出现则像清风吹过山岗，让人倍感大自然的畅然与亲切。佟宇爱小雨超越了亲情，他万般疼爱这个没有父亲的孩子，那小小的、孤独的身影总让他禁不住要搂一搂，抱一抱，他给孩子买各种玩具，讲故事，画画，等在学校门口接孩子回家，佟宇的孤僻在小雨面前像墙角那些拒绝融化的积雪，在和风之下毫无防备地变成一泓春水，一丝丝渗入地下。

艾莲曾经以为这无非是男人接近自己的手段而已，但几经观察之后她却发现，佟宇对小雨的爱是发自真心，甚至超过了对自己的感觉，他容不得孩子受半点委屈，愿意为小雨做一切。两个人在一起时，疯啊、闹啊，乐不可支，恨不得把房顶掀起来，也只有跟小雨在一起，佟宇才会显现出孩子般的天真，嘴总是咧开笑的，这发自内心的笑让他显得格外年轻，那是胡乱穿的衣服和油腻的长发遮挡不住的。

这让她十分喜悦。她和佟宇的爱情发生得合情合理，还有比对自己的孩子好更让人心动的理由吗？如果有人能给小雨真正的父爱，她什么都愿意做。佟宇虽然其貌不扬，性格也过于内向，但却稳重、踏实，事业心强。当得知他谢绝国外的邀请，没有留在那里搞研究时，艾莲不由得开始仰视这个看起来乱糟糟的男人。他是真正的男人，有能力，有才华，有追求，有担当，有个性，相对他而言，自己这个普普通通的小护士真是太微不足道了。

两个人什么也没有说，心照不宣地开始了交往，没有人要求对方做什么，佟宇连小雨的父亲是谁都没有问过。艾莲几次要跟他解释那段短暂而失败的婚姻却都被佟宇打断了，他不需要知道她的过去，只想分担并分享她的现在与未来，过去怎样又有什么关系呢？

这个大而脏乱的家因为艾莲母子的经常光顾彻底不一样了。艾莲是个烹饪天才，从小便对做菜兴趣盎然，虽然学习成绩一般，但她对各种菜式的品评与研究却无师自通。她对八大菜系鲁、川、粤、闽、苏、浙、湘、徽菜无不了然于胸，甚至连意大利菜、日餐、泰国菜、墨西哥菜等国外菜系也有几个很拿得出手。除此之外她还经常自创菜谱，反复琢磨，生活中最大的乐趣便是研制出新菜让人品尝，然后认真听取别人的意见，不断改进。当佟宇问起第一次她送自己的点心为什么味道那么独特时，她回忆了好久才说："那次我加了新鲜的玫瑰花瓣，经过腌制后味道会有些特别。"

"你是一个天生的厨师，为什么反倒去当护士？"佟宇很不理解，现在，他已适应了艾莲每天下班后来到家里在厨房里忙来忙去，自己去接小雨放学回家的生活。

"哈哈，你见过饭店有几个女厨师？女人连炒勺都颠不动，这不过是一种爱好罢了，当不成职业的。"

艾莲喜欢干净，她自己住的小两居室打扫得纤尘不染，佟宇那楼上楼下300多平方米的别墅也被她收拾得干干净净、整整齐齐，她是见不得脏的人，灰尘、污渍让她无法忍受，她总是不停地打扫。如果不是佟宇拦着，她连"无人手术室"都要进去清扫。她会把佟宇的衣服洗得光洁如新，叠得方方正正，熨得平平整整，一年四季的衣服放在不同的柜子里，收纳得细致周到让人赏心悦目。连厨房的抽油烟机也被擦得没有一点油渍，完全像新买的一样。自从两人心照不宣地确立了恋爱关系，佟宇像找到了妈妈的孩子，一切都有人帮他料理得妥妥当当，连他的指甲都被修剪得圆润光滑。

"那里是干什么的？"有一天她指着二楼右侧的"无人手术室"问，佟宇从不允许她进入那里。

"'无人手术室'，以后这个项目投产了你们医院，医护工作就轻松多了。”佟宇有些骄傲，将来艾莲的医院说不定也会引进“无人手术室”，那样她会不会为我骄傲呢？

“你真棒！”艾莲由衷地赞美。这个不善言谈的男人让她觉得无比信赖，他的智慧似乎无穷无尽，什么都能研究，什么都能取得成果。他从不在乎名利，对钱完全没有概念，不会讨好女人，更不会花心，只是一门心思专注于自己的事业，这样的男人怎么就一眼喜欢上自己了呢？

“我是一个多么幸运的人啊！”她在心底里对自己说，感谢生活如此慷慨的恩赐，把这么优秀的男人送到自己身边。

几个月后，“无人手术室”经过了最后的测试与数据分析，佟宇终于向卫健委提交了申请，希望以母亲“甄成”的个人名义捐赠给国家，并且自愿配合后期更多的活体试验及故障检测、维修等。这简直像一颗炸弹轰动了医学界，网络铺天盖地的宣传使普通民众也了解到这个令人震惊的好消息。在国外尚无此类研究的前提下，没想到国内技术已臻成熟，而且是这样一位沉默寡言的海归博士，整整耗费了两年时间研制成功的。而且，更令人佩服的是所有前期投入都是他自行垫付，所有器械、技术、专利等都无偿捐献给国家，用于支持社会的公共医疗，简直是新时代的爱国典范。

各种赞美、宣传铺天盖地地袭来，佟宇的照片不仅在网络上风靡，连地铁站、体育馆等公共场所的公益广告也全是他的肖像。广告词是知名广告人策划的：“我奉献，我喜欢，我爱这世界。”佟宇不习惯这种肆无忌惮的炒作，这与他一直以来埋头做事的低调风格完全不符，现在，他连去学校接小雨也只能蒙得严严实实，唯恐别人认出自己。眼下，“脐贴式胎儿监控仪”要着手推进了，这个研究如果成功的话，佟宇准备不再无偿捐献了，而要把它的专利卖出去。“无人手术室”是为了纪念母亲，但艾莲和小雨的生活也需要一份保障，他是男人，虽然有些积蓄，但为了三人一生的安稳，金钱的保障是必不可少的。现在，他已经不是一个人了，而是一个家庭的脊梁。

“无人手术室”由卫健委接手后又持续了近半年的运行试验，在各项指标都证实了它无可挑剔的安全性后，手术室正式由国家买断专利，批量生产并向全社会推广。各医院按照级别的高低先后购买。当二院敲锣打鼓购置了第一个“无人手术室”时，还特意举行了全院规模的迎接仪式。艾莲站在队伍中格外激动，这个向社会无偿捐赠的男人是属于她的，他智慧、大气、宽容、善良，没有任何人可以和他相提并论。但他却把所有的爱给了她和孩子，把一生交到他的手里该是多么幸福，这段婚姻与上一段相比简直天壤之别。但愿自己能照顾好他的生活，让他为社会创造更多财富，带来更多的健康。

如有神助一般，“无人手术室”在各医院试运行都获得了圆满成功，无论外科、内科、骨科、妇产科、耳鼻喉科、眼科等各种手术，均能出色完成。它水平稳定，动作轻而快，判断准确，毫无差错地完成了一台又一台手术，将一个个病人安全送出手术室。开始的时候，为防止“无人手术室”出现意外，医院均采用双套监控的方式。手术室运行时屋里同时配备专业的手术医生，一旦出现情况马上可以冲到手术台前取而代之。其次，相关科室的大屏幕前也坐满专家，随时查看有无异常。但久而久之，太多次的成功使人们开始笃信“无人手术室”的可靠性，它比最先进的电脑还要精确，比最优秀的临床大夫的经验还要丰富，可以随时判断各种复杂的手术情况，并按照科学概率进行快速分析，同时采取最合理的方法。人们对研究出这项技术的专家佩服得五体投地，他真是神一般的存在，于是严格的双套监控慢慢松懈下来，最后变成一种敷衍了事的举动，值班医生只是在值班表格上随便填上名字，到时可以凭此领取值班费而已。

越来越多的医院配备了“无人手术室”，直至乡镇医院都购入，“无人手术室”已风靡天下，红遍大江南北。原先一台手术需要配备众多医生、护士和麻醉师、器械师等，现在只需要购买这样一间手术室就足够了，有些地方甚至出现了自助手术，如同街上那些随处可见的自助取票机、自动取款机一样。患者只需扫描自己的身份证，便可进入手术室选择所要进行的项目。利用周六、周日进行整形的人越来越多，其他诸如拆线换药、拔牙正畸等只需抽出一点时间，即可在午休时间完成手术，简直方便快捷到无法想象。有些医院开始取消人工手术，单独设置多个“无人手术室”，这样就可以利用机器不停地为医院赚钱了。机器不仅不要工资，还不会叫苦叫累，更不用发退休金，真是一次投资，终身受益，医院的投资者们高兴得简直要跳起来。

佟宇从不知道他改写了医疗的历史，更不知道他改变了多少人的命运。因为不再需要可以手术的医生，医院大幅度降低了用人成本，不仅不再雇佣新的手术医生，连现有的医生也找出各种理由予以辞退，谁会用高工资养闲人呢？机器能做的事为什么还要雇佣劳动力？傻瓜才会那样做！医院的裁员风潮骤然刮起，以迅雷不及掩耳之势席卷全国。非但医生，连护士也跟着一齐遭了殃。大幅度压缩人力成本成为每个医院都在着手做的事，一些私人医院几乎裁掉了大半员工，只留下为数不多的人维持医院的正常运行。

某一天，艾莲下班回来，脸上的气色看上去很难看。佟宇从实验室走出来，关切地看了她一眼。

“怎么了？不舒服吗？”他伸手去摸她的额头，看看有没有发烧。

她却轻轻地推开了，脸上一副不耐烦的表情。

“都是你做的好事！”自从认识以来，艾莲很少用这种责怪的语气跟佟宇说话，她一直那么温柔，像蜻蜓触到水面，最多漾起阵阵涟漪，绝不会激起水花，更不要说惊涛骇浪了。

佟宇瞪大眼睛，不知发生了什么事情，艾莲的责备从何说起呢？自己一整天不都老老实实在家工作吗？

“我被裁员了，明天起不用去医院了。”她叹了口气，似有无限幽怨。

虽然护士不是什么惊天动地的职业，但她却兢兢业业干了好几年，从护校毕业便从事这一行。护士服、护士帽、吊瓶、打针、测体温、清点药品，每天这些熟门熟路的事不仅可以养家糊口，而且已经成为一种让人心安理得的习惯。这个职业给了她宁静和较为宽裕的生活，也给了她独自抚养小雨的勇气，她现在却要永远地离开这里，再也不能在患者急促的呼叫铃声中小跑着过去，给他们提供各种贴心的服务，不能再用温暖的话语安慰那些焦虑中的家属，让他们放心，但除了当护士，她还会做什么呢？

佟宇沉默了。他已听说许多医生被裁员的消息，但却一直认为这是科技取代人力的必由之路，任何一种生产方式的更新都会使人类付出代价。如同几个世纪前的工业革命，以机器代替手工劳动，以工厂代替手工工场，都不过是人类前进中的阵痛而已，完全可以不用理会，人们迟早也都会接受。然而当艾莲站在他的面前诉说丢掉工作时，他的内心却不由得起伏不平。不知还有多少医护人员，多少家庭会有他们之间这种对话，他们不是工业革命时期的人，不是那些官方毫无感情色彩的统计数字，而是普通家庭中活生生存在的人啊！几乎每个人都背负着家庭的重担咬牙前行，失业对他们来说无异于一场灭顶之灾。

“不去也好，我能养活你，你就在家安心照顾孩子吧！”佟宇故作轻松地说。

艾莲感到说不出的欣慰，这个男人在她最需要的时刻总能说出让人感动的话，他稳定可靠，似有无边的能力应对这瞬息万变的世界，让她可以安定下来，靠在他不算宽厚的肩膀上，即使失业她和小雨也不会衣食无着。但同事们就惨了，刚刚上班没多久的小苑和快退休的朱护士长昨天都掉了眼泪，小苑刚刚通过了层层考试，好不容易找到工作，却没想到正好赶上裁员大潮。朱护士长熬了多年才升了职，一夜之间却不得不提前离开医院，年轻的与年老的医护人员成为主要的辞退对象。大家在医院工作多年，对这里充满依恋，彼此关系又十分融洽，现在却要各奔东西自寻生路，人生可能再无交集，怎不让人伤心难过呢？

晚上小雨放学回来，他已经是小学高年级学生了，可以自己上学和放学，不需要家长接送了。他进门就把书包往地上一扔，气鼓鼓地坐在儿童沙发上用手使劲摆弄着骆驼玩具一言不发。

“怎么了？和同学吵架了？”艾莲蹲在他面前关切地问。

“小朋友说我爸爸坏，我要气死了。”小雨鼓着腮帮子，依然沉浸在自己无处发泄的坏情绪中。

“我怎么坏了？他们也不认识我啊！”佟宇无辜地摊开两手，今天真是诸事不宜，刚刚被艾莲埋怨了几句，现在小雨又在生气。

“青雅说我爸爸发明的‘无人手术室’，让她爸爸妈妈都失业了，现在两个人都在超市打零工，工资低了很多，今年可能连新手机都买不起了。”

佟宇瞠目结舌，自己怎么忽然就变成坏人了呢？难道是他让这些人失业的吗？

“不要胡说，爸爸是在为国家做好事。”艾莲打断了小雨，不允许他继续说这些让人伤心的话，但却拿不出强有力的证据反驳孩子。客观上，现在医疗行业种种裁人的举动的确与丈夫的发明有关。“无人手术室”降低了成本，同时也使大量医护人员失去工作，这种发明到底让人高兴呢还是让人难过？

佟宇沉默地回到实验室，十指插进头发，长长叹了口气。

“晚饭想吃什么？”艾莲推门进来，轻轻搂住佟宇的头，把它靠在自己的怀里。她理解丈夫，这个沉默而善良的人，从小处讲对得起家庭，从大处讲对得起社会，任何对他的指责都是错误的。

“我错了吗？我真的错了吗？”佟宇似是在问艾莲又像在问自己。

“你没错，不要乱想了，我去做几个你喜欢的菜，保证你吃得开心。”艾莲故意做了个鬼脸，想使气氛变得和缓些，转身进了厨房。除了用美食安慰这个男人，她不知道自己还能做些什么。

医院的裁员风潮还没有平息，医学院的招生又出现了新的问题，临床医学的招生人数大幅度缩减，众所周知，以后社会对这类医生已没有过多的需求，读了临床相关专业差不多就意味着失业。护理专业、口腔专业、医学试验学等也受到波及，医学院走下神坛，从高考的热门专业变成无人问津的冷门专业。一些好不容易读到硕博的学霸更是当头一棒，本以为毕业后可以待价而沽，现在还没毕业便被提前抛到失业大军里，今后的生路都成了问题。与此相应，医学院的教师、行政人员，甚至食堂的大师傅也不断被辞退和转岗，临床类图书和音像制品的出版发行、人体标本制作、医学实验室建设等同样遭遇了严冬，口腔和医美整容等科室几乎在许多医院都被彻底取缔了。

国外对“无人手术室”的引进却如火如荼地进行着，先后几十个国家与国内机构签订了设备引进合同，准备大量进口“无人手术室”。

艾莲决定不再让佟宇受到任何压力，她不让他出门，一切家庭琐碎事宜诸如采购之类都由她全权代办。他只需要在实验室全身心地搞研究就行了，她不仅准时为他端上可口的饭菜，还会每天为他榨两个鲜橙补充维生素，炖些人参、莲子、银耳之类的补品，晚上为他全身按摩以缓解疲劳，还买了健身器材让他定时锻炼，过几天就查看一下他的腰椎、颈椎是否因为久坐而不舒服。她是他全心全意的妻子，更是他无微不至的母亲。

“脐贴式胎儿监控仪”项目进展顺利，这项专利如果能顺利卖出的话足够他们一家三口永远过上富足的生活。艾莲苦苦地等待丈夫的研究成果，晚上的时候，只要他还在实验室，她就绝不会一个人去睡。什么是夫妻，有福同享有难同当才是，这可怜的书呆子只知道一门心思地研究，此时这世上除了艾莲还有谁会心疼他呢？

一天夜里，佟宇晃晃悠悠走出实验室，径直来到卧室，一头扎倒在床上，看上去疲惫极了。艾莲正在灯下边看书边等他。

“成功了，监控仪成功了！”连续地熬夜使他头重脚轻，说话的声音也十分沙哑。

艾莲心疼地帮他捶打后背，按压头部。辛苦了！怎样的呕心沥血才换来这个成功。卖掉这个专利后，一定要好好休息一阵，铁人也经不起这样高强度的脑力消耗啊！小小的监控仪，能帮到多少孕妇，为新生命保驾护航。丈夫也算为民造福了，他一定会被载入史册，被后人铭记的。倘若自己怀小雨时有这个东西该有多好，就不用三天两头跑去医院做检查了。不过现在也来得及，她摸了摸自己的肚子，那里已有一个小生命在悄然成长，那是她和他爱情的结晶，佟宇非同一般的智慧将由这个生命延续下去，但愿孩子更像父亲。就让我亲身试用一下胎儿监控仪吧，看看丈夫的研究成果究竟怎么样。

第十章

科技的力量

尽管佟宇对小雨视如己出，但当妻子告诉他已经怀孕时，他依然高兴地跳起来。这真是一种奇妙的感觉，想想吧，有一个生命会拥有和你一脉相承的血液，长得和你相像，脾气、性格、能力、特长等都带有你的影子，如同你的一个崭新的翻版，似乎你又重新来到这世上，重新牙牙学语，重新开始生活，真是妙不可言。佟宇不由得抱着妻子原地转了几圈，继而又怕伤到肚里的孩子，轻手轻脚地把她放下来，这样的亲热与体贴对于一个呆头呆脑的人来说已经是破例了，艾莲的心幸福得像浸泡在蜜里一样。

“你不要做饭了，不要打扫，不要做任何家务，也不用照顾我，只要照顾好你和肚里的孩子就可以。不过生下孩子后，咱们也不能亏待小雨，别让孩子觉得父爱、母爱被弟弟或妹妹夺走了。”佟宇一本正经地说。

艾莲娇嗔地看了他一眼，“怀孕才刚刚一个多月，哪有那么娇气。你放心，我会对小雨好的，不然你也饶不了我。”她喜欢这个男人，喜欢他的无私与善良，他对自己好，对小雨更好，简直是上帝为自己量身打造的男人，童话般的幸福绽放在现实生活中，让从未得到上天优待的自己终于抽中了一次大奖。

妻子的怀孕使佟宇有了当父亲的感觉，他开始学着干家务，甚至笨手笨脚地尝试着做饭，每当这时艾莲总是毫不犹豫地阻止他，丈夫是做大事的人，即使让她效仿古人举案齐眉也不为过，怎么能让他干这些琐碎的事呢？所有的事她依然亲力亲为，只是比原先小心了而已。

她说服丈夫为自己贴上“胎儿监控仪”，作为家人怎么能不亲身体验它的神奇呢？那样会更有说服力。第二个孩子的到来与“胎儿监控仪”的试用几乎同步，似乎专门为了验证它的准确性而来，大自然的操作真是无比神奇。

她又为丈夫研制了几道新菜。他喜欢鲜花点心，她就采集各种鲜花，用应季的桃花、菊花、牡丹、玫瑰、茉莉、桂花、荷花等搭配芝麻、干果、糯米、葡萄干、肉松、鱼松、芋头、果条、栗子之类，烤出或酥脆，或软糯，或咸香等各种口感的点心，她边哼着歌边干活，像一个马上要见到情人的少女。有一种珊瑚百合喜湿喜光，因此北方很少种植，它气味芳香馥郁，花瓣肥厚硕大，最适合做点心，只是对温度、土壤和水分的要求过于苛刻，于是艾莲买了种子、专用土壤、花盆、花肥，自己在阳台小心地侍弄，随时监控，只盼花能早点开，她好给丈夫做一道最美味的点心。

艾莲最喜欢晚饭的时光，这无疑是一家人最幸福的时刻。丈夫对自己的手艺赞不绝口，种种溢美之词不亚于粉丝对他们偶像的崇拜。他会说起留学时的事，说起上学时得到的种种奖项，攻克某个研究课题时的苦闷，会陪小雨做作业，父子俩玩一些自创的小游戏，开心的笑声回荡在整个餐厅。肚里的孩子静静地听着，总有一天，他（她）也会加入进来，成为这个家庭中幸福的一员。

监控仪十分灵敏，所有关于胎儿的胎心、是否畸形、缺氧、贫血、遗传病、平静指数等数据都会在手腕的电子屏幕上显示，5个月后甚至可以打印出孩子脸部的轮廓，看他（她）更像爸爸还是妈妈。艾莲没什么妊娠反应，她变得非常能吃，饭量大得惊人，而且从不挑食，一天要吃好几顿。于是佟宇专门在网络上订购了“孕妇礼包”，每周一次配送到家里来。里面有各种营养品、时令水果、维生素、叶酸和各种适合孕妇口味的零食。

晚上，无论是刚刚睡下还是三更半夜，即使沉睡之中只要她说一声“我饿了”，他就会陪着她起床到餐厅吃东西。家里的冰箱被塞得满满当当，几乎要溢出来，还有什么比这更让一个孕妇安心的呢？这天晚上，艾莲看着丈夫坐在自己对面，睡眼惺忪地看着她吃青橘，已是呵欠连天。

“你去睡吧，我吃完刷刷牙就去睡了，何必这样白白地陪着我，浪费你宝贵的精力呢？”

“不，我们要一起睡。”佟宇咕哝着，困得口齿都不清了。

艾莲抿嘴一笑，加快了吃的速度。忽然“哗啦”一声，紧接着是“咚”的一下，有个很大的东西硬硬地、沉重地砸进了屋里，仿佛穿过屋顶从天而降。佟宇为之一振，立时清醒过来，打开大灯四处查看。一块西瓜大小的石头落在地板上，上面掉下的土屑落了一地，划过桌子时桌角也被它砸掉一块，再看窗玻璃上还有个大大的洞，石头像是被人从窗户外面用力扔进来的。他赶紧打开门，想抓到肇事者，但除了隐隐的脚步声外什么人也没有。回头看到家的大门上却是一片触目惊心的红色，有人用红油漆在左右两扇门上各写下“罪恶之家”“死有余辜”的字样。似乎是有备而来，专门让他们听到声音出来看这些吓人的字。

佟宇绕到院后偷偷拎了些汽油来，告诉惊愕中的艾莲，是隔壁孩子来捣乱，被自己抓住了，现在要问问他为什么乱丢石头，好说歹说才让艾莲上床休息，然后用刷子蘸着汽油小心地清洗着大门。他不想报警，更不想让妻子和孩子看到这令人心悸的一幕，会把他们吓坏的。

第二天，佟宇死活劝着艾莲带上小雨暂时到她们之前的小区住一阵，只说这里有几个调皮的初中生四处捣乱，怕对胎儿的发育不利。但他已经意识到，这里越来越不安全，即使他深居简出，但似乎已有人暗中窥探他的行踪，并且给出严重警告，下一步会不会使出更不堪的招数也未可知，也许会威胁到家人也说不定，他不能让她们冒这个险。

之后他停止了工作，把所有研究统统搁置起来，买了匕首、防狼喷雾、防狼电击器等，然后不动声色地搬过去和艾莲、小雨住在一起。这是一座高达几十层的大厦，那种扔石头砸玻璃的行为绝不可能再发生了。每天他雷打不动地按时接送小雨上下学，如同之前艾莲所做的那样，即使小雨早就可以自己回家，即使从家到学校只有不到3千米，他也从不敢掉以轻心。

孩子不能出事，无论小雨还是即将来到这个世界的宝宝，他要像老母鸡张开翅膀一样用尽全身力气保护他们。等到艾莲生下孩子专利卖出去之后，他会带着一家人远遁他乡，找个谁也不认识的地方住下来，平平静静地度过此生。

艾莲的肚子一天天地大起来，佟宇的担心也一天天变得强烈。不知为什么，他隐隐地担心起“无人手术室”来。现在早已没有专门的妇产科医院了，取而代之的是他发明的“无人手术室”。虽然他坚信手术室的安全性，但又从内心深处希望妻子生产时有经验丰富的医生在场。他们无数次迎接新生命的到来，无数次将一个个婴儿带到这个精彩的世界，他们面对过种种复杂的接生难题，懂得怎样圆满机智地处理，懂得产妇的心理，并最大限度地保障母子平安，而不像机器那样面无表情，根本无法沟通交流。哎，设计“无人手术室”时不包含生产这一项该有多好。

预产期一天天临近，他的焦虑也一天天增加，身边像有一座大山慢慢靠过来，一点点把分量压在他身上，压得他喘不过气来。

“你怕什么？有‘无人手术室’呢！不是你发明的吗？自己还信不过自己啊？”妻子调皮地问，她竟然一点儿也不担心。对丈夫的信任转移到对机器的信任上，丈夫的一切都是令人放心的，他苦心研究出的机器也一定没问题。而且那么多女人都是通过“无人手术室”生的孩子，也没有出现过一次意外啊！丈夫真是杞人忧天，或许太过担心自己了，关心则乱嘛。

佟宇看着妻子，这个年龄比自己小近10岁的女人，更像是妹妹或者女儿，那样单纯可爱，让人怎么宠爱也不为过。她还是一个孩子，睁着清澈的大眼睛看着这个世界，上帝保佑，如果能让她平安顺利，自己愿意付出一切，哪怕生命。

他反复思考着“无人手术室”是否还有漏洞，甚至专门跑回别墅的实验室拿了一趟原始数据反复推敲，让数据说服自己。温暖、轻快的机械手会根据产妇的宫缩次数、宫口张开的直径进行手术，其间，不断有温柔的语音提示，让产妇尽量配合并放松心情。他还可以通过屏幕监控整个生产过程，这样面面俱到还有什么不放心的呢？手术室与医学智库相连，机械手的任何动作都由智库发出，所有生产中可能出现的问题及应对措施智库中都有存储。这就意味着天下所有妇产科医生的经验都被集中起来，“无人手术室”可以读取他们的经验并沉着操作。它不急不慌，完全剔除了人为的心理波动，动作准确，从不失误，有什么好让人担心的呢？他反复劝说着自己，但依然食不甘味，夜不能寐，难道每个即将做父亲的人在妻子临产前都有这种焦虑吗？他禁不住骂自己小题大做，妈妈如果在世也一定会嘲笑自己的。

还有两天艾莲就要生了，他惶惶不可终日，24小时陪着妻子，等她身体一有征兆便去医院。二院最近，就去二院吧！而且艾莲也曾在那里上班，会有一些熟人在，遇事更方便些。两天后他连上厕所都不敢待得时间太长，神经绷到了极点，唯恐艾莲随时会因疼痛呼叫他。老天，生完孩子，他也要休个假，好好缓解一下这段时间满负荷的紧张，这种紧张的滋味太难受了，真是生不如死的感觉。

“宇，肚子有点疼，刚才去厕所见红了，我觉得要生了。”艾莲挺着硕大的肚子，手扶着墙一步一歇地走到卧室。

“别动，别动！别着急，一切都准备好了。”佟宇压抑着紧张，将早已备好的折叠担架推出来，慢慢地扶着艾莲躺上去，然后盖好一床毯子，将担架推进电梯。这个过程他已在心里演练了无数次。担架是否结实，4只轮子的滑动是否流畅，从坐上电梯到楼下的时间，再从楼下推到二院的时间他已精确计算到秒。幸好小雨在屋里睡着，没有被吵醒，如果醒了就乱上加乱了。

佟宇推着妻子往外走，街上夜风清凉，到处是摇着扇子三三两两乘凉的人们。二院一片高大的建筑就在旁边，稳稳地矗立在那里，用它的厚重保护着人们的安宁。住院部大厦的旁边立着一排排宽敞的低层建筑即独立的无人手术室，那里一派灯火通明，有供担架推动的缓坡，还有空闲的停车位。虽然城市停车位极度紧张，但“无人手术室”旁却只能停急救车和接送患者做手术的车辆，无关车辆一经被发现停在这里，车主将面临终身禁驾的处罚。

建筑物入口处，空闲手术室的指示牌一亮一亮地闪着，专门的移动光标带领患者和家属走到那里，然后他们刷身份证，机器读取个人信息并把患者送入手术室，至于费用可以术后再付。有的手术室外聚集着三五成群的人，不知他们来这里做什么手术，也会有人生孩子吗？佟宇的手心被汗浸湿了，跟着移动光标进入11号“无人手术室”，前后左右上上下下的人脸识别系统进行患者身份确认后，手术设备将自动从系统中提取患者的信息，接着消毒室的大门打开了。

“放心进去吧，我会在出口处等你，等你和孩子平安出来。”不知为什么，他看着担架进入自动轨道向前滑去，消毒室的大门自动关上，竟有些恋恋不舍，有一种不愿面对的恐惧隐隐袭来，冥冥中感觉会有某种突然的情况发生，而那恰恰是自己无法阻止的。自己不在她身边，她一个人能应付得了吗？唉！相信科技的力量吧！相信一切都会顺利，一如那些无一例外来到这个世界上的孩子们，自己的孩子也会和他们一样，经由“无人手术室”平安降生的。

他小跑着绕到出口处，刷了自己的身份证进入休息室，生产后的产妇和新生儿最终都被推到这里等待家属带走，根据家属的选择转到医院的产后护理室或直接回家。如果身体虚弱也可申请24小时内的手术室滞留，但滞留费用比手术费用要高很多，这样是为了避免资源被长期占用，降低设备的使用率。

整台手术顺利的话也就一个多小时，如果孕妇宫口开得较慢，产妇可以在手术室适当等待；如果出现难产，“无人手术室”会根据情况选择侧切或剖腹，一切选择都由产妇身上的数据分析得出，完全符合医疗科学，家属无须担心。

他打开休息室的屏幕，监控着妻子的生产过程，打算生产结束后马上就把她们母子推到医院的产后护理室，回家后还要雇两个专业护理人员上门服务，一定让艾莲和孩子得到最好的照顾，哪怕花再多的钱也无所谓。现在，消毒、灌肠、器械检查、急救设备检查、宫内影像、麻醉剂等都已准备完毕，下面将根据胎位及产妇身体情况选择顺产或剖宫产，一切都与他曾经的试验一模一样。不同的是，这次被推进去的是他所挚爱的人，他可以为之牺牲一切的人，无论做过多少次试验都不能和这次相比。

艾莲被推上了手术台，看来她的宫口已经开得足够大了。“无人手术室”已将单弯钳和用来缝合的手术针等器械准备完毕，不过产前检查确认胎位很正，孕妇情况也良好，且一般情况下，二胎的生产会比一胎更顺利。他稍稍松了一口气，艾莲很快就能出来了。

他看到机械手开始轻轻碰触艾莲的肚子，接着一个滑稽的卡通兔子形象张着大嘴挡住了屏幕，兔子举着一块草绿色的牌子，上面写着“绝对隐私，谢绝观看。”这是他设计“无人手术室”时特意在妇科、产科等手术中加入的，对女人来说私密部位无论如何也不想被别人看到。妻子的下半身被严严实实地挡住了，但手术室中的其他设备的运行和机械手臂的移动却依然可以看到，似乎在安抚家属急切的心。

唉，现在看与不看都无所谓了，只有等时间一点点过去。他坐在休息室的沙发上，看各种手术的操作流程，其实这些根本没什么可看的，每句话都是他想出来的，医院只是原封不动地拿来而已。想一想，或许自己真的很伟大，帮多少人解除了烦恼，避免了多少医疗事故，如果妈妈在天有灵，会怎样夸自己呢？她从不吝惜表扬的话语，他的每次成功，哪怕只是一件微不足道的小事也会让她赞不绝口，可惜妈妈不能亲眼看到她的孙子或孙女来到这个世界，如果看到了，不知会高兴成什么样子呢！她曾无比担心儿子没有恋爱的本事，甚至没有恋爱的时间，他更不知道女人们喜欢什么，怎样用甜言蜜语哄她们开心，而妈妈绝不会想到她的儿子即将成为两个孩子的父亲。如果以后艾莲同意，他愿意再多生几个，一点点看着孩子们长大是一件多么幸福的事。

到底是生儿子还是女儿呢？“胎儿监控仪”为了避免父母对孩子性别的

选择，特意过滤了这项显示。无论儿子还是女儿，自己都会全心全意地爱他（她），一家四口和和美美，此生也就了无遗憾了。

他漫无边际地想着，头脑昏昏沉沉，似梦似醒。就这样不知过了多长时间，直到耳边传来一声凄厉的尖叫，他才猛然清醒过来，接下来是更多的叫喊声，此起彼伏，撕心裂肺。到底发生了什么事？他冲出休息室，怔怔地看着旁边的医院大楼。里面有很多人跑来跑去，像马蜂窝遭到突袭般倾巢而动，接着有一队人跑向这边的“无人手术室”。

“怎么回事？”他扑上去问那些迎面跑来的人，没有人理会他。艾莲，艾莲现在怎么样？他马上意识到应该立刻看看妻子才能放心。他跑到“无人手术室”的正面，发现刚刚那队人已用紧急密钥口令打开大门。

“推出来，快推出来，推到医院的急救室。”有人高声指挥着。

接着他看到11号手术室的大门自动打开，一副担架被推出来，不断有鲜红的血从上面滴嘀嗒嗒流下来，这个手术室只有一台手术，那上面……难道是艾莲？！

“出了什么事？我老婆怎么样了？”他疯了一样扑向担架，旁边几个年轻力壮的医生、护士用力把他拦住了。

“那上面是我老婆，她正在生孩子……”他一边狂暴地大喊，一边拼命挣脱束缚。

“先生，你冷静一下，病人要进行紧急抢救，你会妨碍到我们的。”一个穿白大褂的医生边用身体挡着他冲向担架边同情地看着他。

“求求你，求求你告诉我，我老婆到底有没有危险？”他没有意识到自己哭，但眼泪已经在脸上纵横交错，一片模糊。

“我们刚刚发现医疗智库受到了黑客攻击，而且这种攻击采用了极其狡猾的方式，它修改了系统的时间设定，监控室接收到的是5分钟之前的画面。也就是说攻击持续5分钟后系统才发出警报，而在这5分钟内，智库早已和‘无人手术室’失去了联系。”

“什么？你说什么？”佟宇睁着血红的眼睛用手使劲摇晃着眼前的医

生，把他摇得前仰后合，刚硬的手指几乎要掐到对方的肉里。

“先生，请您冷静，我们会妥善处理的。”医生似乎吓到了，忙不迭地跑开，跟在担架后面跑向医院大楼。佟宇要追过去，却忽然觉得天旋地转，一头栽倒在地上，人事不省，连被人拖拽都浑然不觉。

他那隐隐的担心终于变成了现实，两年多的研究，他考虑到了“无人手术室”可能出现的各种漏洞，对黑客的入侵也做了充分的防御，那些层层垒起的防火墙、加密技术、入侵检测、安全扫描，用各种方式抵挡着来自阴暗角落的攻击。然而他还是小觑了黑客的水平，小觑了他们联手毁灭世界的、毫无理由的恶意，直至艾莲母子付出生命的代价他才意识到这一点，但一切都太迟了。

有史以来最大的“818黑客风暴”即发生在艾莲生产的当晚。全球122个顶级黑客结成联盟，用他们高超的计算机技术攻击了包括医疗系统在内的多个电脑智库。这些人一边享受着现代社会的数字化便捷，一边却又高声倡导向原始社会的返璞归真。他们约定在8月18日晚上，让所有数字化系统停止转动，还世界以清静。这些有技术、无道德、任性又恶作剧的年轻人肆无忌惮地挥霍着他们的才能，毫不顾忌这样的行为会给人类带来怎样的灾难，如同一个孩子在人群中摆弄着杀伤力极大的电磁枪，从未想过扣动扳机后会有人应声倒地，再也站不起来的后果。

当急救人员从“无人手术室”推出一个个正在接受手术的患者时，他们的惨状令人无法直视。有的整容者在脸皮刚刚被揭下的一瞬机械手便停住了；有的正在接受输血，血量已经输够，机械手却没有停下来，还在一个劲往血管里灌；有的接受脏器移植，脏器从低温保存液中拿出来后却整整在机械手上放置了5分钟，失去了活性，而另一边患者却在开膛破腹地等着。艾莲因为即将接受侧切，机械手举起手术刀时失去了智库的指挥，一直在她的下身不断切着。此时此刻的机械手成了完全没有脑子和判断力的白痴，直到急救人员闯进去，机械手还在一刀一刀割着，床上的母子已是血肉模糊，被切得粉碎，床上、地上一片血迹，两个生命身上的血几乎要流干了，而所有监控屏幕上显示的却是5分钟前的影像。

“哎，这下不定会死多少人哪，真是造孽啊！”医院外面围着还未散去的人们，人们叹息着，在心中凭吊那些无辜的生命。

当佟宇苏醒过来，全身痛得无法忍受，这种疼痛比他30多年来经历的所有疼痛都要严重，痛到无法呼吸。艾莲母子已和众多在“无人手术室”意外身亡的患者一起被送到殡仪馆，他们一个个都将变成这场灾难里的统计数字。

“政府一定会赔偿你们的。”有位护士轻轻告诉他，以安慰他痛苦的内心。

“赔偿？”他想仰天大笑，又想俯身大哭，那对于他是天、是地、是一切的女人，就这样离开了，什么能够赔偿呢？她是他的整个世界呀！然而他既没有笑，也没有哭，而是挣扎着坐起来，拔掉身上的输液针头。

“不行，我要回去，我还有小雨。”他在心底说。这段时间不知孩子是怎么过的，有没有哭，有没有被吓到，正常吃饭了吗？

无论护士怎么劝阻他依然执拗地要离开，头晕眼花、一步一步地挪回家，双腿像拖着两块沉重的石头。

“小雨，你在吗？爸爸回来了！”

“爸爸！”小雨从房间里奔跑着迎出来，似乎已经等了好久。

“爸爸，你和妈妈去哪儿了？打电话也没人接，妈妈呢？怎么没一块儿回来？”他扬着小脸看看继父，想从他脸上找出答案。

“妈妈，妈妈……我对不起她，是我害死了她……”佟宇的眼泪如决堤的洪水一样喷涌出来，紧紧搂着小雨，恨不得把他融入自己的身体。那个爱哭、爱笑、会做菜、喜欢家里一尘不染、脾气温和又浪漫的女人永远地离开了他们，是他亲手把她送上“断头台”的，去接受近乎千刀万剐的疼痛，那几分钟，她该多么害怕，多么无助，多么崩溃，一想到这样的面画佟宇恨不得自己去死。

“死……了？”小雨呆呆地看着继父，似乎不明白“死”到底是什么意思。

黑客风暴后，关于“无人手术室”的恶评接踵而至。先是一篇《“无人手术室”的利与弊》，说到手术室的优点和缺点，后来大量批判性文章出现在各大网站和纸媒上。《“无人手术室”的冷酷》《从“黑客风暴”看“无人手术室”的致命缺陷》《我们真的需要“无人手术室”吗？》《“无人手术室”的人性化缺失》等，一系列的文章几乎要将“无人手术室”的发明者送上被告席。佟宇不知道风评是如何转向的，他从高风亮节的爱国志士到民族罪人、科技恶魔，似乎“黑客风暴”中死于“无人手术室”的13286名患者的过错都要算到他的头上，而他自己同样也是受害者的身份却无人提及。他不愿面对来势汹汹的批判，不想进行任何反驳和辩解，更不愿再做任何研究。

无论有多痛，无论有多愧疚，更无论外界对他持什么样的看法，生活还是要继续，他还要照顾小雨，小雨成为他活下去的理由。艾莲走后，生活变得毫无意义，那些苦心孤诣研究出来的医疗器械有什么用？它们或许对人类有点用处，但也有可能变成致命的绊脚石，像预先埋在道路上的地雷，随时都有爆炸的危险。他不敢、不愿再去实验室，非但不愿去，甚至联系房产中介卖掉了那套樱桃费尽心力才买到的别墅，至于房里那些凝结着他无数心血的器材设备全部赠送给买家，如果对方觉得没有用处可以当垃圾处理掉。

买别墅时正是武馆和武侠世界日进斗金的黄金时期，那时候妈妈还在世，沉浸在儿子看似美满的幸福婚姻中，岁月静好，天下太平。也是在别墅，他的“无人手术室”研制成功，并迎来了艾莲和小雨，真正进入令人激情澎湃的恋爱与安逸快乐的婚姻，但现在它却成了佟宇再也不愿踏进一步的地方。他惧怕那里，那里有太多艾莲的痕迹，面容、声音、身影、气息，连实验室器材上那些防尘布都是她亲手盖上去的，再次看到这些生活的痕迹，不亚于用长而锋利的剑直接扎进他的心脏。

房子卖了很高的价钱，毕竟这种独栋建筑已成为城市的稀缺资源，佟宇把钱存起来，给孩子留着。小雨成家立业之前，这笔钱绝不能挪作他用，小雨是自己生命的延续，更是艾莲无言的托付。

他找到艾莲用过的胎儿监控仪，那是她去“无人手术室”之前摘下来放在家里的。佟宇小心地把它放在贴身的口袋里，他永远不会向外界公布监控仪，更不会卖掉它的专利，小小的仪器上记录着妻儿的数据，残留着他们的体温，他要紧紧抱着这些模糊的痕迹度过残余的岁月，如果这点慰藉再失去的话便意味着他已经死去。一辈子何等漫长，每一天，每一月，每一年，每个春夏秋冬，他要如何挨过呢?

小雨似乎有了很大变化，虽然没有大哭大闹，但对佟宇的态度却悄然改变了。曾经的亲昵渐渐淡去，少年的叛逆、冷漠、桀骜不驯慢慢显现，上了初中后他选择了一家寄宿学校，很少回家。佟宇终于意识到，他与小雨之间仅有爱是不够的，当两个毫无关系的男人失却女人这个纽带后，渐渐变成了两条平行延伸的线，再无相交的可能。他痛苦地意识到，小雨和自己是不同的，有着完全不同的成长经历和性格特征。

因为不再搞研究，又不能动卖房的那笔钱，他不得不硬着头皮找了几份力所能及的工作，此时发现自己竟一无是处。连网络上一些最基本的工作都有年龄限制，有的还需要通宵熬夜，以他中年人的身体无论如何也支撑不住的。终于，他逼着自己走出家门，慢慢踅进附近的一家职业介绍所。

无论世界上发生什么，任何的喜怒哀乐，在时光的眼里都不值一提，它一直匀速向前，不紧、不慢、不疾、不慌，它见证过无数山盟海誓，目睹了无数岁月沧桑。沧海桑田的变迁，物是人非的悲戚，燕去楼空的感慨，一别经年的凄凉，这些都算得了什么呢？所有的爱与恨都是一场空，最终会归于沉寂。人的伤痛、欣喜对时光而言毫无意义。

两个初中生并排坐在河畔的垂柳下，蓝天白云，河水泛起涟漪，一切都显得那么惬意。他们应该是附近学校逃课出来的学生，看来还是一对小小年纪便陷入早恋的恋人。

“哎，你继父不是挺好的吗？给你那么多钱，你想买什么就买什么，一次都没拒绝过，还到学校给你送吃的。再说你妈妈都死了他也没有抛弃你，没有再婚，就算不错了，为什么还这么恨他？”女孩子晃着五光十色的头发，噘着红得吓人的嘴唇。一些这个年龄段的女孩儿很少有正常的审美观，往往把回头率当成美貌的标志，仅就回头率这一项而言，她的确赢了。

“挺好？这老鬼貌似忠厚老实，其实杀人不眨眼。我妈妈就是死在他发明的‘无人手术室’里，死得惨极了。要不是他发明的那破玩意儿，我妈妈也不会死，他把我变成了孤儿，我恨不得亲手杀了他！”少年恨恨地说，随即向河里用力“呸”了一声，似要把胸中的怒气全部宣泄出来。

“那就彻底离开他呗，反正你们也没有血缘关系。”

“离开？那岂不是便宜了他？老子就是要折磨他，亲手把我妈妈的仇给报了。还有，老子要把他的钱全部弄到手，让他家破人亡、一文不名、流落街头、客死异乡……”

“哈哈，你会的成语还不少呢！”女孩儿张开血红的大嘴笑了。

“他手里还有一大笔钱，我知道，咱给它弄到手，然后远走高飞，离开这鬼地方，你看假装绑架怎么样？那蠢货一定吓尿裤子，而且肯定不敢报警，要多少给多少……”

垂柳听着两个少年放肆的大笑和毫无逻辑的对话，不发一言，依然一门心思地在风中摇荡，人类再荒诞、再滑稽的想法和它又有什么关系呢？远不如今天的阳光更有价值。

不远处社区小学的操场上，正在热闹非凡地进行着“我们爱科学”的全校主题活动，各班将推选出来的科学小制作拿出来进行展览，四处悬挂的大红横幅上满是相关的标语。“科技改变生活”“科技——人类永远的力量”“学科学，爱科学，用科学”。特意开辟出来的甬道上堆满了学生的作品，多功能切菜机、自动拆卸花盆、多功能电子宠物……孩子们小脸通红、热情洋溢地品评着、交谈着，眼前的一切让他们感到无比新鲜、有趣。

校长坐在主席台上做最后的总结发言。

“同学们，未来是什么？未来就是科技的主场，科技的飞跃将是下一个十年最尖端的话题，希望我们在这个风起云涌的大潮中做一个勇敢搏击的弄潮儿……”台下一片雷鸣般的掌声。

“该死的科技……”一个有些驼背的老校工缓缓地停下清扫车，从座位上走下来，远远地看着意气风发的校长，听着那富于煽动性而又十分俗套的讲话，悄悄咕哝了一句。他按了按胸口，那儿装着一个早已坏掉的圆圆的小东西，没有电，没有声音，什么也不显示，什么也监控不了，但按过这个之后他好像有了些精神。

“该死的科技……”他爬上清扫车又说了一次，这次声音很大，却被清扫车巨大的噪声淹没了，四周没有一个人听到。学生们依然在拼命鼓掌，手都拍红了。校长的描述中，他们仿佛看到了一个五光十色的新时代的到来，那里，所有的梦想都将开出绚烂的花，结出诱人的、甜蜜的果实，噢，未来，多么美好！

第十一章

奇异的游戏

生命是一场由不得自己的旅行，什么时候出发，什么时候到达，路上会遇到哪些人和风景都由不得自己做主。当你津津有味地欣赏风景时也许会突然接到去往下一个景区的命令，不想留恋时却被通知要在这里住上几年。而衰老就在这漫无边际的旅行中逐渐靠近，当心里的衰老积累到一定程度，即使离旅行的终点还很遥远，也再没有观赏下去的心情，这与年龄无关。

佟宇感到自己迅速地苍老了，他越来越瘦，摸得到突出的肋骨，头发掉得很厉害，佝偻着腰，总是咳嗽，皱纹像疯长的藤萝，快速弥漫在他的脸上、身上，曾经的跃跃欲试、精益求精变成了一声压抑的叹息。他什么都不想做，什么都不敢做，什么都不能做了。上天似乎在惩罚他破译了某种不该破译的密码，当他把天火盗下来移入人间时，最先烧到的却是自己挚爱的人。

我错了吗？错在哪里？每天他都会无数次地问自己。恶意的上帝，恶意的命运，还有这恶意的科技。为什么那些本应为人类带来更多方便和安慰的科技最后却变成了坟墓，将所爱的人一个个埋进深渊之中，难道科技的尽头便是人的毁灭？

睡觉的时候，他会抱着艾莲穿过的衣服久久不愿松开，那上面有她的气息，熟悉的、温和的，令人陶醉与安心。她买的那些花草，擦拭过的家具，做的手工他每天都会看了又看。或许她并没有走远，只是以某种看不见的方式继续待在家里的某个角落，她那么爱这个家，怎么舍得离开呢？如果她离开，这个家不就空了吗？什么也没有了。过了许久他都不能接受这个事实，两个最包容他的女人相继走了，再也不会回来。而看到小雨的眼睛时，又会不由自主地战栗。他怕那双眼睛，那里面满是怨怼、仇恨，从那眼睛里恨不得伸出一把冰凉刺骨的刀，将他剁得粉碎。

晚上的时候，视讯电话突然响了，他非常害怕接到这种电话，因为不想让别人看到自己的脸，却又不能不接，因为对方来电显示着“小雨班主任”。刚刚拿起电话，还没来得及打招呼，对方便怒气冲冲地开口了，因为生气，本来好看的五官都有些扭曲了。

“你是佟小雨的父亲吧！小雨最近在学校表现得非常差，上课不听讲，课后不做作业，欺负同学，早恋，还有敲诈勒索的迹象。你们做家长的到底管不管，再这么下去孩子就废了。”

老师的嘴像连珠炮一样一刻不停地发射，毫不顾忌电话那端的感受，甚至也不给对方表态或询问的机会，只是一个劲儿地牢骚抱怨，可见她忍耐了多久。自从艾莲出事后佟宇就没接过视讯电话，他有些惊慌，不知道该怎么回答。

“您倒是说话啊！把孩子送到学校并不是家长就推卸了教育的责任，教育好孩子是需要家庭和学校两方面共同努力的。您一直不接我电话，期末的班主任意见和建议也不回复，您就那么放心孩子的成长吗？他现在离走上邪路只有一步之遥了，如果您再不管的话，很可能会铸成大错。”

老师措辞激烈，语速极快，似乎很珍惜这次来之不易的通话机会，要把累积多日的话一股脑儿全倒出来，足足十几分钟后，才慢慢停了下来，深深地喘了几口气。

“好的，老师，多谢您对我儿子的照顾，让您费心了，请放心，我一定会教育好小雨的。”佟宇听见自己喉咙深处发出的声音，那声音似乎并不是他操控下发出来的，像预设的接听留言，完全是自动弹出的，遥远而陌生。

放下电话，他陷入了久久的沉思。出于对艾莲强烈的愧疚，他在小雨面前无法像一个父亲一样理直气壮，只能眼睁睁地对小雨放任自流。小雨似乎抓住了他的心理，愈发不把他当作父亲来尊重。两个基于艾莲结识并变成父子的男人，又因艾莲的离去而变得疏远。

周末小雨难得回家，眼看要换季，需要带些衣服去学校。他在客厅和卧室间穿来穿去，带着少年特有的孤傲与冷淡，对旁边搓手站着的继父熟视无睹，似乎根本没看到他的存在。

“我给你买了些吃的，别忘了带走。”餐桌上放着一大袋零食，都是现在的孩子们喜欢的。那是他开完清扫车后特意到较远的一家大型超市买的，那里的进口食品曾是小雨的最爱。

小雨不说话，充耳不闻，似乎一个字也没听到，依然埋头整理衣物。

“老师上次给我打电话说……”佟宇慢慢地说着，心里在推敲着措辞，怎样说才更委婉更柔和，更能让孩子接受。他本就不善与人沟通，现在又多了几分怯懦，理不直气不壮。

“你直接告诉她你不是我亲爸爸，没有权力管我就行了。我早晚也会把姓改回去的，无论姓什么也不会姓佟。”他冷冰冰地说，整个人仿佛是一个巨大的冰块，从内而外散发着拒人千里之外的寒意。

“听说你在学校不好好听课，也不做作业，这样下去怎么得了，你妈妈如果知道了一定会很着急……”

“闭嘴！你没有资格提我妈妈！如果不是你亲手害死了她，现在我也不会成为孤儿。和你结婚前我们本来过得好好的，给你怀了孩子就死在你设计的‘无人手术室’里，是你，是你，亲手要了她的命！”小雨歇斯底里地喊着，汹涌的泪水从眼眶里随着咆哮喷涌而出，使一个愤怒嚣张的孩子显示出几许无助，他真的非常懂得如何刺痛一个痛失妻子的男人的心，把它刺得鲜血淋漓，剧烈抽搐。

佟宇浑身颤抖，不知道该用什么话去反驳，也不知道如何使谈话继续下去。他哆哆嗦嗦地转回身，一点儿一点儿挪回卧室，颓然地坐在床边。

“你听着，我不是你儿子！18岁之后我就彻底离开你，带走我妈妈的一切，让她再也回不来。我在外面杀人，放火，进监狱，都不关你的事，也许那正是你盼望的，我们母子两个全都完蛋，剩下你一个人好过清静日子。”小雨吼完，带上衣服摔门而去，餐桌上的零食看也没看。

佟宇呆呆地坐在屋里，小雨摔门走后四周安静极了，安静到万事万物都不肯发出一点声音，安静到似乎是为了让他更加刻骨地感受到无处不在的孤独。就这样任由事态发展下去吗？任由小雨的误解日渐加深，和他孩子气的叛逆彼此呼应，像滚雪球一样愈滚愈大？不，我要阻止他。如同妈妈用一生期待自己能过上普通人的生活，享受到那些普通人的幸福。如果艾莲还活着，一定也会让他想尽办法，让小雨回归正常的人生，不再怨恨，而是憧憬。

怎么样才能让他放下怨念，不再执着于艾莲的事，而是快快乐乐地开创新的生活呢？科技似乎可以做到这一点，让计算机与人的大脑相连，用计算机的程序一点点扭转人意识中的错误，这或许是可以达到的，但是这样做会面临两个更大的难题。首先，自己不敢再接触任何高科技的东西，它所带来的巨大恐惧与阴影无数次把自己带入噩梦之中，每每醒来都是一身冷汗。科技像一个笼罩在周遭的无法逃脱的咒语之网，任何一点向前、后、左、右的挪动都会撞到这张无处不在的庞然大网上，让他痛入骨髓。如同被火烧过便不敢再接近火焰，被水溺过便不愿靠近河流，这种恐惧来自灵魂深处，已成为潜意识的一部分。其次，用计算机程序接驳小雨的意识，进行矫正或灌输的话，需要他的配合，但他怎么可能乖乖配合呢？这不是一厢情愿就能完成的事啊！

佟宇陷入了无边的焦虑，回顾40年的人生，每天似乎都在努力，一刻不停地前行，但命运却偏偏要和他作对，所有短暂的成功都会招致无法面对的失败和打击，使他的悲痛成倍增长。是否冥冥之中有一个喜欢恶作剧的天神，一直守候在头顶的上空，随时跳出来给他以痛击，打得他辨不清方向呢？那些苦心孤诣的发明和创造，究竟哪些是对，哪些是错？对错又是以什么为基准的呢？

爸爸，告诉我，我该怎么做？

他向空中合十，祈祷着那个身影的出现，每次出现困难，他都会邀请虚空中那个永恒存在的身影降临，给他指点出最为正确的路。

“你根本没有错！一点错都没有，我不是说过了吗？世间万物阴差阳错的偶然之中，总会有一些无法规避的概率。或然的历史也许会成为主宰我们的命运之索，虽然它只是或然。”爸爸不满地对他说，他语气坚定，不容置疑，似乎对佟宇的畏缩不前非常不满。

“就像那些木工的机械，譬如电锯。是为了取代手工的缓慢与效率低下，但是你无法保证它不会切掉人的手指，这是发明者的错吗？不是，是机械的错吗？也不是。这只是机械的本质而已，它会切掉塞到它下面的一切，无论木材还是手指。你不能要求它可以自行辨别哪个是木材，哪个是手指。”爸爸举的例子清晰明了，尽管他几乎没和儿子一起生活过，但却非常了解什么样的语言可以直击儿子的内心，扭转他的思维。

“如果我再失败呢？”佟宇小心翼翼地问。

“什么失败？无法完成对小雨意识的纠正吗？还是害怕造成负面的后果？”

“都有，如果再有什么可怕的后果，我会活不下去的。”

“试试吧，即使按照概率来讲，这次也应该成功的。初衷是积极的，方法是稳妥的，能有什么可怕的后果呢？又不是给他换头换脑。”爸爸说完，目不转睛地看着儿子，似乎想让他看到自己眼里的信心。

“好吧，爸爸，感谢您，在困难的时刻来帮我。”佟宇向爸爸靠了靠，向他伸出手去，努力感知他的体温，爸爸却躲到了一边，皱了皱眉头。

“不要这么亲昵，我有点不习惯，以后有什么问题随时找我，反正我哪儿也不去，一直都在你身边。”说完，他走了出去，好像去客厅看点播电视了。

一个夏天过去，又一个夏天来了，每每此时总让人想起以前那些形形色色的夏天：在烈日下走过街头的燥热，暴雨中闲看整座城市在雨气弥漫中蒸腾，白云或乌云交替占领头顶上的天空。今年的夏天还是老样子，无限循环着千百年来的季节特征。但对S市的青少年来说则有一个很大的不同，一款非常有趣的游戏——《我的王国，我的臣民》上线了，它不收费，但有严格的上线时限，一天之内只能上线一小时，多一分钟都不允许。和别的网络游戏不同的是，首先它只限定了S市这一地域，只要出了市区和所属郊县便无法登录；其次，它只接受少年玩家，从13岁至16岁，游戏注册不仅需要身份证还需要学生证号和学校名。真是闻所未闻，这么多限制不是自掘坟墓吗？大把的网游公司基本上都是怕你不上线，用各种诱惑、奖品来展现他们的热情，你最好全天什么都不干，24小时泡在游戏里，如痴如狂；最好你把所有的钱都投入进去，一分不剩地让他们榨干。

但是这款牛气烘烘、设限很多的游戏并不让人反感，相反，它好像很了解青少年的心理，在网络中给他们虚拟了一种有趣并极具真实性的生活。游戏一开始你可以设定自己的身份，有落难王子、平民孤儿、世家子弟、天赋异禀者等10类，每一类都会有不同的属性与基础数据。网络中有各种各样的学校，如技术学校、大学等，在那里学习可以提升你的智慧数据，而智慧数据会成为与人交往、打工挣钱的前提。当智慧数据特别低时，你永远都不会在街头遇到某位哲人，和他发生偶遇事件，在公主择婿、分封疆域等重大事件中没有参与资格。有些要求智慧数据比较高的工作智慧数据低的人更是无法从事，但如果不能打工挣钱，也没有偶发的继承遗产等情况，会生活得很艰难。

等你慢慢增长了智慧，积累了财富，就会遇到一些有趣的人和事，比如有人请你参加百家争鸣，作为某种文化观念的代言人，或者被某位神秘高官看中，获得更多工作机会和创业机会。如果智慧数据特别高，还会有海外的人关注你，隔山跨海来拜访。当达到某一限度时，就会有人请你去做某个小国家的元首，这样你便有了施展治国才能的机会。小国家会发生各种各样的事，水灾、旱灾、边境战争等，需要你第一时间做出反应，指挥臣民渡过难关或共御外侮。将小国家治理好后会有人来请你治理大的国家，如果接受下来你会参与更多的国家政事，包括和亲、平藩、推行各种土地制度等。

这款游戏非常考验人的智商、情商，同时也能激发起人的挑战欲望，看看自己究竟有多大能力，能否将一个国家治理得井井有条，繁荣富强。游戏没有终结，会不断推出新的问题，每一天数据都在悄然变化，而这些数据无疑就是智商、情商、应急能力的综合。某位贤人来宣扬他的治国之道，你该怎样对待，民调支持率迅速下滑时你该怎么处理，在毫无感情的政治婚姻和自己心仪的女孩之间该如何选择。大臣的背叛、海外的归降、王位的争夺、政策的制定，等等。它的真实性几乎和现实生活无异，而且贯穿了古代和现代。现实中不可能发生的情节在游戏中也会出现，让你突然变成另一个时空的自己，面对许多意想不到的问题。

好玩的东西在学生们中间传播的速度比风还要快，只要有一个同学赞不绝口，全班几十个同学都会去尝试一下。这款游戏似乎充满善意，学生上课期间并不运行，只有下课期间到晚上11点前才会开放，虽让人欲罢不能，但又不让人沉迷其中，家长也不会过多干涉，这一点与一般商家的做法迥然不同。但这么有趣的游戏为什么不收费呢？而且也不面向成年人，如果将这两方面都开放的话一定会快速崛起的，真不知道运营商在想什么，运营的目的又是什么。网络上看不到它的广告，也没人知道它的服务器设在哪里，而且故意把游戏局限在S市多傻啊，这不是故步自封，自断后路吗？没有人能回答这些问题，但有一点可以肯定，孩子们玩这款游戏时，很少有家长极力反对，它的确可以增长年轻玩家的智商和情商，所以，渐渐成为家长认可的一款游戏。

多年以来，家长和游戏开发商、运营商都是不共戴天、有你没我的敌对关系，家长认为游戏掠夺了孩子们的时间，让他们变得心生杂念，不专心学业。于是家长通过各种手段反对孩子玩游戏，经济封锁，设备没收，使得孩子们对游戏既爱且怕。但《我的王国，我的臣民》游戏逐渐取得了家长的认可，这让公众看到未来游戏的一点曙光，这种不以营利为目的，又能充分考虑中学生特点的游戏还是有存在价值的。

小雨早开始玩这款游戏了，这么时尚的东西他怎么会落后呢？只是他很讨厌时间的限制，每次游戏警告时间一到程序将自动退出时他都十分不满。干吗要设时限，好玩的东西就让大家玩个够呗，过瘾就行，人生，不就图个高兴吗？玩游戏时，他感觉进入了一个全新的世界，这里什么都有，尤其戴上数据交换头盔，选择浸入模式时，你能感受到游戏里所有的一切。闻得到原野上的花香、饭店里菜肴的香味，听得见集市上嘈杂的声音，触摸得到山上坚硬的石头，滑过指缝清凉的水，微风吹在脸上的感觉，这是一个新鲜而奇妙的世界，可以随时发生各种各样想不到的事件，任他漫游、闲逛、历险、拼杀。

他选择了平民孤儿的角色，这正好和自己的真实身份相符。那么凭借自己的能力能否统一四海，变成人人爱戴的国王，获得天下臣民的敬仰呢？这将是个无比巨大的考验。设计者似乎有意向男性倾斜，不仅可选的10个角色都是男性，连情节设计也更加注重男性的喜好，比如练功、格斗、战争等，对女性玩家的需要似乎不很在意。虽然总体来说网络上的女性玩家普遍少于男性，但如此性别倾向鲜明的游戏并不多。

小雨在游戏中玩得并不好，他懒得去各种学校学习技能，也懒得打工，总喜欢东游西逛，希望触发各种偶然事件，能够意外幸运地提高数据。同学们的智慧数据大多都超过他，有的则是挣钱能力比他高得多，还有的则遇到过各种奇异事件，连同样成绩落后的叶非凡都在花园散步时遇到了精灵，使得他的仙气数据长了好大一截，把他高兴地无以复加。而小雨却表现平平，智慧数据不长，打工只能选最低级的，每次闲逛也引发不了什么事件，有一次去游戏里一家小面馆吃饭，老板竟然有意无意地告诉他想去最繁华的落日大道吃西餐必须要大学毕业，而且还得穿得西装革履才允许进去，这不是在讽刺他的智慧数据低吗？他有些不甘心，现实中不求上进也就算了，因为自己根本不屑于学习，但游戏这么简单轻松的事自己也玩不好吗？等同学们都拥有了国家和臣民，只有自己还是一无所有该多丢人。不行，一定要好好盘算盘算。

小雨真下了功夫，他开始在游戏里逼着自己去各种学校学习，虽然这是极不情愿的。游戏中的时间比现实中的时间要快，但在学校学习却不只是简单的程序，而会涉及一些知识点，不同学校、不同年级会有不同的知识点，游戏设计者极有耐心地查阅了整个中学阶段的各种知识，把它们嵌入游戏中，想一下子进入大学，不可能！想不通过真正的学习便能轻而易举地得到一个国家，更不可能！年轻人在得到一个国家之前，需要在许多枯燥乏味的事情上不断坚持，如同得道高僧一定要经过刻苦的修炼。这也是许多家长能够接受这个游戏的原因，因为设计者似乎非常理解家长的心情，用玩游戏的方式鼓励孩子们掌握知识，提高智慧数据。

小雨的早恋早已不了了之，其实他根本不喜欢那个女孩，也完全不知道恋人是用来做什么的，只是觉得有个女孩傍在身边很酷而已。现在，当他潜心进入游戏时，他却发现自己学业上的漏洞竟然如此之大。一次，他进入了一座古罗马大斗兽场似的废墟中，四处环顾溜达，一眼看到有个女孩正被一只老虎追着飞跑，女孩跑得极快，但老虎似乎跑得也不慢，只差一点点就能把她一口咬住了。女孩看见他，喘着气大声问：“‘土地平旷，屋舍俨然’的下一句是什么？快告诉我，不然我会被老虎吃掉的。”

小雨愣愣地听不懂女孩在说什么，女孩围着他连跑几圈，重复了好几遍，最后发现得不到任何帮助，只好无奈地向远处的树林跑去，老虎也疾速地追上，跟女孩一前一后渐渐消失了。她会被吃掉吗？会非常惨烈吗？尽管知道游戏中不会发生真的惨剧，但小雨依然有些自责，如果自己能帮到这个女孩，不仅老虎会自动消失，他和女孩也会成为朋友，触发相关的一些事件，但现在他却因为无知白白断送了一个大好机会。

她刚才说的是什么呢？什么土地平平，屋蛇仰然，这是哪儿来的话呢？他按照发音在网上搜了搜，瞬间尴尬。这不是刚刚学过的《桃花源记》吗？

是需要全文背诵的，可自己别说背，老师讲的时候都没有好好听，以至毫无印象。就因为这点疏忽，错失大好时机，真是得不偿失。他狠狠捶了下脑门，打开课本，认真地看起《桃花源记》来。

游戏好像很会判断玩家的学习成绩，在游戏里的级别与学习成绩成正比，成绩越高级别越高，反之成绩越差级别越低。班里的第一名李逸萧已经升到10级了，而且遇到了金国公主，对方还邀请他有空去皇宫玩，而自己还只是偶尔打零工的5级，别说遇到公主，连个土匪都没遇到过，因为身上没钱，根本没有成为猎物的资格，真是个废物。

周末放学后，小雨百无聊赖地回到宿舍，半仰在床上，拿出宽屏游戏机，戴上头盔，现在除了这个他什么也不想做。登录进入后，不想去学校，也不想打工挣钱，而是按了“探险”选项。他这种低级别的没有什么好地方可以探险，别人去的极地、沙漠、原始森林等他都去不了，只能去荒村、海边、废弃的旧宅等，没什么稀奇的。那就四处看看吧！好在头盔能传来海风的气息、太阳的灼晒、草叶划过皮肤的微痛，这些感觉也挺有趣的。学校不允许随意出校门，姑且就在游戏里闲逛吧！

游戏里的季节和现实中是并行的，里面也是夏天。他穿过一片波斯菊和金光菊的花海，径直来到一个海边的渔村，随处可见晾着的渔网和鱼干，在风中摇来摆去。这个渔村他来过两次了，这里没有几户人家，偶尔才能在街道上见到几个人，他们扛着渔具或挑着鲜鱼匆匆赶路，小雨能够闻到一股咸咸的大海的味道。不知为什么，这里的宁静与荒凉让他喜欢，带有某种沉寂悠闲的情调，他可以找块石头坐下来，吹着海风想想心事。每每这样的时刻，妈妈就会出现在脑海里，温暖地对着自己笑，让他感觉到短暂的幸福。

他在渔村里转来转去，忽然发现远离这些简陋房舍的地方，有一个用原木搭起的房子，房前一块木板上写着大大的3个字：“三省屋”。咦，先前两次来都没有看到过这个房子，这次怎么就有了？他好奇地走过去，还没到门前，一个花白胡须的长衫老者从里面走了出来。噢，原来在这里可以触发情节，并不只是单纯的游戏场景。

“爷爷，您好，请问这里是做什么的？”小雨问。

这位老先生看上去很像私塾先生或者衙门里的师爷，一副古代知识分子的样子，和渔村里那些渔民大不相同，或许在他身上，可以引出什么有趣的奇遇吧！

“小官你好，这里是三省屋，只有有缘人才能来到这里，不论级别。”

“三省屋？”小雨听不太懂，是商店、客栈还是寄送书信的驿站呢？

“孔子说过，吾日三省吾身。每个人都会犯错误，但只要及时反省并且改正，就会变成圣人。来这里的有缘人，如果能说出今天自己所犯的3个错误就能领取一份奖品。”

“真的吗？”小雨一下子来了精神，看来今天的运气不错，还没听任何人说过有这么个三省屋，在这儿竟然可以这么简单地兑换奖品，真是太幸运了！

“当然是真的，跟我进来吧！”老先生把小雨让进屋，虽然房子有些简陋，是一段段高大的松木直接搭成的，但里面却干净温馨。墙上挂着孔子的画像和“吾日三省吾身”的行书横幅，原木桌子上堆满了厚厚的线装书，里间的原木床上有洁净的被褥和靠枕，看上去十分舒适。

老先生坐在桌前，“来，说吧，说出今天你做过的3件错事。”

小雨好好想了想。“我今天做的错事可太多了。比如上课走神，没有好好听讲；中午在食堂碰翻了别人的餐盘，没有道歉还和人家干了一仗；晚上有作业要做，但懒得做，准备拖过去。”

老先生拿起毛笔，刷刷点点在毛边纸上写着，字迹异常潇洒。写完之后又让他签名按了手印，才捋着胡子说：

“好，你说的都对，如果随意说几个，与事实不符的话，是会被罚的。来，到签桶里抽个签吧，看你能得到什么奖励。”

老先生拿出一个圆圆的竹筒，里面插着满满一桶竹签，全是新的。小雨随便抽出一个递给他，仰脸看着。

“运气不错，这次的奖励是连升两级，你现在是7级了。”老先生笑眯眯地说。

小雨一阵狂喜，只是说出了今天的3件错事就连升两级，天下还有这么好的事？简直不能相信自己的耳朵。

“下次再来吧！我要出门了。”老先生说完，把他请出门外，锁上门，自顾向东去了，长衫在风里飘啊飘的，给人仙风道骨的感觉。

小雨站在那里，像做梦一样，三省屋真是个好地方，说3个错误就能兑换奖品，连升两级，反正自己每天都会犯错，凑足3个易如反掌，太棒了，明天一定再来！

三省屋成了小雨最喜欢的地方，每天上线只为去找那位老先生，从竹筒里抽签递给他，看能兑换什么奖品。他抽到过提升智慧数据，抽到过接受外国国王召见，还一次还被选为带刀侍卫，而这些，都是原来的5级可望而不可即的事。问了问同学，竟没有一个人到过三省屋，无论小雨怎么提示，甚至一步步指点，就算进入了渔村，也找不到三省屋。真是奇怪，看来的确是有缘人才能触发这个环节。小雨不禁得意扬扬，老天爷还是眷顾自己的。

几次之后老先生告诉他，三省屋升级了，现在不再提供3件错事兑换奖品的服务，而需要说出如何改正错误，每次只需说一件，改正大错误会有大奖品，改正小错误会有小奖品。这让小雨为难了，虽然自己知道做错了什么，但何尝想过要改正呢？反正这只是游戏，就随便胡诌几个吧！

“今天进入游戏前我把所有作业都写完了，而且以后我准备每天按时完成老师布置的作业，这算改正了一个大错误吧！”小雨小心翼翼地看着老先生的脸，仿佛他可以决定自己的生死。如果对方认可这件事，就能获得一个大奖，会是什么奖品呢？会不会让自己直达10级，直接追上李逸萧？

没想到老先生把脸一沉，生气地说，“你撒谎，你放学后就登录了游戏，哪里做了作业？因为你的不诚实，作为惩罚，级别会自动降一级，而且连续3天无法访问三省屋。希望你以后引以为戒，不要再犯，你走吧！”然后老先生很不客气地把他轰了出来，咣当一声关上木门。

小雨脸上有些发烧，心里嘀咕，他怎么知道我在撒谎呢？难道他能看到我的一举一动？不可能的，这不过是个游戏而已，一定是时间上有漏洞，自己的确是放了学就开始玩游戏，根本没有做作业的时间，可见撒谎是容易露馅的，下次一定要注意。

第四天，老师好像故意跟他作对，给数学和外语都留了作业，小雨本想着依然不做，反正现在几个老师也不太管他，对他基本放弃了，他只要熬到初中毕业就去外面打工，连高中也不想上了。但他又唯恐游戏里的老先生再次罚他，于是匆匆忙忙拿过别人的作业抄完，然后才登录游戏。

“这次我真做完作业了，不信我可以给你看作业本。”他装出一副可怜相对老先生说，好像已经痛改前非。

“哼，抄别人的作业也算做作业吗？想不到你小小年纪倒是狡猾刁钻得很，如果你再不老实，就休想找到三省屋了，这是第二次警告，下次再犯，你的游戏账号将被永远注销，再也不能登录。”老先生气愤地说，脸色都变了，胡子一抖一抖的，看得出来他十分失望。这次他直接把小雨推出屋子，用力地关上了门，用这些极端的动作表达着自己的不满。

小雨愣住了，他是怎么知道自己抄作业的呢？游戏嘛，不都是事先设定好的程序，怎么可能与现实相联，这是偶然的巧合还是老先生故意在诈自己？他思索再三，想不出个所以然来。但他却再没有胆量撒谎了，再撒一次谎，别说赶上李逸萧，连玩游戏的资格都没了，还说什么国家、臣民之类的，马上变成第一个被踢出局的玩家，那也太丢人了吧！

连续3天，他老老实实地做完了每科的作业，每次都要到晚上9点半左右才能全部做完，虽然有些题真不会，尤其是数学，感觉一多半的题都做错了，但好歹是自己做的，再到三省屋时也能有些底气，看那老先生还有什么可说的。

第四天，他好不容易做完作业登录游戏，一溜烟跑到三省屋，门竟然大敞着，老先生好像早已听到了他的脚步，在里面高声喊着。

“你来了，快请进，这次你会中大奖的。”

小雨的心跳得很快，忽然有一种被老师当众表扬的感觉，这种感觉只有小时候才有过，兴奋、激动、骄傲，在同学面前扬眉吐气。但自从妈妈去世后便再也没有体会过，因为他已放弃了学业，放弃了做一个好学生的想法，懒散到连自己都厌弃。

老先生笑眯眯地在屋里等他，满面春风笑逐颜开，好像早已知道他的表现。

“这几天我都做作业了，而且是自己做的，可以兑换奖品了吗？”小雨怯生生地问，等待对方宣布自己的命运。

“当然可以，你表现得非常好，所以签筒里的奖都是大奖，无论抽中哪个都会让你满意的。”

小雨把手伸向竹签，但又犹豫了一下。

“您能不能告诉我，怎么知道我有没有撒谎？”

“这个我当然知道，而且一清二楚，但是天机不可泄露，以后慢慢地你会明白的。”老先生又得意地捋了捋胡子，很有些姜子牙、诸葛亮的风采。

“好吧！”小雨看问不出结果，索性就这样算了，现在的游戏真是太厉害了，难道他们给自己用了测谎仪？谁知道呢！

当他把抽出的签递给老先生时，紧张得不得了，最近几年他很少这么紧张过。他已经习惯了考倒数第一，习惯了老师的批评训斥，习惯了和继父冷脸相对，基本上什么事都不能引起他的重视，但偏偏这个小小的竹签却让他有一种命运之感，这上面会写着什么呢？

“哈哈，今天你赚大了，这上面写的是连升3级，而且会遇到高级别才会触发的事件。”老先生微笑着说，面容慈祥，和前两次赶他出门时判若两人。

连升3级？我的天！这简直太不可思议了，这个游戏出现以来，还没听说过有人有过这样的待遇，真是买彩票中大奖啊！小雨的心里，仿佛有一串串鲜花瞬间绽放，妖娆得让人窒息。命运之神真的格外青睐他，在人山人海之中，单单挑选他做了那个“Lucky dog”，他高兴得简直要晕过去了。

下线之后，他痛快淋漓地向大家炫耀连升3级的事，但没有人相信。因为谁都没有遇到过这样的情节，小雨本来学习就差，有时还会撒谎，谁会相信他呢？小雨心有不甘，看起来还得迅速升级，把级别练得高高的，然后就可以送同学们一些价值高的装备，或者带那些低级别玩家到高规格地区历险、作战、触发事件，让他们知道自己的厉害。憋了这一口气，他开始精心计划每天要改正的错误，还把它们一一写到笔记本上，这样就可放长线钓大鱼，慢慢地到三省屋去兑奖了。

不过有些错误真的好难改啊！比如不走神、不睡觉地认真听完一节课，需要怎样强打精神，对他来说简直就是一种煎熬。尤其数学、物理、化学这些课，如听天书一样，想不困都不行。他特意找了一根稍硬的草茎，学着电影中的样子支在上下眼皮之间，不让它们合在一起。还有不和同学打架，这条更是说起来容易做起来难，他的暴躁、因自卑而衍生出的过度自尊，总使拳头不由自主地挥向别人，以捍卫可怜的自尊心，现在要彻底改掉，谈何容易。如果不是三省屋的奖品在那里召唤，他从没有想过要改正这些缺点。

第十二章

意识赠予

他不断地鼓励自己，咬牙，坚持，你行的！十几岁的人生中还是第一次这样竭尽全力要做好一件事，自己都快被自己感动了。他这辈子一件成功的事都没做过，这一次，一定要在游戏中获得一个国家，把它治理好。他咬紧牙关地激励着自己。

妈妈去世后，小雨从来没有这么认真过。那段黑暗的时间之后他感觉掉进了无底的深渊，一直在下降、下降，以至万劫不复。他从不渴望谁会把他拉上来，故作坚强地一个人在这陌生而荒凉的世界胡乱游走，随处停靠，任意休息，不再为任何人、任何事而难过。现在，当他努力想做好一件事时，发现自己的潜力竟如此之大。

笔记上已经写好了一页又一页需要修正的错误、缺点，改掉一个便打个叉。慢慢地，他发现自己没有想象中那么差，并不是老师眼里不可救药的坏孩子，他可以自律，偶尔也能做对几道有点难度的数学题。至于课堂发言嘛，只要上课认真听，脑子跟着老师转，并没有什么难的。按时交作业，字迹清晰工整，考试的时候审清题意再认真解答，不急着交卷，成绩也会稍好些。这样过了一阵，各科老师竟然陆续开始表扬他，还号召大家向他学习。

噢，上学，原来没那么难。

他越来越喜欢这个游戏，喜欢这位发怒时吓人、高兴时又很慈祥的老先生，每天都想见到他，哪怕有时抽签的奖品并不理想也愿意和他多聊几句。他就像自己的爷爷，会发火，会骂人，也会督促自己学习。他很少再和同学们提起三省屋的事，因为没有人能走到那里，也没人能理解，理解他和这个游戏的关系，那种越来越亲密的感情让他不能自拔，每次去那里都有一种回家的感觉。

时间过得真快，转眼半年过去了，小雨已经到了32级，同学们大抵还在20级左右，只有他的级别最高，已经可以到游戏中的任意一处历险，并达到高薪高酬的地步，令同学们艳羡，不久后再触发一些情节就可以获得治理国家的资格了。三省屋的奖励方式使他在现实中的学习成绩也有了大幅度提高，从倒数第一变成了中游的学生，每天上课也不再像上刑那么难过，能够较好地回答问题，圆满地完成作业。

当他再提笔在笔记本上写下要修改的错误时，竟发现已不像最初那样流畅顺利，瞬间便能想出一串。终于有一天，他犹犹豫豫地写下“不再恨继父。”但又狠狠划掉，改成“不再不理继父”，又划掉，改成“不再把继父当成杀害妈妈的凶手。”依然觉得不妥，于是决定到三省屋问问老爷爷。

好不容易盼着放了学，写完作业，才安心地打开游戏，毫不迟疑地直奔三省屋，老爷爷正在里面练书法，听到推门声，头也不抬地请他坐下。

“这次，你用改正什么错误来兑换奖品呢？”

“爷爷……”小雨欲言又止，他不知道该怎样描述。关于妈妈和继父他从来没向任何人说起过，因为这无异于揭开他那陈年的伤疤，亲眼看着鲜血再次喷涌而出，逼着自己体会那种无法承受的钻心之痛。

“慢慢说，我在听。”爷爷依然没有抬头，一撇一捺认真地写着。小雨轻轻咳嗽两声，想着第一句话该怎么说。

“几年前，我妈妈去世了，她死得特别惨……”说到这儿眼泪已经不争气地夺眶而出，胡乱擦了两把，眼睛盯着墙上一根根棕黄色的原木，它们都在安静地听着，不表态，也不插嘴。

“是我继父害的，我继父人并不坏，他是个书呆子，就知道搞研究，我妈妈对他特别好，他设计了一款自动手术室，不知道您听没听说过……”小雨打开了闸门，语言像洪水一样滔滔而下，他急切地表达着，句子中间几乎没有逗号，想到什么说什么，一直说，一直说，妈妈死的经过，对继父的仇恨，与继父多年的紧张关系，自己要对他进行的惩罚，等等。

“爷爷，我做得对吗？如果这是错的，我就把它当成一个错误改掉，一个最大的错误。”他抹着眼泪，这些眼泪无比活跃地在他脸上淌着，像暴雨时街道上纵横流淌的雨水，没有章法，也毫不避讳，而且越积越多，没有半点干掉的迹象。

爷爷慢慢抬起头来，把笔和纸推到一边，这一次他的表情和以前大不一样，是唏嘘，是感叹，是同情，还是难过，好像都有，复杂地混合在一起。

“你错了！而且是一个大大的错误……”爷爷的声音有些颤抖。他也打开了闸门，只是没有那么急切，而是悠悠道来，带着老人家特有的成熟稳重与历经世事后的明察秋毫。他分析了整件事情的始末，认为这是一件谁都不愿发生的事，继父是一个无比善良的人，整件事都不是他的错。事实上，妈妈的去世最难过的也许就是他了，因为他还有悔恨、懊恼、自责等，这些都是沉重的负担压在他的心头，但他因为内向的性格从不向别人提起，于是压力越来越大。而小雨的敌对无疑又给他的心上插上一把刀，把他逼入绝境。

“他是一个可怜的人。为什么你们不能互相搀扶着往前走呢？如果这样，妈妈在九泉之下一定会高兴的，她肯定希望他爱的两个男人成为朋友，成为真正的亲人，那样她才会含笑九泉。如果你不再有怨念，人生会有很大不同，无论如何，爱都比恨更有力量。”

小雨心里一惊，某个地方忽然亮了一下，爷爷的话似乎给他打开了一扇窗子，当晃眼的阳光一下子照射进来，那种明亮的感觉竟如此新奇。这些话，从来没有人跟他提起，一直以来，他只沉浸在自己的悲伤中，由着性子打发时间，由着性子怨恨继父，从没有换个角度考虑事情。是啊，继父是没有错的，自己明明知道这一点，却一定要让他背负这个沉重的责任，看到他的惊慌，他的沮丧，获得自己报复式的快乐，这对他是不公平的，如果妈妈泉下有知，也会生气的。为什么自己从不想想妈妈的感受，而是任性地对待继父，不断欺负他，诋毁他，让他难过，让他自责，这难道不是一种恶毒吗？

从三省屋出来，他感到从未有过的轻松，那种把所有负重都卸下的轻松。肩上扛的，背上背的，手里拿的，脖子上挂的，压得自己直不起腰的负重全都一股脑扔在地上，然后风一样地向前跑去，自由自在，无牵无挂。

三省屋，谢谢你！

从厕所出来，佟宇的脸上毫无血色，他又尿血了，这已经是第三次了，而且踝关节疼得厉害，每走一步都钻心地疼。身体似乎出现了大问题，应该及时到医院治疗。但是现在却不能离开，庞大的服务器组需要时时维护，还要在游戏中和小雨对话，并通过他身上安装的全天候监视眼查看他的日常生活，这些都使佟宇无法离开半步。

上帝，请再给我一段时间，让我做完这件事，然后再考虑身体，他在心里苦苦地哀求着。过去他只想着怎样走在智能科技的尖端，怎样刷新科技领域的探索，现在却祈求怎样用科技挽救一个孩子的未来，一个迷茫的、找不到人生方向的孩子的未来。那懵懂的少年固执地排斥着所有的好意，一个人披头散发行进在黑暗之中，看不清前路却毫无畏惧地勇往直前，随时都有坠入深渊的危险。如果能把他拉回来，无论付出怎样的代价也心甘情愿。

佟宇不敢去卧室睡觉，因为从卧室到实验室这段距离实在太长了，每挪动一步脚都会感到锥心刺骨地疼，关节连接处，骨头与骨头之间如同两个生锈的铁块在直接摩擦，没有一点润滑，更没有筋肉相连，疼得人要喊出声来。他害怕每一次站立，更害怕每一次行走，哪怕一点点挪动都使他龇牙咧嘴。他索性直接睡在实验室的长沙发上，在服务器一排排闪烁的指示灯中时睡时醒。

死亡到底是怎么一回事？会疼吗？会羽化成仙，到另外一个神话般的世界？现在大概就是临死之前的最后时光吧！没有多少恐惧，却有许多不甘，许多不忍。他盘点了一下所有的财产，打造《我的王国，我的臣民》这款游戏几乎花去了他半生的积蓄，包括樱桃费尽心力赚的钱、卖别墅的钱和妈妈留下的遗产。虽然这款游戏是在他早年设计的一个游戏基础上扩充而成的，为了吸引小雨又特意加了许多东西，但运营它却像一个无底洞一样需要不断投入，于是他将以前的一些专利技术、论文等零零散散的资料全部卖掉，并且在网络上有偿解答技术问题，支撑着每天庞大的开销。这本是需要一个团队通力合作才能完成的事，现在却只能由他一个人承担。

小雨已经找到三省屋，说出了郁结的心事，证明用游戏的方式进入他的内心是行之有效的，虽然迂回曲折，但到底建立了联系。下一步呢？要等到小雨慢慢通过游戏变得成熟、稳重，找准人生的方向，还需要很长时间，而他的身体已经不能再等了，要想个更快的方法。

小雨不知道这是第多少次来三省屋了。在这个游戏中，三省屋似乎成了他最大的安慰，有时甚至会忽略游戏的最终目的，而将这里作为精神家园。他每天不来这里看看，不和爷爷聊一会儿就好像少了点什么。

今天，当他再一次按照惯性来到这里时，却感觉有些异样。屋子的颜色好像变了，不是原来那种很地道的原木颜色，而有些淡淡的红色，难道服务器不稳定吗？三省屋门前那块牌子也有些发黑了，让人有些不适应。

“爷爷，我来了。”小雨亲切地叫着，推门走了进去。

爷爷呆呆地坐在桌前，出神地想着什么，见他进来微微点了点头。

“孩子，这是你最后一次来三省屋了，之后这里将彻底关闭。”

“为什么？”小雨惊讶地问，他蓦然升起一种不愿面对的荒凉感，就像小学毕业离开学校的那种感觉，这给自己带来无数欢乐与记忆的地方，难道要这样凭空消失吗？再也看不到，再也来不了？这是无法接受的事，像把头发从头上一根根硬生生扯下去，何其残忍。

“不但三省屋，连这个游戏也会关闭，因为这本来就是为你而产生的游戏，现在它已完成了使命，但游戏开发者还有一个心愿，想把他的全部意识转赠给你。这样，你便有了应对生活的知识积累和更大的勇气，这是他唯一的遗愿。”老人叹了口气，表现出从未有过的悲伤。

小雨愣了，完全不理解老爷爷的话。为什么游戏是专门为他而产生的？开发者是谁？还有转赠意识，这些都让他陷入无边的茫然，一头雾水。

“明天是周六，你正好回家。这里有一个地址，希望你按时去那里，一切就都明白了。”老爷爷说完，递给他一张纸条，并亲自送他出来，这种情况是从没有过的，虽然小雨还不想走，但老爷爷似乎没有挽留他的意思。

“去吧，孩子，好好生活，记住，你是在关怀与呵护中长大的，以后也会永远处在这种关怀与呵护之中。”

“再见，爷爷！”小雨用力握紧那个纸条，手心渐渐渗出汗来。他不明白这个地址意味着什么，但却让他感到从未有过的严肃和庄重。

“永别了，孩子，我们再也不会见了！祝你一生平安，幸福快乐！”爷爷说完，返身回到屋里，紧紧关上门。门口那块牌子应声落地，慢慢燃烧，终于化成一片灰烬。

小雨感到说不出的难过，抹着眼泪一步一回头地离开这里，某种不可把握的命运似乎即将降临，而他除了接受，竟没有第二种选择。回到现实，所有的同学都在说，《我的王国，我的臣民》这款游戏不知道为什么登录不上去了，每次登录都会自动跳出一个对话框“游戏已永久关闭，孩子，祝你在现实中一切安好！”为什么关闭？而且是永久关闭，怎么不给玩家一个交代呢？它的消失和它的出现一样让人不明就里、猝不及防。

“哎呀，再过两个月我可能就获得一个国家了，这运营商怎么回事，因为不赚钱才关闭的吧，可谁让你不收费呢？我们是乐意花钱的呀！”大家不断惋惜着、抱怨着，每天让人魂牵梦绕的这个念想彻底没了，让人变得很不甘心，真是猜不透游戏背后到底有着怎样的隐情。

小雨没有参加讨论，他隐隐感到，这件事和自己有着莫大的关系，但有什么关系呢？又实在想不出。自己这样一个无人理睬的孤儿，从来都不是别人瞩目的对象，别说校外，就是宿舍的4个人中，自己也从来不会成为焦点。究竟，谁会在那个地方等我呢?

周六中午12点，他早早来到那个纸条上写的地址，比约好的时间整整提前了两个小时。这是S市的一家日本料理餐馆，地点偏僻幽静，来吃饭的人不多，店里全是各种日式料理的招贴画、鲤鱼旗、人偶、清酒广告等，干净、漂亮、新鲜，门口还摆着一大缸游来游去的河豚，它们随时可以变成河豚寿司。自己早就想吃一顿日式料理了，但日餐太贵，别的孩子都是和父母一起来，自己一个人，不好意思踏进餐馆。如果今天早点结束，可以在这儿试试鳗鱼饭、天妇罗之类的。

他来到最里面的单独雅间，等着那位神秘的约会对象，不断猜想他会是谁，是妈妈生前的好友吗? 某个远房亲戚? 不会，这么多年都没人理睬他们母子，怎么会现在突然冒出来关心自己呢? 想要出现的话早就出现了，不必等到多年以后。他前思后想，思绪如潮，一刻也不能停歇。穿着简易和服的女服务端来一杯抹茶后拉好障子出去了，洁净的房间里掉根针都能听见，一切的一切，都在等待那位神秘客人闪亮登场。

盘腿坐的姿势十分难受，小雨很快便腰酸背痛了，看看左右无人，干脆躺在榻榻米上，这样才够舒服嘛。学日本人盘腿坐着，别说吃饭，十分钟都坚持不了。旁边的屋子里似乎有很多人，不停地走动，脚步杂沓，但说话的声音却压得很低，似乎故意克制，不知在念叨些什么。他有些困倦，不一会儿便睡着了，直到一阵窸窸窣窣的声音把他吵醒。障子被拉开了，一位西装革履十分干练的中年人走了进来，看气质便知道混迹职场多年，身后则是几个气质相仿但更为年轻的手下。

“你是佟小雨吗?”来人主动向小雨伸出手，带着职业性的客气与从容。

“是的。”小雨犹疑着伸出手去，这个人从来没有见过，他就是那款游戏的运营商?

“自我介绍一下，我叫江世飞，一名从业多年的经纪人，受客户委托，今天我们要来完成一项业务，我还带来了相关医生、技术人员和公证人员，他们都有专业领域的资格证书，可以证实整件事情的合法性。”

来人一脸严肃，似乎在说一件大是大非、大真大伪的事，小雨活了这么多年，还从未见过这么郑重其事的场合，这是要干什么？什么事情需要公证？他有点儿不知所措了。

“我的委托人要把他的意识全部无偿转赠给你，还有所有遗产及死后可能产生的冠名权、专利权等，这是3份文书，需要你签字。”江世飞业务熟练，从公文夹里拿出文件，放在低矮的桌子上，并准备好了笔。

小雨有些回不过神来，还不太清楚整件事情的来龙去脉，只是大体知道有人要赠给自己两件东西，遗产和意识。为什么偏偏要赠给自己呢？只是因为自己是幸运玩家？而且听说转赠意识是刚刚出现的新生事物，对捐赠者来说无比痛苦，因为要在其意识清醒时完成大脑与计算机的接驳，将意识转化为数据输送给受赠者，如同在翠鸟活着的时候将它的羽毛一根根拨下来，做成璀璨亮丽的点翠饰品，要眼睁睁地看着一个鲜活的生命一点点咽气，这太残忍了。

因此意识捐赠比金钱捐赠或者遗体捐赠更让人难以忍受，当捐赠者的意识一点点输入受赠者的脑海中，他的知识、记忆包括一些思维便被一点点抽空，大脑慢慢变成空白。这项技术在现实之中只应用过两次，一次是A国著名物理学家莱道尔重病之际将意识转赠给他心爱的儿子，一次是R国的戏剧大师卢科夫斯基将意识转赠给唯一的弟子，二人在完成意识转赠后便去世了。二者都是极爱他们的受赠者，甘愿忍受意识转赠时无法言喻的痛苦，这两件事都在当时造成了极大的轰动，令人唏嘘，感慨，并更加尊敬捐赠者。若非极爱，谁会这样把自己一点点抽光变成空洞的皮囊，而使另外一个人顿时丰盈起来呢？

小雨愣在那里，脑子似乎处于停滞状态，不知道该如何反应。经纪人并不在意他的迷茫，签完字便带着人行动起来。小雨有些害怕，这种赠予在全世界是第三例，会有危险吗？经纪人似乎看出了他的担心，拍拍他的肩膀说：“放心，我的委托人特意叮嘱，整个转赠不必考虑他的痛苦，只要你安全接受即可，他真的是很爱你啊！”

这些小雨并不认识的人挪开桌子，重新整理房间，有的打开仪器，有的调试那些叫不出名字的设备，还有人让他躺在榻榻米上，在他头上罩了一个连着各种颜色数据线的罩子，并让他闭上眼睛。

小雨的心怦怦跳着，这是一件新鲜有趣的事，自己将成为全世界第三例接受意识捐赠的人，回去可以向同学们炫耀了，或许以后会被载入史册的。他胡思乱想着，不一会儿，感觉头顶传来轻微的刺痛，如同用极细的针东一下西一下地扎着，很轻很轻，但当这些针特别密集时扎的感觉便有些强烈，他忍不住想推开罩子，旁边却有人按住了他的手臂。

“忍一忍，一会儿就结束了，我们用的是最新的量子传输，会很快的。”

随着细微的刺痛，小雨的眼前似乎浮现出许多画面。有妈妈穿裙子的身影，她的笑声，这个老奶奶是谁？胖胖的身体，在屋子里走来走去。这些乱七八糟的仪器是什么，还有这些公式。他感觉一股陌生的洪流滚滚而入，像气势凶猛的龙卷风，以雷霆万钧、不可阻挡的力量从脑外袭来，强硬地挤入他小小的大脑中，让人浑然有一种要爆炸的感觉。

“天哪，好难受。”他挣扎着，想坐起来，天知道自己为什么在这里接受这样的赠予，一开始就应该拒绝的。

两边的人使劲按着他的身体，控制着他。

“孩子，别动，快结束了，赠予者比你的疼痛要大一百倍，他的头脑、智慧在这个世界上没有几个人不想得到，你是幸运的。”

小雨咬紧嘴唇，努力控制自己不哭出声来。感觉过了好长时间，刺痛感才渐渐弱了下来，而隔壁传来的声音却越来越大，人们在乱七八糟地说着什么。

“终于结束了。”

“醒醒，醒醒，不行了吗？”

“他的身体状况，真不应该进行这种意识赠予，完全是拿自己的命在开玩笑。”

“为什么要遭这样的罪，我看受赠者好像也并不领情。”

七嘴八舌的声音和杂乱的脚步，还有仪器发出的嘀嘀声。小雨睁开眼睛，首先看到自己头上那顶数据线构成的罩子，从帽顶延伸出的一束线通过拉窗伸到了隔壁，他的赠予者应该就在那里。有人给他摘下罩子，人们开始收拾仪器设备，填着各种表格。他探头探脑地走到隔壁，一群人围在一张低矮的移动床上，床上躺着的人同样戴着那种数据线的罩子，但不同的是，有一根筷子粗细的接驳器插入他的大脑，这是将人的意识数据化后进行输出的关键要件。意识赠予要保持赠予者始终意识清醒，不能注射麻药之类减轻痛苦，这么大的接驳器插进去该多痛啊！

他的心咚咚地狂跳着，一点一点走近床上的人，用手扒开他脸上的被子，一张苍白枯瘦的脸出现在面前。继父！是他！小雨一下子跪在床前，大声哭起来。

旁边有人用力拽他，“孩子，别哭，他可能还有话跟你说，你快好好听听吧，这应该是他最后的话了。”

惶恐中的孩子拼命忍住哭声，忍住眼泪，把脸凑了过去。

那张苍白的、毫无血色的脸努力想挤出一个笑容，但却失败了，想睁开眼睛，也没有成功，嘴嚅动了几下，没有发出一点声音。像一只反复遭遇风吹、霜打、雨淋的茄子，不再有一点生命的颜色，或是一条被完全吸干水分的小溪，露出窄窄的、丑陋而干瘪的河床，那是它隐藏多年的秘密，现在却不得不赤裸裸地呈现在人们的面前。

旁边有个人递过来一张纸条。

“这是他留给你的遗言，在病重时刻好不容易才写下的。”

隔着模糊的泪光，小雨努力看清上面的字迹，那字迹歪歪扭扭，看得出最后几个字已经不能很好地控制手中的笔了。

“好好活着，替我，也替你妈妈。父：佟宇。”

这几个简单的字，也许是他用尽了全身最后的力气，把所有要说的话凝练为一句。字里埋藏着多少期待，多少对生命的留恋。这也许是他很久之前就想说的，但直到生命的最后一刻，才找到机会。

小雨扑在继父身上放声大哭，为什么他要为自己做这么多，为什么要为自己承受这样的痛苦？像他这种叛逆的孩子不值得啊！

“孩子，不要太悲伤，尽量保持平静，你接受的意识会在几天后慢慢显示，佟先生说这是他能给你的一切，记住他吧！”

人们陆续散去，仿佛一场喧嚣热闹的盛宴终于结束，最后有人把床抬了出去，直接送到关怀中心，那里是关爱危重病人最后一程的地方。

餐馆逐渐恢复了平静，店员们开始漫不经心地清扫，迎接即将到来的晚餐时刻。一个厨师懒懒散散走到柜台前，头上的帽子都歪了却浑然不觉。

“老板，那个什么意识赠予为什么要在咱们店进行？”

老板正在柜台里面清点清酒的储备，盘算下次的进货，瞥了一眼厨师，眼神中颇为不屑。

“你懂什么？目光短浅没见识，人家可是付了场地费的。而且这是全世界第三例意识赠予，以后我们餐馆会进入医学史、人类史的。”他说着，脸上浮现出得意的神情。

“可咱这儿是餐馆，不是医院啊！”厨师依然固执地质疑着，从上班第一天起，除了接待食客没见过餐馆可以挪作他用，怎么会想起在这儿做尖端的科技实验呢？

“谁规定意识赠予一要在医院里进行？捐赠人说他儿子害怕医院，不喜欢那里的味道，而且儿子一直想吃日式料理，没能带他来吃一次，在这儿赠予就算弥补过去的遗憾。”

厨师没有再继续聊下去，感觉这个话题实在没什么意思，让人提不起兴趣。站在柜台侧面的镜子前反复端详脸上的“青春痘”，已是泛滥成灾，难以收拾。只好叹了口气，转身进入操作间，但愿今晚的客人能多些。

弹指一挥间，25年的光阴倏然而逝，S市已不再那么土里土气，变得摩登、现代起来。曾经残存的城中村彻底消失，无数拔地而起的摩天大厦显示着S市绝对的大都市化。人们忘记了20多年前下雨时三环路上深可过膝的积水，忘记了像拉链一样被不断挖开又回填的路面，尘土飞扬中那些被反复维修的煤气、暖气、线路管道，忘记了雾霾中戴着口罩行色匆匆的路人。现在S市到处都能见到精致的人工湖，一片片大面积的绿化带，路上的新能源异形汽车，这里的一切都变得洁净、美好而温馨，对于现世的人来说，好像一切从来如此，本该如此。

机器人大厦藏在一片摩天楼宇中，毫不出众，但这里却是全国著名的人工智能机器人中心，代表着国内智能机器人的最高水平。左侧偌大的“个性机器人”展厅里涌进一批访客，他们戴着特制的中英文立体胸牌，好像是这个中心的异国同行和商务客户。

他们高鼻深目，金发碧眼，看样子大多数人来自欧美。其中有个胖胖的光头男子坐在轮椅上，饶有兴味地看着，一个展品也不肯错过。琳琅满目的机器人一个个罩在新型的“阿尔玛之泪”玻璃中，这种玻璃不仅可以防御目前任何武器的射击，而且抗高温，耐腐蚀，防爆炸，是博物馆等场所的新宠。

从展馆入口至出口处，一百来个机器人以各种各样的姿态摆放在展台上，它们或站或蹲，或笑或哭，或呈舞蹈姿势，或是冥想状态，表情生动，服装整洁，像被仙女的魔法棒瞬间点中，在冷冻的时空中突然进入酣睡，只等一百年后有缘的王子到来，才能唤醒他们百年前的甜梦。

一位牙齿洁白、身材丰满的女孩站在一个女机器人面前，不住地赞叹。

“这个机器人好美啊！有一种特别的气质，她叫什么名字？”

陪同参观的中心负责人走了过来，他西装笔挺，五官清秀，举手投足间散发着中年男人特有的成熟魅力，稳健、持重、得体、大方。

“这个机器人叫可凡，是初恋型机器人，她的性格是娇娟可爱，顺从乖巧。”

“咦？那个罩子里怎么会有两个机器人？”女孩转脸看到旁边的一个大号的玻璃罩，远比其他罩子大得多，里面赫然站着两个女机器人。她们各自弯曲着一条腿，背靠背站着，面貌、神情如出一辙，衣服的样式虽是20多年前的，但依然洁净簇新。一个穿着一身红衣，像燃烧的火焰；另一个则穿着一身翠绿衣服，像夏天雨后的草原。

“这是一对机器人双胞胎，她们有着不同的个性与功能，一个非常懂得怎样获取别人的欢心；一个则忠于主人，尤其擅长中国功夫。”

“机器人也会中国功夫吗？真是太伟大了，研发者应该是个追求完美的人吧！”人们三三两两走过来仔细打量两个机器人，机器人还有双胞胎？没听说过，也许只是同一型号吧！她们不仅外表美丽绝伦，没有任何瑕疵，而且制造得也太栩栩如生了，似乎随时都能从展台上纵身一跃跳下来，亲切地跟你打招呼。

“能不能把制造者的情况介绍一下。”代表团中一个壮硕的小伙儿轻轻触碰了一下腕表开始录音，他对制造者的兴趣超过了机器人本身。能造出这种产品的人，绝对拥有完美主义的个性，或许是个不允许瑕疵存在的强迫症患者。

“怎么说呢？她们的制造者的确很伟大，多年苦心孤诣地在智能机器人领域探索，尤其在个性机器人领域有着独特的贡献。他热爱家人，勤奋工作，勇于尝试，并富于牺牲精神，不过他并不完美……”中年人沉吟着。他的脑子里闪过佟宇整日足不出户，不愿与别人交往的种种情节，脏兮兮的衬衣和总是油腻腻的头发，曾经让自己无比厌恶。

“他应该不在世了吧！展板上说这些机器人都是20多年前的产品。”

“是的，已经不在世了，不过，只要我不死，他就永远活着。”中年人脸上的肌肉莫名牵动了一下，尽量压抑着某种不可言喻的悲戚。

“他为什么要制造个性机器人呢？目的是什么？那个年代这些技术应该赚了不少钱吧！”高大得像一尊铁塔似的代表团团长也走了过来，夹杂在人群中提问。他身材太魁梧了，高高大大，一个人占据着两个人的空间。

轮椅上的银发老人嘴角涌起一个不易察觉的微笑，满是嘲讽的意味，冲着墙自言自语道：

“赚钱？笑话，我的资助他都不要，这样一个怪人，除了他想做的，谁也收买不了他。”

没人听清他说的话，过气的富豪早已失去昔日的号召力，变成一个无足轻重的老人。于是，这句谜语般的话像一条鱼一样轻轻溜走了，如同正午时分蛛网上粘到的一只飞虫，没有引起任何人注意。

中心负责人清了清嗓子，继续讲解着：

“他制造机器人不是为了赚钱，也不是把它们当成简单的劳动工具，而是使它们每一位都拥有独特的性格，更接近现实中的人，以向人类提供特定的情感慰藉服务。”

“听说这里的机器人也有您制造的，您认识那位制造者吗？”

中年人停了一下，似乎在想什么，良久才悠悠地说：“岂止认识，他就是我，我就是他，在这个世界上，我会替他活着，同样，他也会留在我的身体里，我们是不可分割的。”

人们有些茫然，不知这位负责人到底在说些什么。

“那么，这些机器人还在生产吗？普通市民可不可以定制？”

“当然可以，已经更新换代很多次了，现在不仅有几十款经典型的个性机器人可供选择，还可以根据市民的需求量身定做，而且国家有关部门已经完善了关于机器人的各项立法，避免可能出现的伦理问题。但无论国内的人工智能发展到何种程度，都不会忘记首位研发者的贡献，这个展厅就是为了纪念他而设置的，想要告诉他，我们从来没有忘记他。”中年人鼻子一酸，说不下去了。

“快过来，快过来，这个好像啊！”一个胖得像水桶一样的女人站在墙角冲同伴们大喊着，那里站着一个奥黛丽·赫本模样的机器人，形神毕肖到令人不敢相信，几个人立刻凑了上去。

中年人呆呆地站在原地，蓦然想起了25年前的那个日式餐馆，和那张歪歪扭扭的字条。

爸爸，您好吗？我表现得怎么样？您还满意吗？